賢者大叔的
異世界生活日記
2
Kotobuki Yasukiyo
寿安清
Kadokawa Fantastic Novels

傑羅斯
瑟雷絲緹娜
Characters

茨維特
伊莉絲
雷娜
嘉內

「這上面刻的是……魔法術式！」
「老、老師……這個是？」
「這是我做的魔法媒介，用來取代魔杖的。」

等同於從老師那邊獲得魔杖這件事，也代表著被認可為一位足以獨當一面的魔導士。

賢者大叔的異世界生活日記

2

Kotobuki Yasukiyo

壽安清

Kadokawa Fantastic Novels

Contents

序章　大叔十分同情

法芙蘭的大深綠地帶雖是人類難以生存的嚴苛森林，但同時也十分富饒。有許多魔物生存於此，而從此處的魔物身上剝取下來的素材，品質遠勝於人類居住區域取得的。此外還蘊含著許多礦脈及藥草，雖是奉行弱肉強食的危險之地，卻也是受到上天諸多恩惠的寶庫。

因眾神不負責任的行為而從現代世界轉生至此的「大迫聰」，也就是「傑羅斯・梅林」，碰巧救了索利斯提亞公爵家的女兒瑟雷絲緹娜，並成了教導她魔法的家庭教師。為了增強她的實力，傑羅斯將再度進入險境。

他們與擔任護衛的騎士們一同踏進這片危險的領域，第一天和獸人戰鬥，在那之後又碰上「白色惡魔」，總算是想辦法逃出其魔掌。

在轉生過來的第一天就掉入這嚴苛的森林，傑羅斯比任何人都還了解此處，並且懷抱著恐懼。所以他知道，這座森林的恐怖之處還不僅只於此……

在大深綠地帶迎接第二天的早晨。傑羅斯從休憩用的帳篷中走了出來，沐浴在照亮平原的晨光下，感覺心情十分清爽。從平原傳來的花草香氣實在令人愉快。

由於他原本就過著務農生活，養成了平日早起的習慣。

儘管他就寢的時間也比其他人來得早，但這也代表他過著健康的生活。

問題是這裡無田可耕，早起是沒什麼不好，卻使他閒得發慌。

「好閒啊……這個時間到底該怎麼打發才好呢？是不是該先買個幾本書呢？」

這番喃喃自語並非對任何人說。因為他完全無事可做。

要是在過去生存的世界，這個時間應該是在雞舍撿蛋，然後下田除草吧。用前一天剩下的飯菜打發早餐，悠閒地看看電視，下午開始打線上遊戲，這就是他每天的例行公事。

就算沒在工作，靠父母留下的房子出租所得的租金收入，仍讓他不必為生活煩惱。他的生活週期就是一整天都過著悠哉閑散的日子。以某方面來說，他也是在優渥的環境下過著健全的生活。而如今卻成了無處可居的無業遊民。

雖然現在擔任家庭教師，但一個月後又會變回普通的無業遊民。

儘管打倒魔物就能拿素材去賣，可是這樣的人生未免太不安穩了，他想避免落入這種狀況。而他也不想在為國奉獻的公家機關工作，只想平凡自由地過著悠閒的生活。

明明擁有才能，卻淨是抱著這些奢侈的煩惱。這點連他自己都認同。

「世事無法盡如人意啊……」

老實說，他不想做任何需要承擔責任的工作，如果是攸關他人性命的那就更不用提了。

原本應該是個清爽的早晨，心情卻逐漸變得沉重。

「出現了……那傢伙出現了啊啊啊啊啊啊啊！」

「是白色惡魔……是那個脫了我褲子的傢伙！」

「冷靜點，已經沒事了！大家都在這裡，不用害怕，對吧？」

「「別以為我會相信你！昨天你不就丟下我逃跑了嗎！用全力狂奔逃走了對吧！」」

負責守夜的人似乎碰上了仇敵瘋狂人猿。

騎士……不，男人們會將瘋狂人猿視為惡魔也是無可奈何的事。

因為明明是公人猿，卻對瑟雷絲緹娜等女性不屑一顧，襲向騎士們。脫下了七個壯漢的褲子，其中兩人不僅內褲也被脫下，甚至連兩腿間的紳士都被揉捏了一番。其恐懼程度一般人無法想像，想必只有被襲擊過的人才能理解吧。

真要說起來，和龍碰個正著搞不好都還比較好。

瘋狂人猿成了以別種意義上來說十分危險的存在。在騎士們的心中留下了巨大的傷痕……

「「我聽到那傢伙發出的『嗯哼♪』聲啦啊啊啊啊啊啊啊啊啊！」」

看來他們是被脫光的受害者……留下了會出現幻聽程度的嚴重心理創傷。他們體驗了只有男人才能理解的恐懼。大叔打從心底深深地同情這些騎士們。

如果他們是帥哥的話，或許可以滿足某些女性的需求……

這些被害者發自靈魂的痛哭聲，空虛地響徹了早晨的平原。

「咦……我的眼淚怎麼會……」

因不同原因而感到心情沉重，傑羅斯不知為何淚流不止……

原本清爽的早晨，完全被破壞殆盡了。

第一話　大叔率領眾人

法芙蘭的大深綠地帶正如其名，有著一片面積廣大的森林。

有一半以上的大陸被這片森林給覆蓋著，化為魔境。由於棲息著許多魔物，依循弱肉強食法則的區域極為寬廣，人類及各種族得以生存的區域僅占十分之一。

在這狹窄的領域中諸國林立，然而在邪神戰爭結束後，有一段時間曾有一個統一的國家。

這個大國也在僅僅未滿百年的時間內便衰退，再度恢復到小國林立、群雄割據的時代。思及此，想來要實現邁向和平的理想是極其困難的吧。

而看著這些世界情勢變遷，絕對不會改變的區域就是這片廣大的森林。

大量的魔物在弱肉強食的法則中生存，這彷彿拒絕所有擁有智慧的生物的環境等同地獄。能夠在這嚴苛的森林中生存的，也只有精靈了。

而這些精靈也不太願意與人類有所往來，除了特定的對象外絕對不在人前現身。精靈們會這麼做的理由正是邪神戰爭後的統一國家的失敗。當時的目標是建立一個擁有跨越種族之博愛精神的國家，結果卻在約百年後分裂了。之後人類對其他種族的迫害情形十分嚴重，民族紛爭也日益加劇。精靈們受夠了人類的愚蠢，自行進入這個嚴苛的森林中建立國家，並且鎖國不出。由於其較長的壽命，讓他們過度預期未來，擅自感到絕望。

現在連精靈之國存在於何處都不清楚，許多人或國家都在尋找其所在之處，虎視眈眈地想要獲得關於魔法的知識。

在魔法方面，精靈的資質優於人類。所以歷史上，戰亂時期各國貪欲的當權者會策畫讓精靈服從自己，作為己方國家的戰力。身為鄰居的精靈會覺得受不了也是理所當然的吧。

偶爾會看見的精靈，大多是生活在比法芙蘭的大深綠地帶周邊諸國更為邊境之處者的後代。不過如今他們對於魔法的知識與能力都已顯著地變得低落。

雖說祖先一樣是精靈，然而這些精靈算是適應了環境吧。生活在人類居住地區的他們思考方式十分接近人類，生活環境也相去不遠。

總之先不管這些，實戰訓練的第二天，傑羅斯等人再度開始探索法芙蘭的大深綠地帶。這當然是為了鍛鍊瑟雷絲緹娜以及她的兄長茨維特兩人。

然而生存在此處的魔物比國內的魔物更強，隨著愈來愈深入大深綠地帶，魔物的凶惡程度也會節節攀升。一個小小的失誤都有可能失去性命。

「這座森林愈往深處走魔力濃度愈高喔。雖然不到最深處的程度，但這裡的魔物也很強，請小心一點。畢竟魔物的強度與其生息處的魔力濃度成正比。」

「這裡的樹木也長得好粗壯喔。想必土地的養分也很豐富吧，我聽說成長速度也非常驚人。」

「雖然這事無關緊要……不過那傢伙不在吧？老實說我還真不想在這種地方碰上牠啊。」

騎士們集體點頭同意。這裡不但有許多擁有奇妙習性的魔物，而且當中也有很多擁有超乎預期的生態習慣，尚未為人所知的魔物，牠們為了有利於在嚴苛的自然環境下生存而進化發展出特殊能力，對於不習慣大自然的人類來說相當不利。

不知何時會被魔物襲擊的恐懼感，讓大家的警戒心比平常更加強烈，十分消耗精神與體力。現在要是白猿出現就糟了。

「「「「！」」」」

然後不知該說幸還是不幸，他們敏感地發現了其他魔物的存在。

——咕喔嚕嚕嚕嚕嚕嚕嚕嚕……

身體是獅子、背上有山羊的頭、尾巴是蠍子，再加上蝙蝠的翅膀。是知名的高級魔物「奇美拉」。

這種稱為「奇美拉」或「凱美拉」的魔物個體間並無統一性，就算是同種魔物，外表從看起來完全一致到毫無相同之處的個體都有可能出現，範圍很廣。

更進一步來說，每個個體間的特殊能力不同。就算想打倒牠，如果不經常更換策略，便難以對付。

而且牠也是在這廣大的森林中不想碰上的魔物之一。

＝＝＝＝＝＝＝＝＝＝＝＝＝＝＝＝＝＝＝＝＝

【奇美拉】Ｌｖ１２４

ＨＰ　２８４６／２８４６

ＭＰ　３５２７／３５２７

＝＝＝＝＝＝＝＝＝＝＝＝＝＝＝＝＝＝＝＝＝

「是奇美拉啊。等級是１２４……這隻比我以前打倒的傢伙還要弱呢，而且肉很硬。」

「「「等級是１２４？別開玩笑了！不可能，這絕對打不贏的！而且你居然吃過嗎？這可是奇美拉耶？」」」」」

奇美拉的等級比現在騎士們全體的平均等級高出四倍，以強度來說是遠遠超過他們。若是襲來，應該是足以瞬間殺死他們的壓倒性強度吧。雖然是除了一個人之外啦……

「沒事啦，『闇之縛鎖』。」

漆黑的鎖鍊從奇美拉的影子中出現並纏繞住牠，瞬間封住了牠的行動。

「「「「你在做什麼啊？」」」」

「要打倒他啊？你們可以趕快攻擊嗎？那個魔法會奪走魔力，所以現在奇美拉的魔力很快就要見底了，是大好機會喔？」

這話像是在開玩笑，然而傑羅斯可是非常認真的。

「不會被牠攻擊嗎？牠有兩個頭喔？牠不是也會使用魔法嗎？」

「雖然多少會被攻擊，不過那個魔法的另一個特點是可以降低敵人的防禦力，只要努力點就能打倒牠喔。」

「「「「……………」」」」

「順帶一提，雖然這個魔法的威力很強，但能夠束縛住魔物的時間很短。所以現在不趕快攻擊牠的話，等下牠就會撲過來嘍？」

「「「「你到底做了什麼啊啊啊啊啊啊啊啊啊！！！」」」」

他們抱著想哭的心情——不對，實際上是一邊哭一邊拔出了劍，攻向奇美拉。

雖然往那裡去會對生命造成危險，騎士們為了求生存，只剩下拔劍相向這個選項。面對不知何時會

恢復自由向他們襲來的奇美拉，他們因為想要活下來而在恐懼中揮劍，紮實地給予奇美拉傷害。

這已經不像是指揮下的攻堅行動，看起來只是胡亂地揮劍劈砍而已。

雖然從旁看來好像集體處刑，但奇美拉生性十分執著，要是不在這裡打倒牠，牠就會追擊而來。一個沒弄好還有可能會一路追到國內。

以前曾有某處的貴族踏入這片森林，想打倒奇美拉卻失敗的案例。而後奇美拉出現在那個貴族的領地內，造成許多人犧牲。

要是讓牠侵入國內，以現況來看是沒有幾個傭兵能打倒這隻奇美拉的。

在騎士們拚死攻擊之下，奇美拉終於動也不動了。雖然只過了大約四十分鐘，然而不斷揮劍的他們在精神上已經承受不住了。就算他們各自的攻擊力不高，只要集體攻擊，對奇美拉的傷害便會不斷累積。行動和魔力完全被封住的奇美拉成了極佳的標的，可說是毫無困難地便打倒了牠。不過騎士們的精神狀態就另當別論了……

瑟雷絲緹娜和茨維特也面色蒼白。畢竟初次面對的敵人是等級較高的魔物，這也是理所當然的。若是在平常狀況下這兩人恐怕會被殺死吧。

「哈哈哈……我的等級升到４３了呢，剛剛還只有２４的……」

「我也是……嘿、嘿嘿嘿……為什麼我一點都不覺得高興呢……」

「身體好痛……這是等級提升的副作用嗎？」

「技能的等級提升了……啊哈哈哈……那隻奇美拉到底有多強啊……」

「哈哈哈……我的等級升到６２了喔……？」

「我……還差一點就要升到50級了。」

然而他們之中沒有人因勝利而感到喜悅。

面對奇美拉的恐懼感超乎喜悅，束縛著這些騎士們。在一旁觀戰的傑羅斯調查奇美拉的HP削減狀況，發現騎士們給予奇美拉的傷害一回大約只有2～15的程度。看來剛剛的奇美拉是屬於防禦強化型，具有超越其等級的耐久力。

雖然透過「闇之縛鎖」的魔法效果降低了牠的防禦力，甚至企圖奪走其魔力，然而牠似乎擁有某種抗性技能，所以很有可能被牠給擋下了。而且其特殊能力中似乎也有HP回復力，只是在集團暴力下也顯得毫無意義。

儘管要突破傑羅斯的魔法十分困難，但可能性絕非為零。束縛魔法也曾因魔物擁有特殊能力而被突破過。在已經打倒奇美拉的現在，也無法判斷這究竟是好是還是壞事了。

「那麼就來支解牠吧，有人要來幫忙嗎？」

「「「「給我等一下，你這傢伙啊啊啊啊啊！」」」」

騎士們對若無其事般地準備支解魔物的傑羅斯發出怒吼。

因為被迫與明知無法戰勝的對手戰鬥，那份恐懼化為憤怒，而這股怒氣當然指向了害他們必須一戰的大叔。

「為什麼要讓我們和那傢伙打啊！要是死了怎麼辦！」

「你是想殺死我們嗎？至少先跟我們討論一下吧！」

「……有人死了嗎？」

「話不是這樣說，要是束縛魔法的效果斷絕了怎麼辦啊！」

「束縛魔法的效果有中斷嗎？」

「「「「……咦？」」」」

傑羅斯說「束縛魔法能夠維持的時間很短」，然而實際上一直到奇美拉死去為止魔法的效果都還在。騎士們發現事有蹊蹺。

「傑、傑羅斯先生……你該不會是騙了我們吧？」

「雖然覺得有些抱歉，但是現在的你們太弱了，強悍的魔物出現在眼前時你們只能逃跑。不過要是可以逃得掉那還好，若是逃不掉就只能一戰了。而現在的你們肯定會死。既然如此，不覺得提升身體等級，拉高生存率比較好嗎？」

「為……為什麼故意這麼做？要是先跟我們說一聲……」

「要是過於依賴一個有實力的人，便會因為大意而無法和強悍的魔物戰鬥吧。我不可能總是陪在你們身邊，更何況若是沒有做好挑戰更強的對手的心理準備，是無法在這個森林中存活下來的。因為在這個廣大的森林深處，還有無數比奇美拉更凶惡的魔物生存著。」

在這一群人當中最強的就是傑羅斯。只是，對騎士們來說，他就像是安全的保證，若是太依賴他，必須賭上性命一戰時，有可能會做出錯誤的判斷。

身邊有強者在的安心感會令他們的心中下意識地認為很安全，而這會成為往後導致失敗的重要因素。等到犯下攸關人命的致命性失誤就太遲了。

「原來如此，這也包含了對我們的訓練啊……」

「戰鬥技能可以之後再練，但現在有必要先盡可能的提升你們的身體等級啊。畢竟在這座森林中可不能大意，在各方面上都是……」

「意思是因為有傑羅斯先生在的安心感，會使我們自身變得軟弱啊……的確是如此。」

現在的騎士們不過是傑羅斯的拖油瓶。為解決這個問題，除了強制讓騎士們全都變強外別無他法。也有順便提升戰鬥技能等級的必要性。所以傑羅斯必須只將魔物束縛住，讓騎士們獲取戰鬥經驗。

法芙蘭大深綠地帶的魔物等級高得嚇人，在現在進行訓練的地點活動的魔物與森林深處相比已經非常弱了，若是在這裡就感到棘手那就沒戲唱了。

雖然獸人們的等級比較低是幫了大忙，然而這是有可能會突然出現超過100級魔物的地方。最慘的情況下還有可能會碰上等級在500以上的魔物。

反過來說這裡也非常好練等。「反正要讓那兩個人升級，再多帶幾個人一起來也不錯吧？順利的話，說不定他們也可以變得多少能應付這附近的魔物。」這是傑羅斯思考後的結論。

簡單來說就是像在說：「我不可能連護衛騎士都照顧得好好的，所以我雖然會幫助你們提升等級，但你們得想辦法自己保護好自己。」就算傑羅斯再怎麼強，依據戰略及狀況不同，仍有很高的機會會和他們分頭行動，若是此時騎士們和凶惡的魔物碰個正著，無計可施地全滅也是極有可能發生的事。

雖然也算是為了他們著想，但主要還是要保護的人太多了很麻煩。

相對的，騎士團長阿雷夫則是……

「沒想到是考量到我等的狀況才想出這等策略……儘管從初次見面時我就這麼想了，但這位大人果然並非等閒之輩！騎士的確是守護民眾的精銳，然而這世上的強者多不勝數，不去挑戰強者還算什麼騎士呢！我等必須變得更加勇猛，戰鬥總是有敵手，誰敢說那不會是強者？傑羅斯先生的想法十分合理，而且是為了我等著想，才刻意採用這種嚴格的作法吧。現下就接受這份好意，若是哪天這位大人需要我等的力量時，為了能夠回報這份恩情，不變強可不行啊……」就像這樣，大叔的評價在不知不覺急速上升了。

由於騎士團的戒律非常嚴格，他們十分耿直——不，該說是些滿腦子肌肉的笨蛋吧。他們比傑羅斯想像得還要更像運動性社團的人。無論外觀看起來多麼清新爽朗，騎士團的本質就是些讓人受不了的熱血男兒，和知性的魔法士團關係很差。

「各位，聽好了。我等的確很仰賴傑羅斯先生，這點在昨天與獸人的戰鬥中也已經很明白了吧。但是這樣真的好嗎？我等可是守護人民的騎士！騎士若是害怕強者，還想要守護什麼呢！我等應藉此強化自身的能力，遵從傑羅斯先生的指示提升等級！成為發生萬一時能夠守護民眾的盾、令眾人誇耀的騎士！」

「「「「喔喔喔喔喔喔喔喔喔喔喔喔喔喔喔喔喔喔喔喔喔喔喔！」」」」

他們真的是無論到哪都不會變的肌肉笨蛋。而後他們化為了修羅。

他們率先襲向遭遇的魔物，為了變得比現在更強，不斷持續著殘暴的殺戮行為。

接著在兩小時後……

「可惡！左邊的，小心點！那傢伙要行動了！」

「用盾沒辦法擋下的，迎擊吧！誰來幫忙援護一下！」

「交給我吧，我現在立刻援護你！吃我這一擊！『火球』！」

「背後的長槍隊在幹什麼！動作快！」

他們的對手是綠色的巨人。那是腿很短，手臂異樣地長，滿身肌肉的巨人山怪，總共有三隻。

即使巨人大力一揮就弄倒了整排樹木，體型比巨人小的騎士們卻善於靈活走位。但這仍是一場若是被攻擊到就會當場死亡的危險戰鬥。

騎士們善用這個優勢，毫無畏懼地奮戰著。

「差不多該打倒其中一隻了！騎士們小心點，吃我這招『火山怒炎』！」

茨維特的魔法攻擊炸裂開來，從地面噴出的火焰包覆住其中一隻山怪。

——咕喔喔喔喔喔喔啊啊啊啊啊啊啊啊啊！

山怪被高溫給焚燒著，一邊發出哀號一邊跪倒在地。和那隻山怪戰鬥的騎士們舉劍朝向下一個獵物。剩下兩隻，牠們行動雖然笨重，但一擊的威力仍不容小覷。

山怪這種魔物以力量與耐力上來說算是比較高等的魔物。

「山怪……我記得皮可以當作素材吧？」

「是這樣嗎？不要從正面，從側面和後方出手！」

「是很適合拿來做成皮鎧，但是不善抵抗火焰系的魔法。」

「就是這點不好啊。對我等來說，要是沒有這個缺點，騎士團就能採用了……」

「為什麼？就算不善抵抗火焰系魔法，只要夠堅固就好了吧？」

「會引發問題的是貴族出身的魔導士，而他們常用的就是火焰系的魔法……雖然其中也有比較正派的人在，但他們也無法反抗所屬派別的意向。」

雖然期待會有比較正派的魔導士，然而魔導士的派別是以其代表為中心，有如黑心企業的東西。領頭的代表什麼都不做，只為了獲取權力而四處攀關係，研究等事全都不管，交給下面的魔導士去做。然而若是研究出有用的魔法，便會將那功績用來宣揚自己的權威。儘管對低層的魔導士來說上層的傢伙很礙事，卻因為對方是小有功名的魔導士家系的貴族而無法反抗，不僅如此，連研究成果都被奪走，才會無法忍受。

然而很不巧的，其代表者正是有名的術者，對於守護國家治安的騎士團來說十分頭痛。

「原來如此，他們常用華麗且威力又強的火焰系魔法啊？啊，差不多該分出勝負了，你要上嗎？」

「是啊，而且也不管自己的行為有多惡劣，會故意現一下魔法來脅迫他人。剩下一隻山怪，我也出手吧，援護就拜託你了。」

「問題出在上層啊，還真是不想奉陪呢。那麼我就用這個強化魔法『巨神之剛力』……」

「感謝，那麼……別讓那傢伙逃了！我知道你們很累，但現在才是緊要關頭！」

受到魔法強化的阿雷夫拔起長劍，奔向山怪。

他鑽入正在大鬧的山怪手臂下，躲過牠揮舞的棍棒縮短距離，到達山怪腳邊的同時便俐落地揮出一劍。瞄準的是山怪的阿基里斯腱。現在的騎士們宛如襲向草食龍的小型肉食恐龍，不知放棄為何物。

由於傑羅斯的身體強化魔法「巨神之剛力」而提升威力的斬擊將山怪的腳跟給斬裂開來，超過七公尺的巨大身軀倒下。瑟雷絲緹娜與茨維特的攻擊魔法集中攻擊在倒下的山怪身上。茨維特用的多為火焰系魔法，瑟雷絲緹娜則是盛大地發出大量的雷系魔法。

爆炎與雷電蹂躪著山怪。阿雷夫以渾身的力氣一劍砍入痛苦地扭動著身體的山怪脖子中。巨人的頭顱掉落地面，大量的血液噴灑在四周。

「好！等級又上升了。不過身體好痛啊……」

「是啊……老師，我的等級超過50了。」

瑟雷絲緹娜開心地轉來轉去。因為她只要等級升上50，有三個技能等級超過30的話，傑羅斯就會教她魔法。總算又更接近這個目標了，她會高興也是難免。

看到瑟雷絲緹娜開心的樣子，茨維特覺得有些奇怪。

「喂，為什麼等級超過50級妳要這麼高興啊？想變強的話，一般來說這正是要繃緊精神的時候吧……難道妳跟師傅做了什麼約定嗎？」

「唔……沒、沒有啊……我只是單純因為等級提升了而感到開心而已，真的喔？（哥哥的直覺真敏銳）」

「真可疑，我也因訓練而升級了，但我可不會在這種不知何時會被魔物襲擊的情況下放鬆心情。一定有什麼對吧？……從實招來。」

「什麼都沒有，只要達成條件老師就會教我魔法這種事……啊？」

「……妳還真是不會說謊呢。就算瞞著什麼事也會寫在臉上，眼神也飄移不定喔？所以呢？可以說清楚嗎。」

「嗚……我這笨蛋。這也是太少跟人往來的下場呢……真恨我自己這麼老實。」

「好了，快告訴我，條件是什麼？是怎樣的魔法？」

瑟雷絲緹娜由於無法繼承祕藏魔法，非常羨慕別人能有專屬於自己的特殊魔法。所以才認真地想要達成條件，繼承傑羅斯的原創魔法。

只怪她的個性太老實，不小心洩露了這件事。

茨維特聽她說完詳情後，感覺十分不滿地羨慕著她。

「只有妳有，太狡猾了吧！居然是師傅的原創魔法！」

「唔……接下來就只剩技能等級了。明明按照這個進度，感覺只要再一下下就能達成了……」

「最後一個問題，妳要繼承的是怎樣的魔法？告訴我。」

「……我不知道，老師叫我要好好期待……」

開始接受傑羅斯的指導後，這兩個人迅速地要好起來。

兩人至今為止的不合就像假的一樣，真要說起來這也是由於兩位公爵夫人的態度，加上茨維特也對於自己居然不知道瑟雷絲緹娜無法使用魔法的原因是出在魔法術式上而感到羞恥，對她有所改觀。

小時候會欺負她，也是受了母親的影響，以及單方面地對於瑟雷絲緹娜如此沒有才能而感到憤慨。他也有得知這是誤會後便立刻改變態度的率直的一面。雖然只是這樣還不足以縮短兩人間的距離，但藉由和泥魔像的戰鬥訓練，兩人的關係在短期間內大幅改善。雖然不知道他是否有道歉，但很明顯地可以看出態度有所軟化。

比起話語，重要的是共同度過的時光。雖然對路賽莉絲的感覺倒是變得十分複雜……而這樣的茨維特整張臉湊近傑羅斯。

「只有瑟雷絲緹娜有，太狡猾了！我不能接受，也教我什麼魔法啦！」

「你可以使用家族傳承下來的魔法吧？瑟雷絲緹娜可是什麼都沒有喔？」

「……那我教那傢伙祕藏魔法，師傅你也教我魔法吧。」

「……唉，如果你不介意是同一個魔法的話是可以啦，但也要等她完成條件喔？」

「好！我又有幹勁了！既然如此就優先提升瑟雷絲緹娜的技能等級吧。」

「不能忘記自己的修煉吧……你是不是忘記原本的目的啦？」

瑟雷絲緹娜鼓著腮幫子，不滿地瞪著茨維特。

在茨維特等人談話的期間，騎士們正在支解山怪。但山怪實在是太大了，數量又有三隻，支解的過程不太順利。原本支解的技術就不如傭兵，再者多人一起支解雖然比較有效率，但支解後的產物到底能否作為素材使用這點有些難以界定。

然而這也能夠成為臨時收入，所以騎士們仍開心地繼續作業。

這個護衛任務也包含演習在內，在這個森林中打倒怪物後所取得的一部分素材，可以作為一些微薄的收入落入他們的口袋。剩下的部分會由騎士團負責拿去換成錢。

與臨時收入不同，主要用來作為整備武器或鎧甲等裝備的經費，是騎士團的營運資金。

在他們拚命地作業時，傑羅斯口中喃喃念著：「好想喝啤酒啊，要是還有雞翅那就更沒話說了，只是……」比起這個世界的酒，他更懷念冰涼的罐裝啤酒。

結果他們回到野營地時，已經是日落西山了。

打倒了獸人及哥布林、還有巨大的麻痺巨蛇，最後在打山怪時用盡了所有體力作戰，所有人都很疲憊。此外，由於等級迅速提升而產生的倦怠感、飢餓感與疲勞也累積在身上，讓眾人的腳步變得沉重。

好不容易回到平原了，見到作為據點的營地時，他們卻說不出話來。

他們用來休息的帳篷被破壞了，有大半行李都像被人給翻過似地散落一地，可以明顯看出遭受了襲擊。損害最嚴重的是食物，帶來的食物幾乎全都被吃掉或是被帶走了。

「這、這到底是……」

「被魔物侵襲了嗎？可是這個據點應該被傑羅斯先生的魔法給完全封住了啊。」

「沒錯，到底是什麼侵入了這裡？」

據點的周圍被魔法造出的岩壁給覆蓋著，要前往森林時會破壞其中一部分，等人都出來後再將出口堵上。來到此處時所使用的馬車只留下一輛用來放行李，其他的都在鄰近的村莊待機，早已離開此處。

距離訓練結束還有四天，在那之前都得靠帶來的食物度日。然而那重要的食物被吃掉了。而且地上還躺著無數的魔物屍體，場面看來有如經過一場混戰。

「這裡被侵入了嗎？可是到底是怎麼樣……該不會是瘋狂人猿吧？」

「……你開玩笑的吧？而且倒在這裡的大量魔物到底是……狼嗎……」

「森林狼、還有獵狼……發生了什麼事？」

「如果是魔物襲擊了這裡，那這些傢伙到底是從哪裡侵入的？」

「喂，那裡……好像有什麼……？」

騎士們一同將視線看向那個方向。作為行李放置處，停在那裡的馬車裡面，確實可以隱約看見一個正在蠢動的影子。

而且有個像是在咀嚼什麼的聲音微微響著。

——啪嘰。

不知是誰踩到了枯枝，小小的聲響傳入了不發一語的眾人耳中。

當然，在馬車裡的那東西也聽見了……

那玩意抬起了頭，緩緩地轉向這邊。值得慶幸是騎士們的預測落空了，然而這以別種意義上來說簡直是最糟糕的狀況令騎士們臉色發白。那是沒有手腳、長長的軟體生物——蠕蟲。

而且仔細一看，牠正在捕食其他魔物。

「喂、喂……該不會這些全是那隻蠕蟲……」

「等等，不管再怎麼說這都太奇怪了。恐怕是有不只一隻魔物襲擊了這裡……」

散落在周圍的食物殘骸中有野狼與森林狼的屍體，其中也倒著幾隻瘋狂人猿的屍體。

「糟了……我們現在極為疲憊。既然有蠕蟲在，說不定還有其他隻潛伏在地底下。」

就算再怎麼冷靜地觀察，阿雷夫也領悟到狀況對我方不利了。全長超過兩公尺的巨大蚯蚓——蠕蟲，不適合食用，也幾乎無法從牠身上取得素材，只會讓人疲憊的魔物。能用的只有口腔中生長的無數排牙齒以及血液等物。雖然不知道現場到底有多少蠕蟲，但要是得戰鬥的話，以現況來看，騎士們沒有足以與之匹敵的戰力。

騎士們的臉上流下了冷汗。

第二話　大叔逃避現實

從地底下探出頭來的蠕蟲全心全意地在進食，拚命地吞下森林狼。從瘋狂人猿的屍體看來，似乎是被群聚的狼系魔物給襲擊了。

這是因為蠕蟲是從地底下感覺到振動聲，藉此鎖定獵物的。若是沒有一定數量以上的魔物存在，蠕蟲便不可能感覺到振動，也就不會現身於此了。

一開始來破壞據點的是瘋狂人猿，接著襲來的是狼系的魔物，而蠕蟲便是追著那些狼群而來的。真是猛烈的食物鏈啊。問題是現在騎士們無法作戰，事態發展至此，答案也就只剩下一個了。

「真沒辦法，我來幹掉牠們吧……不過問題是這裡到底有幾隻蠕蟲，所以你們可別動喔？因為那些傢伙是透過聲音來尋找獵物的。」

「非常抱歉，傑羅斯先生……現在的我們已經沒有可以戰鬥的力氣了……」

「是勇者……勇者現身了。」

「啊啊……神啊……」

「你們幾個，上前戰鬥吧……難道你們只想在安全的地方發抖嗎？」

「你們這樣還算是男人嗎？太不像樣了吧！」

女性騎士們對同袍的男性投以冷淡的視線。然而男性們並沒有勇敢到足以接受她們的意見。如果對手是山賊的話，他們或許也會貫徹騎士的信念吧。

可是現在的他們由於升級後的疲憊感而動彈不得，就連身為隊長的阿雷夫都無法隱藏住下半身的顫抖。

「說什麼男人就應該怎樣，這根本是性別歧視！老愛把世界是平等的掛在嘴上，卻只有這種時候才會把事情都推給男人！」

「要是身體能動的話，我們也想戰鬥啊！當女人還真好命，像這種時候就可以把事情給推得一乾二淨！男人為什麼就非得做這些事！」

「想打的話妳們去打不就得了？現在的我們沒辦法啦！」

「「這、這些傢伙……」」

騎士們以別種意義上來說完全派不上用場。在連續戰鬥後，他們顯然因為魔力所剩無幾而變得憂鬱起來。看來魔力減少後，精神也會受到影響。

在場的諸位騎士們，現在正陷入了思考極為負面的狀態。

＝＝

鄉村蠕蟲　Lv204

HP　1023／1023

MP　311／311

＝＝

鑑定後，出現了感覺很美味的名稱。

「蠕蟲啊……常有家畜受害所以很有名呢。等級明明跟奇美拉沒差多少，為什麼體力跟魔力會這麼低？」

「這恐怕是因為牠尚未進化吧？應該會就此分化為別種個體才是。」

也就是說，這隻蠕蟲如果變成上級魔物的話，應該會是等級1的魔物。取而代之的是強度會比進化前大幅地增加。由於奇美拉比這隻蠕蟲還強，可以推測奇美拉至少進化過一次。畢竟明明眾人一起圍攻，奇美拉的ＨＰ減少速度仍極為緩慢。

「原來會進化啊……雖然我以為這世界就像是遊戲一樣，但世界的法則還滿貼近現實的嘛。有可能和我所知的常識有很大的落差呢。」

傑羅斯並未全盤接受之前那封女神的郵件裡所寫的事情。

生物之所以會突然進化是有條件的，若是維持原本的等級進化，這個世界就偏離了自然的法則。以生態系來說是不可能的。在大部分的遊戲世界中，進化是滿足了累積經驗值這一條件的個體，變異為更強力的魔物的現象。傑羅斯以常識來思考後，認為在這個世界，齊備環境條件才會發生異變並進化的可能性很高。這是因為要是以等級為條件，這附近沒有很多已經進化過的魔物就是件怪事了。

畢竟有許多強力的魔物生存在這個法芙蘭的大深綠地帶，不斷反覆進行激烈的生存競爭。弱小的個體照理來說是無法生存下來的。

「也就是說，這附近的魔物等級平均在２００～３００之間啊……」

如果是這樣，學生和騎士們的等級若是不提升到這種程度便無法存活。這完全不是在四天內可以解決的問題。

問題還不只這個。升級後的弟子與騎士們全身都充滿了強烈的倦怠感。這是急速升級所產生的副作用，是由於身體的變化跟不上獲得的力量而造成的結果。

升級可說是藉由打倒魔物並吸收其靈魂的一部分，將之轉換為自己的力量的現象。雖然肉體會變得更加強韌，但急遽的變化也會使身體出狀況。

他們現在疲憊得連要保護自己都有困難，同時由於連續強制升級而無法自由地控制自己的身體。結果能夠戰鬥的只有傑羅斯而已。

「唉……趕快搞定牠們吧。畢竟想要好好休息呢……」

嘴上這麼說著，他同時拔起垂在腰側的劍。

「『音爆彈』。」

——轟轟轟轟轟轟轟轟轟轟轟轟轟轟轟！

「音爆彈」使周遭響起巨大的爆炸聲。

雖然這是只會發出聲音的魔法，但對於要引出地底下的魔物來說可是恰到好處。

聲音化為振動傳導出去，將躲在地底下的蠕蟲給引了出來。總共有五隻。

「『雷彈』。」

雷球出現在劍的前端，向蠕蟲揮劍後，雷球就彷彿具有意識般地襲向五隻蠕蟲。被雷球給擊穿的蠕蟲們，由於其附加效果而被暫時麻痺了。

「『原力增幅』。」

輔助魔法「原力增幅」，是可以施加在武器或防具上，在一段時間內強化其強度及銳利度的魔法。

被麻痺而無法遁入地底逃亡的蠕蟲成了只能任人蹂躪的獵物。將蠕蟲的頭部一擊斬下，牠們便噴出綠色的體液，斷了氣。

騎士們茫然地目睹這有如行雲流水，毫無破綻的攻擊。

「好了，來剝取素材吧。畢竟還有其他魔物的屍體在，不早點解體可不行哪～要是這些東西可以賣個稍微好一點的價錢就好了。」

「「「「唔喔喔喔喔喔喔喔喔喔喔喔喔！勇者萬歲！」」」」

戰鬥實在太精采，讓大叔沐浴於騎士們的掌聲及喝采聲中。

他們由於倦怠感及魔力的消耗，精神十分緊繃，到了將傑羅斯作為勇者來崇拜的程度。傑羅斯將這些騎士們放在一邊，開始剝取素材。

由於周遭還有許多魔物的屍體，解體工作的進行花了一點時間，但也總算是弄完了，之後便可以仔細享受這些戰利品。順帶一提，蠕蟲的肉無法食用，所以燒掉了。

問題是出在被蠕蟲襲擊的其他魔物身上。

＝＝＝＝＝＝＝＝＝＝＝＝＝＝＝＝＝＝＝＝＝＝＝＝＝

【白猿的毛皮】

是瘋狂人猿的毛皮，若是品質一流的東西，可以用很漂亮的價格賣出。主要被用在貴族的外套上，在貴婦人間尤其流行。

以美麗又有光澤的毛及純潔無穢的白色為特徵，十分受歡迎。由於毛皮不易取得，在商人間經常處於缺貨狀態，所以價格也往上翻了好幾倍。

因想要藉此一舉致富的獵人必定會失去行蹤而廣為人知。

＝＝＝＝＝＝＝＝＝＝＝＝＝＝＝＝＝＝＝＝＝＝＝＝＝＝＝＝

「還純潔無穢的白色咧……這毛皮的來源根本早就汙穢不堪了啊……」

大叔不禁吐槽起鑑定的結果。看來身為毛皮來源的那種人猿，作為商品而言的價值又另當別論了。

「那個『白猿的毛皮』，居然是那種人猿身上的東西……」

「雖然在學院有人穿著那種毛皮製成的大衣四處炫耀……但我已經不會感到羨慕了。比起那個，這隻人猿是來不及逃走嗎？」

「難怪傭兵們都沒能回來，大家都被這些傢伙給吃了吧，別種意義上來說的吃……」

「太可怕了……我能當上騎士真是太好了。」

「真的，至少有穩定的薪水，沒必要像傭兵那樣成天擔心收入問題。」

他們為自己身為騎士一事安心地鬆了口氣。

由於商人會以高價收購「白猿的毛皮」，所以傭兵與獵人都殺紅了眼在尋找這毛皮。

然而，此刻他們終於知道接下這個委託的傭兵為何經常一去不回了。

騎士中也有從傭兵身分靠著實力爬上來的人，是必須經過嚴格的審查與學力判定才能勝出的菁英職。

若是在身為傭兵時接下了這個委託，極有可能會見到地獄。

他們從未對自己通過艱難的騎士選拔考試一事感到如此的高興。

畢竟騎士就像是公務員，擁有穩定的薪水，不用像傭兵那樣冒著生命危險去賺錢。可是騎士們忘了一件事。

此處是還棲息著許多凶暴魔物，以弱肉強食為法則的魔之森林……

「不過這下可困擾了，食物所剩無幾……」

「不僅人猿，連狼群都來了。到底有多少魔物闖進來啊？而且牠們是從哪裡入侵的？」

他們耐著飢餓，開始調查據點周遭的情況。

調查了一陣子後，發現多半是從岩壁的外側挖洞入侵進來的。

看來其他的魔物也是從那個洞闖入其中，並開始爭奪食物，接著發展為慘烈的生存競爭吧。瘋狂人猿帶著食物逃跑，而狼群則是遭受蠕蟲襲擊而滅亡了。

「居然挖出這種洞穴……這還真令人想像不到是魔物所為，意外的有在動腦啊……」

「無論是人猿還是狼，都是成群結隊來的嗎……要是正巧迎面碰上他們的話……光、光想就覺得恐怖……」

「比起那些事，食物該怎麼辦啊！」

「還有四天……距離車隊來迎接我們還有一段時間喔？」

「在那之前都不吃不喝嗎？別開玩笑了！」

「可以不要把氣出在我身上嗎？」

他們在第二天就陷入了挨餓的窘境。看著騎士們的樣子，傑羅斯的臉上浮現了似乎很開心的笑容，而且是打從心底發出的……

「老、老師？你看起來為什麼那麼高興？」

「咦？我有露出那樣的表情嗎？」

「師傅……你該不會很享受這個狀況吧？」

「我……可沒有那樣想喔？是啊，我絕對沒有想說這下你們就成了我的伙伴了……」

傑羅斯回想起自己一個月前在這個廣大的森林中徘徊時的事。

雖然有水，但食物只有肉，不持續狩獵就會挨餓的野外求生生活。他是運氣好順利的抵達了城鎮，要是一個沒搞好，說不定現在還在過著野外求生的生活。

那時的他精神已經被逼至只差一步就要變回原始人的程度。

對於能夠獲得擁有同樣境遇的伙伴，大叔純粹地感到喜悅。

沒錯，包含兩位弟子在內，已經可以肯定騎士們至少要過上四天只有肉可吃的生活了。

「你已經完全腐化了啊……」

「老師……太過分了。」

冷酷的視線刺在身上，他仍止不住笑意。

「……所以說啊～大家一起分擔這些不幸吧？」

「「「你開玩笑的吧！你這想法到底有多認真啊！」」」

「我想將……這些不幸……也分享給你們啊……」

「「「糟了……這傢伙的眼神……是認真的！」」」

拜那一週的野外求生生活所賜，大叔的精神變得十分不安定。

大叔這變回當時心理狀態的樣貌，令包含弟子在內的騎士們感到顫慄。

最慘的狀況是，在場的所有人已經確定會和這位大叔踏上同樣的道路了。接下來大家只能手拉手的在嚴酷的環境下展開野外求生生活……

這一天，大叔露出了至今為此從未展現過的燦爛笑容。

那笑容簡直眩目地令人難以直視……

◇◇◇◇

接下來的兩天，騎士們生活在地獄之中。

為了尋找獵物而進入森林，打倒獵物後就支解、調理後食用。持續過著原始並且十分野蠻的生活。

在這個只要鬆懈下來就會死的嚴酷森林中，他們的野性在第四天覺醒了。

將想要從旁搶奪獵物的野狼給擊退、虐殺打算襲擊女騎士的哥布林、反過來打倒想將自己當成獵物而襲來的獸人。他們的眼中已經失去了理智。

眼底閃爍著危險的光芒，為了確保食物一味地戰鬥。

打倒獵物時就發出喜悅的吼叫、與伙伴們分食少許的食物，甚至會發狂般地圍著火焰跳舞慶祝狩獵成功的喜悅，他們回歸到了原始人的生活。

他們的鬥爭本能被完全激發出來，對於襲擊據點的魔物不僅毫無慈悲，甚至過度地加以反擊。這個大深綠地帶就是不做到這種程度便無法生存下去的危險領域。

徹底以身體體會到剛來到這塊土地上的前兩天只是運氣好，以及自然到底有多麼嚴苛後，現在的騎士們已經沒有多餘的心力了。

就連等級提升後感到一喜一憂的餘裕都已蕩然無存。

——颯颯！

一枝弓箭貫穿了斬擊兔的頭部。

斬擊兔在一陣痙攣後，無力地沒了呼吸。

「唔呵呵呵……獵到肉了……」

「嘖！被搶先了……下一個獵物在哪？」

「這裡有肉獸人喔！」

「讚啦！幹掉牠！」

就連在比較安全的大深綠地帶邊緣都是這種狀況了，騎士們已經親身體會到，曾在這森林深處過著野外求生生活的傑羅斯當時到底是處在多麼嚴酷的環境下。

畢竟在這裡只要待上一個小時左右就會被魔物襲擊。而且襲來的魔物大多都不適合當成食物，只會無謂地耗費體力，大家也因此累積了不少怒氣。還沒來得及好好休息，下一批魔物又襲來了。

在短暫的時間內這種狀況不斷重複著。抵達極限狀況的騎士們，已經領悟到不找回野性本能就無法生存這件事。

而他們累積的怒氣也一口氣爆發開來。沒錯，他們化為了狂戰士。

「好、好可怕……大家到底是怎麼了？」

「他們只是適應了這個廣大的森林，理解到不捨棄天真的想法，變得冷酷無情就無法生存。嘿嘿嘿……」

「師傅，你該不會也……」

「呵呵呵……這個世界說穿了就是弱肉強食，已經習慣文明的人類，是沒辦法在這嚴苛的大自然中生存下來的。你們兩個也該早點找回野性喔，知道嗎？」

「不，這樣不對吧？這怎麼看都是精神出問題了吧！」

「搜索並殲滅……在這裡，不殺死對方就會被殺死喔。呵呵呵……」

像是在看什麼令人懷念的東西般，傑羅斯打從心底露出笑容。

回想起昔日的自己，想起那些讓在文明社會中生存的自己理解到自己有多麼脆弱的日子。從轉生過來的第一天便開始的野外求生，令他心中誕生了一隻獰猛的野獸。

而那隻野獸又再度復甦了。

「隊長！我們在這邊發現了被奪走的肉乾碎片！」

「什麼？也就是說那些傢伙就在不遠處……好，我們沿著痕跡追上去！發現那些傢伙的話就殲滅！一隻都不留地殺光牠們！為被奪走的食物報仇雪恨！」

阿雷夫也成了野獸。原本禮儀端正的騎士，如今也變得相當惡質。

他們身上早就沒有半點害怕人猿的影子，已化為只知殺死敵人的修羅了。

騎士團完全沒有要隱藏那閃閃發光的戰意，開始追尋仇敵的蹤跡。

「好了，我們也走吧。準備復仇嘍！」

「啊啊……人只要剝下外皮，就是野獸呢……」

「不對……這樣是不對的。有什麼地方搞錯了。」

茨維特的話語沒能傳達出去。這個森林適用的只有純粹的暴力。

大深綠地帶絕對不是可以靠智慧與勇氣就能輕易克服的地方。而是聚滿凶惡的魔物，只能依靠可說是最單純的本能的弱肉強食的領域。在這個世界中，天真的思想只會害死自己。

◇　◇　◇　◇

瘋狂人猿畢竟是人猿，住在岩場上。

從林木間的觀察來看，是一個由二十三隻人猿組成的集團。

擁有以頭目為中心的社會階層，只有居於上位者才被允許進行繁殖行為。問題是……

「怎麼？雌性不會太多了嗎？」

「仔細一看，也有一些奇怪的個體存在耶？」

「啊啊……那到底是雌是雄……無從判斷吧？」

在一身白毛的人猿中，有幾個奇特的個體。分辨瘋狂人猿性別的方法，其一是乳房，其二則是頭部有些黃色的毛髮混在其中。

雄性比雌性的體型小而結實，然而相反地，雌性擁有滿是肌肉的巨大身軀。

但是有幾個無法分辨性別，體型介於雌雄之間、既有乳房也有雌性與雄性生殖器的存在。不過比起那個，頭目才是問題。

明明沒使用也會擅自發動的鑑定能力，將頭目的能力參數顯示於腦海中。

＝＝＝＝＝＝＝＝＝＝＝＝＝＝＝＝＝＝＝＝＝＝＝＝＝＝＝＝＝＝

【狂后金剛】Ｌｖ１５

ＨＰ　３１６７／３１６７

ＭＰ　７４２／７４２

＝＝＝＝＝＝＝＝＝＝＝＝＝＝＝＝＝＝＝＝＝＝＝＝＝＝＝＝＝＝

是猩猩啊。而且既然稱后，必然是雌性。

擁有充滿光澤的綠色體毛，以及比瘋狂人猿還要大、有五公尺等級的身軀。

恐怕是進化後的魔物吧，就算一樣是人猿，這體型也大得異常。

而且牠還使用蠻力推倒那些雄性瘋狂人猿，沉迷於繁殖行為。

「那隻猩猩可以和不同種族交配嗎？」

「和哥布林與獸人一樣嗎……這是多麼恐怖的事啊……」

「怎麼，那裡好像也有人在嘛？雖然是像山賊的大叔……」

「「「我們不想看那裡！」」」

的確可以看見那邊有幾個像是山賊的男人在，但是沒有人想把目光移向那裡。

「該不會……瘋狂人猿在一般情況下是沒有雄性的嗎？」

「師傅，你這話是什麼意思？」

「我只是在想牠們一開始恐怕只有雌性，碰到特定的狀況才會變化成雄性……」

「「「啥！」」」

假設瘋狂人猿是只有雌性的集團，在某種程度上就能以至今為止所得到的情報來推測其生態。因為是人猿所以擁有社會階層，為了讓居於上位者進行繁殖行為，弱小的個體會變化為雄性。像這種擁有由於一定的壓力而導致基因變化，使性別改變的習性的動物，雖然有些魚類是如此，但發生在哺乳類、而且還是人猿身上那就是大問題了。

以瘋狂人猿來說，壓力的來源就是占據集團上位的頭目們吧。

由於地位較弱，只能服從頭目的命令，不但無法在力量上取勝，還會被當作繁殖的道具。對此感到強烈壓力的個體會維持雄性的狀態，為了變回雌性而襲擊男性人類。

同時只要能證明自己比雄性強，該個體的地位就會往集團的上位攀升。所以那些雌雄不分的個體，恐怕是在變回雌性、抑或是在變為雄性的途中吧。

簡單來說，就是原本身為女性，卻會由於其遭遇而不得不變成人妖的狀況。

換做是人類，應該沒有比這更恐怖的事了。

「傑羅斯先生……也就是說，牠們是為了變回雌性才襲擊我們的嗎？」

「是……這樣沒錯呢。因為對集體行動的動物來說社會地會是很重要的，特別是食物問題。」

在人猿社會中，誰可以吃比較多食物是有固定順序的。集團的頭目可以率先用餐，而其他人猿在頭目吃完前都不准動手。就這樣依照社會階級輪番用餐，最下層的人猿有可能會因為吃不到東西而必須餓肚子。

在這過於嚴酷的法芙蘭大深綠地帶，對於弱小的個體來說，些許的食物也十分重要。所以牠們才會執拗地鎖定其他集團的雄性或男性個體，企圖展現自己的力量。獲勝的話就將雄性給擄走，由於自己成了上位者，也可以進行繁殖行為。而山賊們就是因為落敗了，被視為社會的最底層。

「那麼，也就是說……牠們將我們視為同類？」

「牠們認為我們視同一種生物？真是令人難以置信……」

「是啊～……要是輸了的話，就會變成那樣喔。」

望向傑羅斯所指的方向，可以看見山賊們悽慘的樣子。

「老師，那些人猿為什麼不會襲擊女性呢？既然想獲得集團的認同，女性不更是牠們應該立刻打倒的敵人嗎？」

「偶想，那大概素因為牠們想降低風險吧～……要素有女性處在一群男性中，那肯定素很強的個體……襲擊人類男性，素牠們為了證明自己很強的示威行為～」

雖然示威的對象是人類這點很有問題，但在自然界中，是強是弱，這種單純的力量關係就是一切。大自然中不時會出現一些擁有奇特習性的生物，輕易地顛覆人類的常識。

「反正我也沒想當變態，這種事情怎樣都好，倒是你從剛剛開始口氣就很奇怪喔？師傅……」

「真的素變態呢～哈哈哈哈哈……真糟糕啊～……」

大叔的眼神已死。要是自己不是透過作弊轉生到這個世界來的話，現在應該會跟那些山賊處於相同的立場吧。

正因為理解到這一點，傑羅斯的理智強烈地抗拒去接受眼前所發生的事實。正因為保有一些常識，要老實地接受現實是非常困難的事。

「原來如此……對他們來說男性是弱小的個體啊。是說我們被奪走的食物呢？」

「偶看現在大概都在那個頭目的肚子裡吧……嘻嘻嘻，多謝招待～♪」

「欸，師傅……你該不會完全崩壞了吧？」

「這樣下去的話，老師會有危險吧？」

「「「這些死人猿，我要殺了你們喔喔喔喔喔喔喔喔喔喔！」」」

食物的怨恨是很可怕的。對戰場來說，食物不僅是必需品，為了將決定好的分量做最適合的調理後分配下去，食物的庫存重要性是最高的。對於經過眾多嚴苛訓練的騎士們來說，這可是深深刻劃在身體中的最重要事項。

一點點的奢侈都會招致部隊陷入飢餓中，所以像遠征一類的場合都會細心管理。而重要的食物卻被人猿們給吃得亂七八糟，絕對不可原諒。

更何況他們被奪走的食物都是人民的血汗錢。

騎士們的怒氣突破了臨界點。

「在四周散開！各騎士們拿好那個東西在原地待機，等信號一下就丟向這些傢伙。」

「「「了解！」」」

他們在統率之下分成小隊，以數人為單位組成小組。騎士們繞到岩場四周的下風處，在魔物集團的四周伺機而動。他們的動作十分迅速。

他們用上了這幾天因升級而大幅提升的體力，以及新取得的戰鬥技能，為了打倒仇敵而賭上一切。

「瑟雷絲緹娜小姐，請給信號……」

「好、好的！『閃光』！」

瑟雷絲緹娜的閃光魔法在人猿群的中心炸裂開來。突然出現的光線奪去了瘋狂人猿們的視覺，以此為信號，騎士們一同將某種東西丟了進去。四周滿是黃色與紫色的煙霧。

瘋狂人猿們的身體麻痺，而且還中毒了。這是他們這兩天習得的狩獵技巧，是可以確實打倒獵物的常用手段。只是一點都不是騎士該有的戰鬥方式。

「『狂風』！」

茨維特使用風系魔法，讓麻痺與毒的霧氣擴散到整個群體。確認所有人猿都已經吸入霧氣的騎士們一起拔劍衝上前去。

「「「「死吧啊啊啊啊啊！」」」」

因為麻痺而動彈不得的瘋狂人猿無計可施，只能任騎士們宰殺。以團體戰來說，先奪去敵方的戰鬥能力是很基本的事，就算對象是成群的魔物也沒有什麼不同。

只是不知道魔物隱藏著怎樣的能力，所以就算被說這樣很卑鄙，也要不擇手段地打倒對方。不僅是因為這是一場狩獵，也是因為在這座森林中，只要些許大意便會要人性命。

「『火炎之箭』！」

「『閃光彈』！」

為了更加確實地打倒敵手，又加上了魔法攻擊傷害。火焰會在瘋狂人猿間不斷燃燒，牠們為了滅火就會暫時停止戰鬥，此外也能夠讓雷所造成的麻痺效果更上一層樓。

由於對手不是人類，就算卑鄙，他們也會把能用的手段全都用上。

「要確實地打倒牠們！這些傢伙的等級比較高！」

「打倒第三隻了！」

「那麼第七隻呢？」

就算等級有所提升，騎士們的力量還是不夠強。可是這次藉由使用道具，確實且安定地給予對方攻擊而成功了。

更何況此處是非生即死的危險地帶。存活下來才是最重要的，不需要什麼騎士的信念。在生存競爭時，被說卑鄙也只是無關緊要的事。雖然輕易地打倒了瘋狂人猿，但還有個麻煩的大傢伙在這裡，那就是狂后金剛。

看到集團被打得落花流水，狂后金剛以兩手捶胸，發出威嚇。

「喂！毒沒起作用喔？」

「怎麼會！牠有對毒抗性嗎？」

「咕哇啊啊啊啊啊！」

跳起的狂后金剛著地時發出巨響，恣意地揮舞著牠那長長的手臂橫掃眾人。

一位瞬間舉盾防禦的騎士受到衝擊後飛到了數公尺外。

牠又舉起手臂，就這樣一鼓作氣地向距離更近的騎士搥去。

「唔喔！」

雖然千鈞一髮地避開了，但其衝擊波所產生狂風仍將騎士給震飛出去。

「唔啊啊啊啊啊啊！」

「多麼強大的力量啊！這就是上級魔物……」

只是牠可能十分氣憤，連集團中的瘋狂人猿都被牠給擊飛了。

衰弱的瘋狂人猿無法防禦，立即死亡。還真是過分的頭目啊。狂后金剛雖然力量強大，腦筋卻不太好。看到被自己打飛的同伴又變得更加氣憤。

「專心避開牠的攻擊，要是被打到一下就死定了！」

任意揮舞的手臂不斷掃倒瘋狂人猿。比騎士們的攻擊還要迅速，頭目一一打倒集團中的伙伴。這已經不是腦筋不好的程度了，完全是笨蛋。

「這傢伙雖然很笨，但拿牠沒轍啊！」

騎士們雖然試著反擊，但劍被牠堅硬的皮膚給擋下。狂后金剛沒放過這個機會，立刻揮拳過來。被打飛的盾飛舞在空中。想不到那巨大的身軀竟能如此輕盈地在空中跳躍，牠那短短的腳將應該是山賊的男人一腳踩爛。男人噴出大量的鮮血，當場喪命。

「真不希望以那種方式死掉……」

「以各種意義上來說都是十分悲慘的死法呢……」

遭受瘋狂人猿蹂躪，又被身為頭目的狂后金剛給踩爛，真的是令人敬謝不敏的死法。

身為被害者的山賊們早已失去了平常心，只會茫然地呆立在原地礙事。

狂后金剛一拳搥下後，他們便化為悽慘的肉片。

不如說，對於精神失常的他們而言，或許死亡才是救贖吧。

「『光之縛鎖』。」

狂后金剛被閃耀的鎖鏈給束縛，封住了行動。

那模樣就像是被架在十字架上。

「傑羅斯先生出手了！」

「趁現在趕快攻擊吧。不知道牠會不會有什麼特殊的攻擊，大家還請多加注意！」

「了解！擁有中距離攻擊技能的人全力攻擊，幹掉這頭母猩猩！」

「光魔法『神的祝福（神之吐息）』。」

廣範圍我方部隊強化魔法「神的祝福（神之吐息）」。在這個世界中是只有「大神官」才能使用的傳說中的魔法。效果是可以大幅強化我方的攻擊力、防禦力、迴避力、魔法攻擊力、魔法防禦力。在一段時間內還能自動恢復ＨＰ與ＭＰ，避免我方的損耗。同時也是對於不死系魔物的最強攻擊技能，當然還是有其例外……

騎士團員們一起瞪視魔物，露出凶惡且猙獰的笑容。

「「「「這下就可以幹掉牠啦！」」」」

吼出了非常危險的話語……

第三話　大叔遙想那時

趁著狂后金剛行動受限，大家開始動手優先處理掉周圍的小嘍嘍。

畢竟小嘍嘍聚在周遭很礙事，更何況牠們是偷走了珍貴食物的死刑犯。騎士們對牠們施加飽含憎惡的猛烈攻擊。但出了一點狀況而回到集團中的瘋狂人猿們也參與戰鬥。好不容易減少的敵方戰力又回到了平行線。

雖然其中也混著成為魔物餌食的山賊們，然而他們在精神層面上早就已經死了，完全沒必要救助他們。

「趕快打倒牠們！強力的魔物可還在那裡啊！」

「隊長，再一下就能解決了！是不是先多少給牠一點傷害比較好？」

「說的也是……茨維特大人、瑟雷絲緹娜大人，狂后金剛就麻煩兩位了。」

「交給我吧！『火炎之槍』！」

「我試試看！『閃光長矛』！」

將瘋狂人猿給一舉殲滅以及對狂后金剛的攻擊同時開始了。

可能是皮膚異常的硬，就算魔法效果增強了，茨維特他們的魔法攻擊仍沒有什麼效果，還好雷系的攻擊多少有效。不用說，雖然有「麻痺」的附加效果，但除此之外沒有發揮任何功效。反倒是狂后金剛

對於打倒伙伴，甚至還對自己出手的敵人感到有些焦躁了吧，牠像是在口中積蓄什麼似地，一口氣吐了出來。

儘管那怎麼看都像是痰，擊中岩石後卻像熾熱的溶岩般使岩石溶解了。

「……這、這是開玩笑的吧？我才不想死在這種攻擊底下……」

「這是多麼……骯髒的攻擊啊，要是因此而死實在太丟臉了……」

利用魔力將自己的體液變為強酸，可說是在各種方面上來說都很令人驚訝的攻擊手段。

「沒辦法，從背後攻擊牠吧。別繞到正面去！『音速劍』！」

「我也來，『剛力斬』。」

阿雷夫開始使用劍技攻擊，茨維特也以剛學會的劍技斬向敵人的背後。銳利的斬擊雖然砍中了狂后金剛，卻無法傷牠一根寒毛。

狂后金剛的皮膚正是如此堅硬，無法給予牠致命的一擊，只是無謂地耗費魔力。

瑟雷絲緹娜以權杖擊飛瘋狂人猿，找到空檔便對狂后金剛施放「雷電」的魔法，然而依然起不了什麼效果。

雖然只要傑羅斯出手就好了，然而考慮到現在要以讓騎士們升級為優先，便刻意不攻擊，直到狀況危急時才介入戰局。

「真沒辦法……就使出我的絕招吧，『轟雷一閃』。」

劍技之一的「轟雷一閃」，是藉由將雷電纏繞在身上暫時提升身體能力，使瞬間破壞力倍增的斬擊。是阿雷夫所能使出的最強技巧。

這一擊將狂后金剛那堅硬的皮膚斬裂，血如飛沫般濺出。

然而這仍無法對其造成致命傷，取而代之的是……

——啪鏘鏘鏘鏘鏘鏘鏘鏘！

響起了尖銳的金屬聲。束縛住狂后金剛的光之縛鎖碎裂四散。

「什麼？居然是『破除縛鎖』！」

可以破除束縛或封鎖系魔法效果的戰鬥技能，「破除縛鎖」。

就算有手下留情，通常的魔物也無法抵抗傑羅斯的魔法，可是狂后金剛卻破除了他的縛鎖。

「這種狀況下大概是『潛力』或是『狂暴化』吧……是哪一種呢？」

「師傅！你還在悠哉地說什麼啊！那傢伙很不妙吧？」

狂后金剛身上的體毛豎了起來，變成了紅色。

體型也大了一圈，肌肉異常的膨脹隆起，血管浮現在皮膚表面跳動著。

「看來是『狂暴化』啊……這下可麻煩了呢。」

「「「你為什麼這麼冷靜啊！」」」

已經無法制止狂暴化的狂后金剛了。

牠靠著蠻力拔起附近的巨大樹木，朝傑羅斯等人揮來。

「牠變得比剛剛更凶暴了喔！」

「這打不贏啊！誰來想點辦法吧！」

狂暴化後的狂后金剛大鬧起來，還活著的瘋狂人猿也被捲入其中。

橫掃樹木、擊碎岩石後仍不斷戰鬥。「狂暴化」會在憤怒達到最高點時發動，然而同時也會將自己的性命毫無防備地暴露在危險的狀態下。

被憤怒給沖昏了頭而無法顧及周遭的狀況，連自己的性命都不要了。只顧殲滅敵人，一直大鬧到眼前的敵人全都死亡為止，這個技能的效果才會消失。

「還真是麻煩的魔物啊～早點搞定牠比較好吧……『雷神轟雷球』。」

傑羅斯判斷再讓騎士們作為魔物的對手會有危險，便在瞬間造出了手掌大小的雷球後衝入狂后金剛的懷中，在極近距離下將雷球擊向牠。雖然外觀看來就像一般的「雷球」，其中所蘊含的魔力與威力卻是天差地遠。傑羅斯放出的雷球釋放出魔力與破壞力，由內側將狂后金剛給燃燒殆盡。放出的剩餘電力更影響到周遭，粉碎了附近的岩石與樹木。

從體內被焚燒殆盡的狂后金剛倒下，刮起一陣風。

傑羅斯從腰間的小包拿出紙菸後叼了一根在嘴上，以「火炬」的魔法點燃紙菸，不帶半點感情地靜靜吐出白煙。

「呼～真空虛。這種空虛的感覺，到底是什麼呢……」

騎士與他的學生們則是冷眼看著這樣的他。

感覺彷彿現在仍會忽然爆出「為什麼你不早點出手解決牠啊！」的抱怨。

紙菸的煙有如憑弔著狂后金剛的線香般，緩緩地隨風飄去。

但是法芙蘭的大深綠地帶可不是天真的會讓事情就此結束的地方。

——沙沙沙！

「什、什麼？」

「喂……那傢伙是……」

現身在騎士們眼前的是一頭體型格外巨大的赤狼。真是一波未平一波又起。

接著還有更多成群結隊出現的狼型魔物包圍了他們，吃起了騎士們打倒的瘋狂人猿的肉。嗅到血腥味，從其他魔物手中搶奪獵物。在這個廣大的森林中也不斷反覆地進行著這樣的食物鏈。傑羅斯與騎士們所打倒的魔物當然也毫無例外。

在這個嚴苛的世界中，如何求生是最重要的。要讓自己的種族延續下去，為了搶奪其他種族打倒的獵物而挑起爭端的狀況也很常見。

「唔……是『強欲赤狼』啊。雖然很麻煩，但把這傢伙也打倒吧。還好剛剛施加在你們身上的補助魔法『神的祝福（神之吐息）』的效力還在。」

「「「你開玩笑的吧？這傢伙可是A級魔物耶！」」」

「但逃走的話，我想牠們會整群攻上來喔～因為野獸有追擊逃走的獵物的習性，無論如何，只要還待在這座森林裡就逃不掉吧～」

騎士們啞口無言。擁有強大力量的魔物不可能會讓獵物逃掉，不打倒對方就會死。這就是這個嚴苛世界的法則。更何況這裡是魔物會接連襲來的魔之森林。他們原本就沒有選擇權。騎士們以顫抖的手握住了劍，決心一戰。

「「「既、既然如此就大幹一場吧！」」」

半帶著自暴自棄的感覺，騎士們再度投身於賭上性命的激戰。

強欲赤狼是對戰鬥特化的狼型魔物，機動性高，更重要的是會從牙齒中分泌致命性的猛毒，就算只被攻擊到一下也不是鬧著玩的。

赤狼還有著會與其他狼系魔物成群結隊狩獵的習性。

「總之先把囉嘍們給清掉吧，『貫穿吧．雷光之箭』。」

傑羅斯放出的魔法是改造自「雷電之箭」的魔法，未經詠唱便擊發出的無數雷電毫不留情地將其他狼群也捲入其中。

「茨維特、瑟雷絲緹娜，雖然我想你們已經累了，但幫忙把這些嘍囉解決掉吧。」

「師傅……你該不會想要對付那個強敵吧？」

「老師，這太亂來了！」

「叫騎士們當他的對手太過分了，只能我自己上了呢……其他礙事的傢伙就交給你們嘍？」

他丟下這句話，朝著強欲赤狼走去。

拔出腰間的劍，將所有身體能力完全發揮出來，做好狩獵的準備。

「傑羅斯先生要去對付強敵了，所有人聽好！努力纏住這些嘍囉們，別讓牠們去礙事！」

「防禦交給我，穿過去的傢伙就拜託你們了！」

「怎麼能死在這種地方，我們要活著回去！」

騎士們的對手也是狼型魔物，通常被稱為「獵狼」，是「野狼」進化後的上級魔物。當然，在集團中也有森林狼和野狼。

雖然以個別強度來看，騎士們完全足以應付牠們，問題是牠們成群行動，讓困難度往上翻了好幾倍。狼群的基本戰術是讓大量弱小的狼群們將週邊包圍起來，再由身為頭目的強欲赤狼突擊，擾亂獵物。這次牠們也以一貫的戰術襲向傑羅斯等人。

此外牠們也具備一定的智能，懂得何時該收手，所以只要狼群減少到一定數量就會撤退。

正因為是弱小的魔物，才會藉由訂定戰略，狡猾地在這個嚴苛的自然環境下存活下來。而牠們正是這麼麻煩的對手。

雖然狼群單靠騎士們也能應付，但加上了強欲赤狼後威脅度也大幅上升，要是沒有S等級的強者在，根本無法與其抗衡。

所以會變成要由大叔獨自對付強敵的狀況也是必然的。

「好了，我也差不多想休息了，趕快結束吧……」

大叔使用格鬥技能「縮地」拉近距離後，瞄準魔物的腳，揮動兩手握著的劍。

這原本就跟遊戲不同，在實戰中先封住對手的行動是常見的手段。

他將魔力聚集在兩手的劍上，使劍刃變得更為銳利後，其威力輕易地切開了厚實的肉牆，切斷了強欲赤狼的腳筋。

——咕喔喔喔喔喔喔喔喔喔喔喔喔喔喔喔！

巨狼咆嘯。體認到自己的後腳筋已經被切斷，無法自由行動了，牠為了排除眼前的威脅而將魔力聚集到口中。這個巨大魔物的絕招是「炎之吐息」。

由於會耗費大量的魔力，所以這是只能發出一次的特殊攻擊。能夠發出多次的魔物不是等級非常高，就是龍種。

「我已經見過這招好幾次了，所以這種攻擊對我沒用啦。『白銀神壁』。」

大叔的魔法幾乎與魔物的吐息同時發動。

展開為圓錐狀的防禦障壁不僅擋開了吐息，更能像長槍般伸長做出反擊。看不見的槍劃開吐息，刺中了強欲赤狼。

可以任意改變防禦障壁形狀的魔法。這才是白銀神壁的真正價值。

「『斷頭斬』。」

劍技「斷頭斬」是對衰弱到某個程度以下的魔物十分有效的攻擊，可以一擊將魔物的頭給砍下來。問題是若沒有先讓對手變得衰弱，就無法發揮其功效，只會白白浪費魔力。由於難以掌握使用時機，是依據魔物的大小及種類，使用的場合也會有所改變的攻擊技能。

強欲赤狼失去了頭部，噴灑出大量的血液後命喪當場。

『唔嗯……果然比棲息在森林深處的同種魔物來得弱啊。算了，能拿來當食物就好……好想吃薑汁燒肉啊～』

這隻巨狼的肉相當美味。是賣掉後能夠得到獲得不少報酬的高級食材。

大叔開始解體巨狼，在他身後，騎士們正不斷賭命戰鬥著。不過這也是訓練的一環，傑羅斯沒打算出手。

打倒頭目後，領導群體的就成了次強的上級魔物，獵狼。然而獵狼有好幾隻，其中也有迅速地察覺到危機而帶頭逃跑的個體。

數量最多的下級魔物，也就是野狼與森林狼的集團以結果來說四散各處，而這樣對騎士們來說就已經謝天謝地了。

不管那些逃走的狼群，騎士們只要應付襲來的狼群，對其加以攻擊就行了。

「響起吧，雷鳴。對在我面前成群的愚者們降下審判之雷……『雷電之雨』！」

「激烈的旋風啊，掃去擋在我面前的所有事物吧……『狂暴氣流』！」

茨維特與瑟雷絲緹娜同時發動了魔法，兩者效果相乘，攻向朝這邊襲來的獵狼與野狼群。沒被魔法打倒的狼隻則由騎士們迎擊。

「嗚喔喔喔喔喔！我才不想死呢！」

「我可還沒結婚呢！哪能那麼輕易的死掉！」

「我連女朋友都還沒交過，怎能就這樣一輩子單身的死去！可惡的狼，去死吧！」

「我的孩子都出生了，我怎麼能死在這種地方！」

騎士們悲痛且其中一部分非常切實的吶喊聲響徹周遭。他們賭上了性命與襲來的狼群一戰，因為不在這裡存活下來，就再也見不到明天了。

「瑟雷絲緹娜，保留魔力，以近身戰迎擊吧！森林狼就交給妳了！」

「好的！現在正是好機會，一舉打倒牠們吧！」

他們兩人拿起武器，與騎士們一起以近身戰迎擊狼群。茨維特揮舞長劍牽制著狼群，瑟雷絲緹娜則是以權杖確實地打倒煩人的森林狼。他們活用了與泥魔像的戰鬥訓練成果，血淋淋的攻擊與慘叫聲響徹了整片森林。

頭腦好的野狼判斷現狀不利，開始帶著幾個手下撤離現場。可以的話真希望牠們早點開始逃跑。大叔看著率先逃走的野狼，心中感慨地想著「這傢伙應該可以長命百歲吧～」。以結果上來說騎士們不但獲勝，等級也提升了。然而回到活動據點時又再度陷入以滿身瘡痍還不足以形容的疲勞狀態。

看他們累得連守夜都辦不到，大叔在騎士們休息後施放了回復魔法治癒他們，並主動幫忙守了一晚的夜。因為有過去的野外求生生活經驗，他早已習慣了。

只是早餐果然還是烤肉，手邊有辛香料可說是唯一的救贖。

◇◇◇◇

傑羅斯作了夢。

那是在他剛來到這個世界的第三天晚上發生的事。

那天他從一早開始就不斷被魔物集團襲擊。就算打倒了獵物也會被在天上飛行的魔物給奪走，去狩獵其他的獵物，這次又有被血腥味給引上門的肉食魔物集團現身。

打倒魔物並將其解體時，又有別的大型肉食魔獸襲來。

在沒有終點的惡性循環中，傑羅斯的身心都疲憊到了極點。等他注意到時森林已經被黑暗給籠罩，從早上開始就什麼都沒吃的飢餓感令人難以忍受。在戰鬥途中打算當作食物的肉被從旁搶走，真的是很慘的一天。而且運氣很不好的，由於身上的辛香料存貨已經過期了，就算有獵到肉，也只能吃沒有味道的烤肉。就連鹽都已經沒有庫存了。

由於很久沒有參加多人共鬥了，他對於自己把食物就這樣放置不理一事感到非常後悔。

前天在河川附近休息時被蜥蜴人集團拿槍襲擊，所以這次為了防止再有魔物來襲，他打算在岩地的陰暗處度過一晚。真是幸好現在不是冬天。

已經連出聲的力氣都沒有了。不知道是累了還是想忘卻飢餓，他立刻就睡著了。那傢伙就是在這時候出現的。傑羅斯感覺到身體在微微搖晃而醒了過來。

他雖然瞇著還很睏的眼睛仍試著確認現狀，在朦朧的意識中理解到自己正處於怎樣的狀況下。從稍微被脫下的褲子中可以看見自己的屁股，也就是說他有半個屁股露在外面。

而且正在脫他褲子的，是長著白色體毛的手臂，以及露出下流表情、紅著臉的人猿臉。瘋狂人猿的視線與大叔對個正著。

『『…………』』

……一陣沉默。然後他確認到了。他看見了那個。

猶如要貫穿天空一般雄偉、徹底地高聳挺立著、需要打上馬賽克般凶暴且凶惡，在牠雙腿間的天空樹……

『嗯哼？』

『NO————————！』

在法芙蘭的大深綠地帶中響起了大叔的悲鳴。明明就累到連聲音都發不出來了，這聲慘叫卻彷彿可以傳到世界盡頭似地響徹了整片森林。

大叔在這時理解到的，是這世上存在著擁有異常習性的魔物，以及自己是會說「NO」的日本人。

接著在各種意義上都很危險的鬼抓人開始了。

以這天為界線，大叔將靈魂賣給了惡鬼羅剎。將襲來的魔物全部打倒；一邊警戒一邊索敵，無差別地襲向在附近晃來晃去的魔物；開心地殲滅不知該不該逃走的魔物。

傑羅斯為了守住自己的貞操，同時也是為了生存，化為了惡鬼。

這個世界說穿了就是弱肉強食，敗者沒有說話的權利。當然，也沒有決定自己貞操去向的權利……

◇◇◇◇

大叔醒來後，迎接了非常寧靜爽朗的──鏘！匡匡！

「可惡，是從什麼地方進來的！」

「不知道！別管了，快打倒他們！數量很多喔！」

「不要啊啊啊啊啊啊啊啊啊啊啊！」

「妮絲被抓住了！隊長！」

「咕，茨維特大人、瑟雷絲緹娜大人，請幫忙援護……」

「「『火球』！」」

轟隆隆隆隆隆隆隆隆隆隆！

──訂正，迎接了熱鬧又殺氣騰騰的大騷動呢。

「夢啊……還真是作了一個討厭的夢呢。是因為昨天碰到了那個人猿的聚落嗎？不過這還真吵啊。

唉，雖然在這座森林中是每天都會碰上的事……」

在他悠閒地想著這些事情時，帳篷外正展開激烈的戰鬥。

傑羅斯拿起放在身旁的劍，一邊伸懶腰一邊走出帳篷。接著眼前立刻飛過一名騎士。

「……真、真危險——」

要是時機差了一點，傑羅斯就會撞上那個騎士。真是十分驚險，他從額上流下冷汗。

法芙蘭的大深綠地帶，實戰訓練最後一天的早晨，植物系的魔物盛大地向騎士們襲擊而來。

女性騎士中的其中一人被抓住了，幾位騎士為了救她而挺身作戰，卻無法順利救出她來，還被不知從何現身的大量魔物給包圍住了，狂后金剛、強欲赤狼，就算結束了接連不斷的戰鬥，他們的處境依然沒變。

只是不斷地打倒魔物，吃牠們的肉維生。這種生活模式就算到了最後一天仍毫無改變。

「這魔物到底是從哪裡進來的……？」

在作為據點的基地周圍以魔法製成的牆給包圍住了，沒有可以讓魔物入侵的地方。以消去法來說只能推測敵人是從地底下鑽進來的。實際上在訓練的第二天就有魔物挖了隧道入侵基地。其他的魔物也像是被引導般地跟著現身，將食物給吃得一乾二淨。

人的常識在這個森林中是不適用的。因為這是魔物各自持有特殊能力，並利用其能力在生存競爭中取得勝利的嚴苛環境。只要些許大意便會失去性命。

大叔考慮到對方可能持有某種特殊能力，便以鑑定技能先檢視對手的能力。

＝＝＝＝＝＝＝＝＝＝＝＝＝＝＝＝＝＝＝＝＝＝＝

【食人獸・魔獸拷貝】×6　Lv126∫176

HP　248∫303／248∫303
MP　615∫1045／615∫1045
＝＝＝＝＝＝＝＝＝＝＝＝＝＝＝＝＝＝＝＝＝＝＝＝＝

鑑定能力將敵人的資料統合在一起，隨意地給了結果。

『魔獸拷貝？這是魔物的花吧？還是說…牠會複製魔物？』

仔細一看，從魔物身體的其中一部分長出了綠色的藤蔓，而那藤蔓連著食人獸。看來答案是後者。

『我記得……這個魔物身上應該可以採到製作人工生命體用的其中一種觸媒……』

參考線上遊戲時期的資料，他冷靜地分析著這個魔物。

食人獸．魔獸拷貝雖然是植物，卻不怕火，而怕冰凍系的魔法。牠會複製成為其餌食的魔物作為兵力去狩獵，複製出的魔物弱點也相同，所以要打倒牠相對輕鬆。然而一整群攻過來時要對應起來可就麻煩了。

對於騎士團和學生們來說是很麻煩的對手，不過在這一週內由於升級讓他們變得更加驍勇善戰，已經成長到不僅是魔法，就算用武器也能對應這些魔物的程度了。

只是現在的狀況十分危急，女性騎士已經被抓到長滿牙齒的花邊了。簡直下一秒就會被吃掉。在花朵深處的無數牙齒噁心地蠢動著，強酸性的黏液散發出刺鼻的惡臭。

要是被吃掉，最後身體應該會變成悽慘的肉塊，被酸液溶解後化為魔物的養分吧。

「不要啊啊啊啊啊啊啊啊！要被吃掉了────？」

「『霧冰散華』。」

廣範圍攻擊魔法「霧冰散華」。是將冰凍魔法「鑽石星塵」經過特殊改造後所創造出的廣域魔法，可以放出會使敵人凍結的霧氣。食人獸的本體逐漸凍結，最終成為了一尊完美的冰雕。騎士當中的一人揮劍，少許的衝擊便使冰雕碎成了碎片。

這片光景有如幻想中的美景，令人無法想像這裡是賭命戰鬥的戰場。然而被救出的女性騎士應該受到了相當大的衝擊吧，已經怕得半是哭出來了。

「傑羅斯先生！多謝你的相助。」

「辛苦了，阿雷夫先生。一早就被襲擊啊～……還真是令人煩悶呢……」

我一邊搔搔頭髮，一邊以無奈的口氣低聲說道。

「最近每天都是這樣呢，希望今天就是最後一天了啊，真是的……」

「食人獸啊，我有一些在意的素材所以想支解牠們，可以嗎？」

「可以把魔石讓給我們嗎？」

「可以啊，我想要的是別的東西。」

傑羅斯找出粉碎的食人獸，一邊將特別大的個體的殘骸用小刀敲碎，一邊尋找他的目標物。立刻就找到了那個東西。

＝＝＝＝＝＝＝＝＝＝＝＝＝＝＝＝＝＝＝＝＝＝＝＝＝＝＝＝＝＝＝＝＝

【變魔種】新增情報。

食人獸．魔獸拷貝的複製種。會複製其他生物的基因資訊，量產出相同的個體。

打倒魔物本體後就會變為種子，會再生長出新的食人獸。

是要構築人工生命體的身體時必備的素材。雖然也可以運用在回復藥上，但隨著效果提升，味道也會變得超級糟。而且腦袋會變得很愉快。

『雖然沒做過，但還真有興趣呢～要做怎樣的人工生命體好呢？』

＝＝＝＝＝＝＝＝＝＝＝＝＝＝＝＝＝＝＝＝＝＝＝＝＝＝＝＝＝＝＝＝＝＝

創造生命被視為禁忌。然而不知此事的傑羅斯正開始思考要不要為了確保耕田的人手而製作人工生命體。

不過目前素材及設備都還有所不足，只能停在計畫階段。

「老師，那是什麼啊？那個種子……」

「是回復藥水的素材喔。雖然也可以用在其他方面，但不是很推薦呢。」

「為什麼？如果是回復藥的話，需求應該很高吧？」

「因為……味道會變得非常糟呢，糟到沒有東西可以比這更難喝的程度。」

為了探求知識常會引發許多悲劇。之所以不把人工生命體的事情告訴瑟雷絲緹娜等人，一方面是基於對生命的責任，一方面則是害怕他們的倫理道德觀念淪喪。

探究者以研究為名，有時也會做出超越人類倫理界線的事情。最糟的狀況是拿人類作為研究素材吧。這要是發生在遊戲內還好，在現實世界的話情況就不一樣了。

雖然先告訴他們這可以當作回復藥的素材，但他們也不會需要非常苦的回復藥吧。要是喝了就會用全力跑出去，做一千個仰臥起坐之後拿頭去撞牆無數次，發出怪聲瘋狂的跳起舞來，就是這麼的難喝。肯定賣不出去。

「雖然很有效～但不好喝是個瓶頸呢，該怎麼辦才好呢。」「那種東西，你想用在什麼地方？」

「在酒吧跟人打賭時，作為懲罰讓輸的人喝下之類的吧……這傢伙很有效喔～……嘿嘿嘿……」

「師傅……你是惡魔嗎……這懲罰遊戲太過分了吧？」

真是恐怖的懲罰遊戲。接受懲罰的人在別種意義上來說或許會變得很開心吧。

他們的訓練最終日，就在早上一團混亂的狀態下開始了。

◇◇◇◇

接近中午時，傑羅斯一邊抽著菸，一邊看著眼前的狀況。

攤開來的是魔物的毛皮、骨頭或牙齒。可食用的肉就保存起來，不適合食用的就由茨維特用魔法燒掉。雖然剛剛瑟雷絲緹娜也在幫忙燒掉多餘的肉，但現在正為了回復魔力而休息。結束與食人獸的戰鬥後又受到了約五次來自不同魔物的襲擊，將其全數擊敗的騎士們也不禁露出疲憊的表情。

現在據點的周圍沒有牆，他們在等待著來迎接的馬車。

「馬車來嘍～～！」

「這、這下就能回去了！」

「咦？為什麼……我的眼淚會……」

「真是漫長的戰鬥啊。我已經什麼都不怕了……」

想到地獄般的日子即將告終，騎士們都藏不住內心的喜悅。

「這附近的魔物……比棲息在森林深處的都還要弱喔？」

「「「真的假的！」」」」

這裡是大深綠地帶最外圍的地方。棲息的魔物的強度相對較低，大概只有出沒在比這裡再深一點的地方的魔物的三成左右。要捨去恐懼怕是還太早了些。

「我記得傑羅斯先生是在這座森林的深處過了一個禮拜的野外求生生活吧？」

「啊啊……所以他才會以我們的不幸為樂啊……」

「連續賭上性命戰鬥一整週後回來的傑羅斯先生……那個心理狀態太危險了，對於拖他人下水這件事他應該沒有半點猶豫吧？」

「這樣說明太長了，簡稱為『那時的傑羅斯』先生如何？唉，的確是很危險……」

「他是真心以我們的不幸為樂對吧？事到如今，我也深刻地體會到了那種心情……」

他們對傑羅斯投以同情的視線。

要說為什麼，那是因為騎士們也經歷過了相同的體驗。

「行李都收好了嗎？那麼所有人開始把東西堆上馬車吧！我們要離開這個地獄嘍！」

「「「「喔喔喔喔喔喔喔喔喔喔喔喔喔喔！」」」」

一行人聽到阿雷夫的吆喝聲，打從心底對於能夠逃離這個危險地帶而感到開心。

駕著馬與馬車前來迎接他們的騎士們，看到他們的樣貌後大吃一驚。因為全新的鎧甲上刻滿了無數的傷痕，每個人看來都很憔悴，卻又散發出一種強勢的氛圍。

「「「你們怎麼會變得這麼破破爛爛的！這一週內到底發生了什麼事……？」」」

他們的身影看來顯然是經歷過多數戰役的戰士。從像是溫水般的安全地帶來迎接他們的人，是無法理解越過了賭命的生死線，與凶惡的魔物一戰並取得勝利，沒有失去半個人就平安的存活下來這些事的……那些嚴苛的戰鬥日子有多辛苦，只有在這裡的伙伴們才能了解。

不顧那些感到驚訝、前來迎接的騎士們，他們開心地將行李搬上馬車。因為想要盡早離開這個地方，他們的心化為一體，搬行李的工作進行的速度快得嚇人。

畢竟不趕快把行李給整理好，說不定魔物又會襲擊而來。

三十分鐘後……騎士們心中抱著各式各樣的心思，像是要逃離這塊土地般地撤退了。

◇◇◇◇

隨著馬車的晃動，騎士們的心情也漸漸放鬆了。

畢竟他們終於脫離了無止境的戰鬥輪迴，如今正向著可以悠哉地睡上一場好覺的安全之地前進。隨著森林逐漸遠去，他們也被打從心底散發的喜悅給包圍，露出和緩的表情。

到桑特魯鎮上需要約兩天的路程，他們就在馬車上搖搖晃晃地移動。要說在這段期間內他們做了什麼，那就是——好好睡了一覺。

在大深綠地帶不分晝夜都會有魔物襲來，他們的精神想必已經相當疲憊了吧。一直暴露在攸關性命的緊張狀態下，受到無數的襲擊而不斷戰鬥，根本沒有可以好好休息的時間。

雖然這狀況實在很可悲，然而自然界的環境不是人類可以輕易改變的。人類的法則說穿了不過只是自然界當中的一小部分，只要稍微離開了舒適圈，就得與嚴峻的大自然戰鬥。

死了的話就會被強者吞入腹中，屍骨無存；贏了就得繼續啃蝕弱者的弱肉強食世界。在那裡的是單純到簡直冷酷無情的世界。

騎士們成功從那個地獄生還，如今全身都陷入安心感中，療癒了這些日子以來的疲勞。

馬車緩緩地前進，經過了抵達桑特魯前的休息地點。是傑羅斯等人之前曾經來過一次的河邊。

可是他們在那邊所看到的，是比預期中更為殘酷的景色……

「這、這是怎樣啊……」

「壞掉的馬車和商人們的屍體……是被盜賊襲擊了嗎？」

在被當作休息地點的河床邊，有著大量的血跡及無數的屍體。

是商人及護衛的傭兵們吧。

「這麼說來，我們約在一個月前也被盜賊襲擊了呢，這附近是有很多山賊嗎？」

「不，那是不可能的。是從哪裡跑來的盜賊吧，真是，現在正累著呢……」

阿雷夫極為不悅地低語。在法芙蘭的大深綠地帶周遭也常會看到從森林裡跑出來的魔物。這附近對於已經熟悉森林的盜賊們來說似乎也是相當危險的地方。

「隊長，屍體還是溫的，看來是剛剛才被襲擊的喔？」

「什麼？這樣的話……想必還在附近吧。」

盜賊若是要潛伏在某處，大多會選擇靠近水邊的地方。雖然為了將搶來的東西給藏起來一定有據點，但可以推測出恐怕是在附近岩地的洞窟吧。

「這附近有洞窟嗎？雖然我沒聽說過……」

「我記得我還小的時候……聽說過有個唸作阿席拉的盜賊團據點喔？他們的老巢應該就在這附近才對……」

「唔嗯……恐怕他們重新利用了那個盜賊團的據點吧。」

阿席拉寫作「猿」，基本上是指日本獼猴。無論是盜賊團的名字還是變態白猿，他們跟猿猴似乎特別有緣。只是這次是會說人話的凶暴猿猴……

「茨維特、瑟雷絲緹娜……準備使魔。」

「哦？輪到我們出場了嗎？」

「要從空中找出盜賊們的據點對吧？」

他們立刻使用「魔法符」，三隻使魔翱翔於空中。傑羅斯的是鷲、茨維特是隼、瑟雷絲緹娜則是喚出了鴿子，三隻使魔在空中分頭往上游及下游開始搜索。沒過多久便意外地迅速找到了盜賊們的身影。

「找到了，他們在上游……步行約三十分鐘距離的地方吧？」

「以女性和小孩作為人質呢。」

「他們一定很期待今晚吧，真想破壞他們的美夢呢~誰叫他們做了多餘的事……」

傑羅斯等人十分火大。連續戰鬥又只有肉可吃的生活，讓他們累積了許多不滿。憤怒令他們的身軀顫抖，殺意毫無隱藏地被釋放出來。就算到了現在，彷彿仍能聽到他們怨歎的聲音。

從大深綠地帶歸來的他們已成了惡鬼羅剎。

「該死的盜賊們，居然讓我們增加了無謂的工作……哼哼哼……」

「就讓我來幹掉這些可惡的畜生們吧～！」

「今晚的祕銀劍對鮮血十分飢渴呢……嘿嘿嘿……」

「那只是普通的鐵劍吧？就算你這麼說……」

「不要打腫臉充胖子啦，很丟臉耶。比起那個，這些傢伙就像小強呢。不趕快解決他們的話，會有更多被害者吧……」

大家的想法一致。由於安穩的時光被奪走而產生的憤怒指向了盜賊們，他們再度化為修羅。如同飢餓野獸般的眼神中閃著異樣猙獰的光芒。

「這些傢伙變得跟一週前完全不一樣……」

「戰鬥會讓人發狂呢。這還真是罪過啊……」

所謂的爭鬥，也等同於背負著罪孽。現在的他們已經拋棄了騎士這個職業，變成了只會不斷戰鬥的戰士。

「全員，做好戰鬥準備！把那些盜賊們給殺光！」

「「「「喔喔喔喔喔喔喔喔喔喔喔喔喔喔喔喔喔喔喔喔！」」」」

在河床上響起了戰吼，騎士們再度投入戰鬥，只是為了撫平自己心中的憤恨……

沒人知道他們的騎士信念上哪去了，唯一知道的是，盜賊們在不知不覺間，成了凶暴的野獸集團的敵人。

充滿氣勢的他們開始朝著盜賊團的根據地前進。

「阿雷夫隊長也是，到底怎麼了？是說……這個慘狀要由我們來收拾嗎？」

「……應該是吧。比起這個，真的很想知道他們到底是怎麼了，居然會變得如此好戰……」

「我不知道……也不想知道，總覺得那是我不該去理解的事情。」

留在原地的是負責接送他們的騎士們。對於一週前還很清廉正直的伙伴如今卻化為凶猛的戰士一事，他們的困惑顯而易見。然而他們也有不得不做的工作。

剩下的數名騎士為了避免爆發瘟疫，一邊哀嘆著河床邊的慘狀，一邊進行善後工作。因為這也是發現這個事發現場的騎士的任務。

第四話　大叔遇見同鄉

少女回過神來時，發現自己正站在平原的中間。

那裡沒有任何人，她的記憶只到自己不久之前還在玩網路遊戲「Sword and Sorcery Ⅶ」而已。然而在此同時，她也察覺到至今為止的日常生活將徹底改變。

她的預感一語中的，在看了展開能力參數畫面時發現的郵件後，她再度確認了目前的現實狀況。而郵件的內容，是這個世界的神將邪神封印在她原本生活的世界的遊戲中，而邪神在死前所放出的詛咒造成大量的人類死亡一事。

而神明們以原有世界的身體為基礎，再加上遊戲中的參數讓她復活了。

無論過程如何，總之她死了，又轉生到了別的世界。

原本就知道自己的感性與一般人有些不同的她，在地球的日常生活中也和周遭的同學們搭不上話，被眾人給孤立。雖然姊弟等家庭成員間的關係很好，她心中的某處卻總是渴望著刺激。

接著她的日常生活卻突然有了巨大的轉變。雖然在原本的世界中無聊得要命，但到了異世界就不一樣了。完全不知道會出現怎樣的刺激。

她的冒險之心熱血沸騰，立刻從道具欄中取出裝備，為了尋找哪裡有城鎮而在平原上邁開大步。途中停留於某個村子時打倒了來襲的哥布林，少女和在那裡的兩位女性傭兵一同以桑特魯城為目標，並在鎮上登錄為傭兵小隊。

接了幾個任務賺取生活費後，這次她們也接受了護衛的委託而搭上了商人的馬車，卻在往返兩個城鎮間的回程路上遭受了盜賊的襲擊。

於是她現在成了俘虜，在各種意義上都遇上了危機。

少女的名字是「入江澄香」，在這個世界的名字是「伊莉絲」。

「該怎麼辦？伊莉絲……」

「現在只能等待機會了。別擔心，時機很快就會來臨了……」

「真的嗎？」

「大概吧……」

以遊戲時的參數來說，她作為一個傭兵的實力可以稱得上是中堅分子。以傭兵等級來說應該有C級，當商人的護衛這種工作應該可以輕鬆搞定才對。

問題出在盜賊的數量太多，以及他們將身為護衛對象的商人一家擄為人質這兩點。

畢竟只是個在現代社會成長的少女，雖無自覺，但伊莉絲仍是以接近遊戲的感覺來看待這個異世界。而她還沒發覺，正是這份天真讓她陷入了這等困境。

不僅女性，盜賊們連小孩也擄來了，並且做出以小孩為人質，要求身為孩子親屬的女性在他們面前脫光這種品行低劣的行為。

想必那位是孩子的母親吧，女性雖然因恐懼及羞恥而渾身顫抖，仍靜靜地脫下身上的衣服。

以卑劣又下流的眼神看著那位女性的男人們，怎麼看都不像是跟自己一樣的人類。

『我絕對……要殺掉他們。』

這是她有生以來首次萌生出的純粹殺意。伊莉絲雖然盡可能地不要離開在她身旁注視著盜賊的一舉一動的伙伴雷娜身邊，仍環顧著周遭的狀況。

她使用索敵系的技能，發現上空傳來魔力反應。

『那是……使魔？有魔導士在看著這裡？』

完全沒有隱藏身影，在天空中交互飛過的鷲、隼，以及鴿子。但是不管怎麼鑑定，那都並非生物。

然而伊莉絲的鑑定等級太低了，無法獲得更多的情報。

腦中浮現了「使魔」的文字。所以她知道有某人正透過使魔窺視著這裡。

「雷娜小姐，我們……說不定可以得救。」

「真的嗎？不過妳怎麼會……」

「我想應該是魔導士。對方似乎透過使魔發現了這裡，說不定很快就會來救我們了，只是……」

「只是不知道援軍什麼時候才會來對吧？」

「嗯……」

使魔的確看著這裡。但是救援何時會來還是未知數。

「最慘的情況下……我們說不定會遭受殘酷的待遇……」

「只要能獲救就好了。到時候再好好的回敬他們一番……唉……要是他們是美少年就好了。」

在這個世界最初的伙伴是個擁有略微特殊的性癖好的人。另外還有一位名為嘉內的伙伴，不過她現在正因感冒而臥病在床，在桑特魯城裡的旅館中休養。

原本除了她們兩人外還有三個同樣接了護衛委託的傭兵，但一碰面對方的態度就很差。

儘管以人來說真是差勁透了，他們卻都在盜賊來襲時失去了性命。眼下雖然想要可以幫忙突破現狀的戰力，然而逝去的人是不會回來的。

『如果要來救我們的話，就快點來吧～！再等下去的話……』

充滿著下流欲望的視線聚集在她們的身上。對於比起不知何時會來的救援，說不定盜賊們會更快開始玩弄她們一事，她們如今除了哀嘆外也無能為力。

◇◇◇◇

沿著河流的上游追跡約三十分鐘後，包含傑羅斯在內的騎士團一行人輕易地發現了盜賊的根據地。河邊停著小船，看來他們是以這艘船來搬運貨物的。

「這些傢伙是河賊啊……」

「既然如此，應該是莫巴司一家吧？」

「不知道，只是……根據傳聞，有一幫粗俗的傢伙似乎反叛了家族。」

「所以是被本家視為背叛者，逃到了這裡來？」

「不管是怎樣，總之殺光他們！」

「現在就讓你們發出美妙的慘叫聲吧～嘻嘻嘻嘻……」

都不知道哪邊才是盜賊了。騎士們身上的殺意已經升到了最高點，只差一步就要爆發了。

「人質要怎麼辦？現在是女性被集中在中央，孩子們和一部分的男性被盜賊們給抓著？」

「那些傢伙正以孩子們為人質，脅迫那些女性脫下身上的衣服。」

「哥哥……雖然我想應該是不至於，但你該不會在偷看吧？」

「怎、怎麼可能！現在可是緊急狀況喔？」

他無視瑟雷絲緹娜冷淡的視線。畢竟現在事態緊急，時間過得愈久，人質們的性命就愈加暴露在危險之中。幾乎可說是沒有時間猶豫了。

只是茨維特果然還是正值青春期的男孩。對女性的裸體充滿興趣，目光不由自主地便被奪去了一事是他心中的祕密。

「像對付魔物時一樣，讓他們麻痺如何？」

「就這麼辦。剩下的就是該如何引開他們的注意力……」

「從周遭將他們團團圍住後痛打一頓。嘿、嘿嘿嘿……我要讓他們後悔自己出生在這世界上。」

「要不要下毒？」

「那裡有小孩子在喔？下毒可不行。」

雖然想法十分凶殘，但是以盜賊為對手，他們的心中沒有堂堂正正這四個字。

原本對手就是極為卑劣的傢伙，完全沒有需要手下留情的理由。像這樣取締犯罪者也是騎士被賦予的工作，然而大部分的騎士都不會攻其不備，而會直接去舉發他們，所以經常讓盜賊的首領逃掉。騎士通常都是集團行動。只要觀察騎士們在作戰準備期間或到作戰前一天為止的行動，就能得知他們大約何時會襲來。這是在討伐大規模的盜賊團時經常可以看到的失敗案例，不過小規模的盜賊團有時也可以從物資的流向來看穿討伐隊的行動。

騎士團要出動時為了購入物資會有金錢的流動，大量的武器與食物等物資會送進騎士們的駐紮地點或是城砦中，若是經常目擊到負責聯絡的騎士的話，盜賊們也會有所警戒。

像這種情報網散布在各處，盜賊們當然也會利用這個情報網，然而這裡卻發生了意料之外的狀況。盜賊們沒留意到前往法芙蘭大深綠地帶進行護衛任務的騎士們，而且騎士們在這一週內還誇張地變強了很多。

他們肯定會成為盜賊團最大的威脅吧。要說為什麼，就是因為騎士們正以宛如飢渴的野獸般的眼神開心地盯著盜賊們，在思考該以怎樣的作戰方式來殲滅他們，而且終於決定好了。

「傑羅斯先生，請你盡量吸引他們的注意力。只要撐到我等將其包圍即可。」

「可以依據狀況臨機應變嗎？要是被攻擊了，我可能會還手殺掉他們……」

「人質呢？我希望能夠盡量救出他們……」

「要看對方出手的狀況吧。我會努力扮演壞人，盡量爭取時間的……」

「這方面的事情就交給我們吧。那麼就趕快開始行動吧，已經沒時間了……」

負責打頭陣的任務就落在最強的傑羅斯身上了。說來他也是最適合的人選吧。

「那麼我就先去等你們了，不快點的話我會把獵物全都殺光喔～♪」

「還請留下我等的分，為了洗刷這份恨意……」

對於平穩的時光被摧毀，他們的心中抱有極深的恨意。

「……現在的敵人是人類吧？師傅你還真敢說成是獵物啊？」

「大家或許已經無法區分人類與魔物了吧，反正都是狩獵的對象。雖然是自作自受，但他們的運氣也真背啊……至少幫他們祈禱死後能好過點吧？」

「他們也很可憐呢……可別死了啊，大家……」

「這是毀滅。已經沒有人能夠阻止現在的騎士們了……」

騎士們在短短一週內變得強到令人感到殘暴的程度。原本只是要給瑟雷絲緹娜兩人的實戰訓練，不知不覺間變成了全員在死活之間掙扎的野外求生生活。

等級幾乎往上翻升了接近三倍，技能等級也大幅提升了。

現在的騎士們恐怕稱為這個國家中最強的騎士團也不為過。簡直是少數精銳部隊。

雖然人性開始有些崩壞這點是個問題，但他們仍像這樣勇敢地執行殲滅盜賊的作戰行動。

◇◇◇◇

盜賊們將今天的收穫攤在靠近河邊的洞窟前，舉辦宴會。

食物、貴金屬、衣服等當然不用說，最重要的是有女人。年輕的妻子及妙齡少女，傭兵中也有他們中意的女性，有些骯髒的男人們臉上露出下流的笑容，上下打量著她們。

以拯救家人或戀人的性命為條件要她們脫光衣服，之後當然是說好的享樂時間。盜賊們正期待著那一刻來臨，當然，也完全沒有打算要遵守承諾。

他們沒打算留男人活口，等事成之後就會殺掉。女人則是玩弄一番後再轉賣給奴隸商人。

接下來就可以侵犯這些染上羞恥及屈辱感的女人們，想到愉悅的時光即將到來，盜賊們掩飾不住臉上那扭曲的笑意。他們一邊沉浸在自己簡直有如神明一般的愉悅中，一邊想像著眼前的女人會發出怎樣的呻吟聲，無法抑制心中那高昂的興奮感。然而這也只到此時為止……

「抱歉……這裡是哪裡啊？」

「啥？」

盜賊的首領轉頭面向聲音傳來的方向，那裡站著一個看起來極為窮酸的魔導士。

「哎呀～我從鎮上出來之後已經在森林裡徘徊了快一個月了，能不能告訴我往城鎮的路該怎麼走啊～？」

「喂，我們就如你所見的不是什麼好東西喔？你知道現在是什麼狀況嗎？」

「啊，因為我跟你們算是同類啦，所以我很清楚現在是什麼狀況喔。我們就互助合作一下吧～」

對方是魔導士這點是沒什麼問題，但是眼前的魔導士實在太可疑了。

穿著有點髒的灰色法袍，體型一般的中年男子。頂著瀏海長到遮住眼睛的一頭亂髮，蓄有未經修整的鬍子。然而怎麼看都散發著一股不正經的氣息。

『灰色法袍啊……實力也不怎麼樣吧～……』

首領判斷這個男人不構成危險後，便對部下發出暗號。

「真可疑啊，看了這些傢伙後你還能說出這種話嗎？」

「有不錯的美女呢。如果可以的話真想要一個來當作實驗材料啊，咯咯咯……可以讓幾個人給我嗎？」

身為盜賊的他們雖然會將女性給徹底蹂躪，但因為可以當作商品，所以不會殺害她們。可是眼前的魔導士卻稱這些全裸的女性為「實驗材料」。

首領改變了原本的想法，認為比起外觀的可疑程度，他是更加危險的人。

「這樣啊……既然如此，就讓你帶一個走吧？雖然要等我們爽過之後才能給你啦。」

「唔嗯……我不介意喔？只要還活著就好了……我有很多事情想要試試呢～……」

『這傢伙是闇魔導士啊……不能信任呢。看來非得把他給處理掉了……』

「闇魔導士」並不是指擅長使用闇屬性魔法的魔導士，而是為了魔法研究就算犯罪也在所不惜的魔導士的總稱。是會無差別將人或動物拿來做實驗，只為了滿足求知慾的危險分子。

闇魔導士對實驗結果之外的事物都毫無興趣，為了得知結果無論做出多麼殘忍的事情都無所謂，是最糟糕的愉快犯。盜賊的首領也沒想到真的會遇上這種人。

然而他也知道因為研究很花錢，所以這些闇魔導士很有可能會為了錢而出賣情報。

在傳聞中，也曾有闇魔導士為了獲得些許的研究資金而受僱於人，虐殺大量人類。盜賊首領判斷為了保身，在這裡解決他是比較安全的選擇。

「喂，反正在我們享樂的時候你也閒著沒事吧？喝點酒吧。」

「真不錯呢～我最近都沒吃到什麼像樣的東西。你們有什麼好酒嗎？」

「喔……雖然是從商人們那邊搶來的東西，但可是好貨喔？」

「那還真是令人期待啊～咯咯咯……」

簡直可疑到爆。不過不管怎樣，要做的事情都一樣。盜賊中的一人接近魔導士身邊。

「這邊有空位喔？」

「真不好意思～在你們正享受的時候打擾……」

「這種事情沒差啦，倒是你要不要也爽一下啊？不過是去地獄裡！」

盜賊以預先設想好的步驟拿著小刀從背後偷襲魔導士。可是倒下的卻是盜賊。眼前的是深深刺入胸口中的小刀，以及露出冷酷笑容的魔導士。

腦中尚未反應過來發生了什麼事。

「哎呀哎呀，這麼早就睏了啊，要不要趕快休息呢？」

「怎麼會？你做了什麼！」

「做了什麼……我只是將令人困擾的禮物鄭重地奉還回去而已啊？比起這個，你們不好好珍惜生命可不行喔？雖然已經來不及了……」

空氣彷彿瞬間下降了好幾度。盜賊首領的背後流出大量冷汗，自己是否犯下了無法挽回的錯誤這個疑問閃過腦海中。而他的預感顯然沒錯。

「我明明跟你們做了交涉……可～是～啊，你們卻對我兵刃相向。這樣你們就算被殺了也沒話好說吧？實驗材料可是愈多愈好呢……咯咯咯……」

「什麼……不、不是這樣的！我們沒有那打算……」

「我知道你剛剛發了暗號給這男人。你以為不會被看穿嗎？真是外行。要發暗號的話一定要在對方看不到的地方做才行喔？唉，要是你還活著，就好好活用這次的經驗吧。雖然也是要你可以活下來的話啦。」

以超然的態度盯著盜賊們的魔導士——傑羅斯。因為無論如何都得繼續扮演壞人的角色，所以毫不留情地攻擊了盜賊。大叔的任務是要爭取時間。

「『撕裂冰風』。」

盜賊們之間吹過一陣風。一瞬間，好幾個盜賊就在沒有注意到自己的身體已經被撕裂開來的情況下，有如組合前的人體模型般被分解成好幾塊。

大量的血液在地上形成了紅色的水窪，有如鐵鏽般的血腥味飄散在四周，刺激著鼻腔。

「居、居然是無詠唱！怎麼可能，那麼高強的魔導士怎麼……」

「你想說怎麼可能會出現在這裡？就算可能性很低，只要不是零，就有可能會發生預料之外的事情喔。而且這個世界上沒有什麼事情是絕對的。你學得還不夠呢。」

「「咿、咿咿咿咿咿咿咿啊啊啊啊啊啊啊啊啊！」」

傑羅斯向打算逃跑的盜賊們伸出手，指尖一彈，他們便化為了慘不忍睹的屍體。

他用了格鬥系的技巧「指彈」，以小石頭打穿了他們的頭。

看到伙伴在瞬間成了屍體，動搖與恐懼在盜賊們之間擴散開來。現在才發現到眼前的魔導士是他們絕對不可以招惹的對象，實在是太慢了。

「人數是不是再少一點比較好呢？畢竟只要留幾個活口就夠了，要逮捕太多人也很麻煩呢～」

「你是國家派來的魔導士嗎！」

「不不不，我只是路過，想要用你們做點實驗而已喔？」

「什麼……那麼，你是為了實驗所以要殺死我們嗎？到底是為什麼！」

「嗯～怎麼說呢，這跟快死的你們無關吧？對於打算要殺掉的對象，我也沒義務老實回答你們的問題。」

既然已經互為敵對狀態了，剩下的就只有殺與被殺而已。

而他們現在變成的被殺的那一方。就只是這樣。

「你們該不會覺得自己很聰明吧？要我來說的話根本就滿是失誤啊，完全是外行呢。」

「你一身可疑的打扮，還好意思說這種話！」

「我做怎樣的打扮跟你們無關吧。會被外表給矇騙是你們的工夫不到家。我想你們一定是用灰色的法袍來評斷我的實力吧？可是啊，為什麼你們可以斷定穿著灰色法袍的，就一定是這個國家的魔導士呢？」

正如傑羅斯所言，盜賊的首領是以法袍的顏色來判斷他的實力的。然而只有這個國家的魔導士適用這套準則。等到發現這是誤判的時候，他們的性命就已經掌握在傑羅斯手中了。在不須詠唱即能使用魔法的魔導士面前，盜賊們完全無計可施。他們已經理解到只要自己一有動作，對方就會施放魔法殺掉他們吧。

盜賊首領看向周遭，將視線停在一個小男孩身上。

為了保命，盜賊首領正打算以小孩作為人質時，底下的盜賊卻搶先一步抓走了那個小孩。看來他們正在想著一樣的事情。

「這、這個小鬼……」

「吵死了，可以請你乖乖消失嗎？『石之槍彈』。」

在話說完之前，盜賊部下的頭就被魔法攻擊所發出的岩石子彈給打飛了。

「人質？你以為那種東西對我有用嗎？」

「那、那可是無辜的小鬼喔……你連這傢伙都不放過嗎？」

「你還真有臉說出這種話啊。而且這種事對我來說有意義嗎？我啊，只要可以做實驗就好了。會把你們當作實驗的標的物喔，懂了嗎？還有什麼想問的嗎？」

盜賊首領的背上感到一陣顫慄。眼前的魔導士打算將包含自己在內的一行人當作標靶，做魔法攻擊的實證實驗，所以抓人質來也沒用。只會被悽慘地殺掉的現實攤在他們的眼前。

只是從狩獵方轉為被狩獵的一方罷了，這和盜賊們所作的事情並沒有什麼不同。

以睥睨的眼神看著知道自己無處可逃後因恐懼而膽怯的盜賊們，傑羅斯露出狂妄的笑容點燃香菸。

雖然看起來充滿破綻，卻完全沒有讓人出手的餘地。

「嗯……看來時間差不多了，跟預想的一樣呢。」

「什麼？」

盜賊首領未能理解傑羅斯話中的含意。而在他對此感到疑惑不解時，發現自己的身體開始有些不對勁。

身體逐漸麻痺、顫抖，變得無法自由行動。

「你……做了什麼……」

「沒做什麼啊？我是什麼都沒作啦……」

「你說『我』？難、難道……你還有其他……伙伴……」

「你的發音變得很糟糕耶？哎呀，只是普通的麻痺毒而已，對我來說是沒有影響啦。」

看向盜賊首領，他也和其他盜賊一樣全身痙攣，終究不支倒地。

看來騎士們從上風處放了相當強的麻痺毒。

「居藍司麻逼毒？是舌嘛斯後……」

「我聽不懂你在說什麼，可以說清楚一點嗎？」

「泥說這舌嘛槍人縮難的花……太背鄙了……」

「哦……卑鄙？就算卑鄙，你們又有資格這樣說嗎？你們自己明明也用了卑劣的手段，沒道理對手不能用同樣的手段來對付你們吧。」

盜賊襲擊弱者，搶奪財物與女人。對這種品行低劣的人，使用比他們更下流的手段也是一種戰術。可以不透過戰鬥就能讓對手無力還擊的話，沒道理不用這個方法。雖然這麼說，連人質們也中了麻痺毒。傑羅斯心想，這麻痺毒的效果之高，想必是騎士們搞錯了調和方法吧。

雖然不是自己使用這些藥物的，但傑羅斯心中仍充滿了罪惡感。

「對付你們這些垃圾不需要講究什麼高尚的道義，只有殺與被殺而已。這就是你們的作風吧？就像你們之前殺掉的人一樣……」

因果報應。盜賊們只是基於自己所作的卑劣行為，遭受了更加卑劣的攻擊而已。雖然只是放了麻痺毒而已，但就結果上來說盜賊們已經無力反抗，被完全壓制了。

對於擅自奪去他人性命與財產的傢伙，也沒必要講什麼道理。當然也沒有理由要確保他們的性命安全。接著騎士團便趁著這個機會攻了進來。

就算有些人還勉強可以動，也因抵抗而無謂地失去了性命。

洋洋得意的盜賊團就這樣被完全給壓制了。

◇◇◇◇

「嘖！真是些打起來沒勁的傢伙。」

「只要成功壓制他們就好了吧？你們是打算怎樣啊。」

「當然是殲滅他們啊？沒想到只是放個毒他們就全都無力抵抗了，真是……」

『這些人……瘋了吧……』

伊莉絲對騎士們的第一印象正是如此。

不僅送了個有可能會把人質跟敵人一起殺掉的魔導士進來，還毫不在意地用毒攻擊，完全打破了她對騎士的既有印象。

他們這為了獲勝而不惜使用任何卑劣手段的樣子，反倒令人感到恐懼。完全不是崇高的騎士們該有的行為。而且作為人質的女性們也中了麻痺。雖然從他們準備了可以解除麻痺的解毒藥這點來看，他們多少有考慮到人質的狀況，然而這作法還是太過分了。

「伊莉絲……這些騎士們感覺好恐怖喔……畢竟他們這麼心狠手辣。」

「嗯，不過……我們還是被他們給救了。」

他們毫不留情地殺掉因為麻痺而動彈不得的盜賊們，其中甚至有喊著『人太多了，來割草啦——！』的人在。而且臉上還帶著非常爽朗的笑容……

會因殺人而感到喜悅的傢伙們，不可能會是什麼正經的人。會對他們有所警戒也是理所當然的。

然而伊莉絲最在意的，還是那個強得異常的魔導士。

他在打倒盜賊時使用的是體術，他立刻扭住對方的手臂，在盜賊停止行動的瞬間奪走小刀，瞄準心臟，殘忍地刺了進去。

雖然來到這個世界才過了一個月左右，但從沒聽過會近身格鬥的魔導士。

伊莉絲不知為何無法將目光從那個魔導士身上移開。

「哦，這不是盧恩木杖嗎？這是誰的東西？」

「啊！那是我的杖……」

「「……咦？」」

傑羅斯和伊莉絲的視線交會。

「……這個是課金裝備吧？轉蛋才能獲得的東西……」

「我是拿初學者獎勵得到的轉蛋券抽到的……性能特別好喔？」

兩人再度看著彼此。

「初學者獎勵？那妳運氣還真好呢。雖然這個我自己做得出來啦……哦？」

「課金？轉蛋？」

只有這兩人之間的時間停止了。這些話語所表達出的意義……也就是說。

「莫非妳跟我是同鄉？」

「大叔也是玩家嗎？」

家用遊戲機「Dream Works」只要連上網路，就會自動接上製作公司的母系統，讓玩家能夠在廣大的世界中冒險。詳細的說明就不多提了，但在線上遊玩時可以付費取得裝備或道具的就是所謂的「轉蛋」系統。

只要課金去轉轉蛋，就有機會能獲得強力的裝備，光是這樣就能讓遊戲初期變得輕鬆許多。只是轉出來的多半都不是大獎，也有可能會拿到比一般的裝備性能更差的東西。

擁有這種裝備而且知道地球用語的，不可能是這個世界的人。

——咕呼、噗呼咕呼咕呼、噗嘰咿咿咿咿咿咿咿咿！

兩人雖然打算再多說些什麼，卻突然聽見嚎叫聲。回頭一看，那裡站著一隻獸人。在旁邊的阿雷夫有不好的預感。

「傑、傑羅斯先生……是獸人！為什麼牠們會出現在這裡……而且體型還特別大。」

「雖然不想承認，但應該是從那個森林裡出來的吧。雖然我覺得牠看起來是來探路的先鋒，但樣子好像有些奇怪……總之這狀況有點糟糕啊～是吧～」

騎士們的臉色瞬間刷白。雖然已經與盜賊為敵了，但他們可沒想到會需要對付魔物。

儘管有些奇怪之處，但這隻獸人八成是先來探查狀況的，後面應該還有獸人的集團。在必須要趕快把被擄獲的民眾給帶到安全的地方去才行時卻遭受了魔物的襲擊，這下連阿雷夫都不禁苦惱起來。

而且還要逮捕盜賊們，包含護送被害者在內，雖然不到嚴重的程度，但人手仍有所不足。

而且事情的發展與阿雷夫所想的背道而馳，獸人的數量逐漸增加了。果然不太對勁。

「真沒辦法，就把盜賊們丟在這裡吧……畢竟他們很礙事，而且總覺得有不太好的預感。」

傑羅斯低聲說完的瞬間，騎士們都露出了非常棒的笑容。

「說的也是，我們得優先保護被害者。」

「這些傢伙的性命怎樣都跟我們無關嘛，趕快撤退吧！」

「等等，我還有想說的事情……大叔，你該不會……」

「那些事情等下再說！現在最重要的是先離開這裡。」

強硬地拉住大叫的伊莉絲的手，包含傑羅斯在內，騎士們全都開始撤離現場。

等他們離開後，這裡就只剩下因為麻痺而動彈不得的盜賊們了。

◇◇◇◇

「得救了……沒想到會被獸人所救……呃！怎麼了？」

身體還無法順利地自由活動的盜賊首領對於獸人將手伸上他的褲子而感到驚愕。

接著獸人一鼓作氣地脫下了他的褲子。

「為、為什麼獸人會襲擊男人！」

「等等，這些傢伙有四個乳房……是母的！」

下半身光溜溜地暴露出來的盜賊們凝視著獸人那混著喜悅的豬臉，無法理解發生了什麼事。不，更有可能的是他們拒絕去理解發生了什麼事。

面對這樣的他們，獸人開心地發出了「噗喔喔喔喔喔喔喔喔」的叫聲。

獸人雖然為了繁殖會襲擊其他種族的雌性，然而雄性獸人不斷地在戰鬥，對獸人的群體來說會不斷地減少。

在雄性不足的情況下，為了繁殖，偶爾也會由雌性獸人們去襲擊其他種族的雄性。

不是先來探查的，只是因為發生了什麼事情導致性慾強烈的雄性不足，演變為必須從別的地方來確保雄性的狀況，牠們才會整群一起移動至此。

雌性的繁殖能力也很高，所以只要找到能夠提供精種的雄性就好了。至於這些精種來源——想必也無須多說了吧。而且獸人是雜食性的，等事情辦完後就會殺掉並吃了盜賊們。

他們從一開始就不可能會獲救。在那之後，沒有人知道盜賊們的下落。

唯有傑羅斯等人在逃走時所聽到的「啊——……」的叫喊聲是他們最後的行蹤。盜賊們成了野獸基於自然法則所產生的習性下的犧牲品，成了繁殖的道具。等到沒用了之後就會被殺，接受淪落為食物的命運。這也算是與這些禽獸的所作所為相符的結果吧。

若說是因果報應那還有些可憐，但若說是弱肉強食的法則，那就沒什麼好說的了。

既然是以力量為準則的理論，會有這種合理的發展也是命中注定的。報應必定會自行降臨，而且不會有任何人能夠拯救這一切。

第五話　大叔說出自己的境遇

討伐完盜賊之後，傑羅斯等人總算是想辦法抵達河邊，在那裡度過了一晚。

瑟雷絲緹娜與茨維特先去睡了，傑羅斯則是和幾個騎士們一起輪流守夜，確保大家的安全。魔物有可能從任何地方現身襲來，所以絕對不能輕忽大意。

騎士們自從由大深綠地帶回來之後，感覺簡直就變得如同野獸一般敏銳，是只要有些許不對勁就會立刻醒來的程度。然而問題是，假如那是熊之類的野獸，他們便不知為何會非常開心地前去狩獵。他們變得充滿野性這點真的是很嚴重的問題。

傑羅斯一邊烤著火，一邊將從大深綠地帶採到的藥草種子等分類裝好時，有位少女靠了過來。

那是和自己有著同樣境遇，由於四神的恣意妄為而必須在異世界求生的同鄉，伊莉絲。

「叔叔，你有空嗎？」

「居然叫我叔叔啊……唉，雖然這樣叫也沒錯啦。畢竟我今年就滿四十了……只是聽到別人這麼說還是會感到有些悲傷，這是為什麼呢……」

自己稱自己為大叔是無所謂，然而被伊莉絲這種年輕女孩叫叔叔還是有些受傷。傑羅斯意外地正處單純且容易受傷的年紀。

「啊，比我想像中的還年輕呢……不過比起那種事，我有事想要問你。」

「那種事……這可是很纖細的問題呢。順帶一提，因為我不是蘿莉控，所以援交這種事就免了。」

「才不是咧！為什麼話題會轉到這個方面來啊！」

「因為以前我曾經在街上被跟妳差不多年紀的女孩子邀約。我慎重地拒絕了對方後，對方卻大罵『嘖！少裝模作樣了！臭老頭！』，在我心裡造成了一點陰影。哈哈哈……」

「別把我跟那種人相提並論，這樣我很困擾耶！是說……那是在原本的世界發生的事吧？」

被對方以為自己是想要援交，伊莉絲有些忿忿不平。就算藉此了解到眼前的大叔和自己有著相同遭遇，也不能怪她會生氣。

「首先，為什麼會以為我是要來找你援交啊？真令人不敢相信！」

「不，如果是我搞錯了那當然很好啊？我只是為了保險起見，想說先拒絕會比較好。」

「你為什麼會對女孩子那麼疑神疑鬼的啊？雖然我想應該不至於，但叔叔你曾經受騙上當過嗎？」

伊莉絲穿著以黑色為基礎，被稱作魔法洋裝的衣服型裝備。

雙馬尾配上小小的尖法師帽，有著看起來與其稱為魔導士還不如說是魔法使，稍嫌欠缺實用性的幻想風外觀。雖然背後披著徒具形式，長度約到背部中間的披風，但看起來還是很像小孩子，所以伊莉絲對於這身裝備十分不滿。

「不過話說回來，妳還真是專挑幻想風的裝備呢。雖然放到現實中感覺實在不太實用。」

「嗚，因為我的虛擬角色是身材高挑又前凸後翹的美女……用我原本的樣子能穿的裝備就只有這個啊～叔叔你還不是穿得像個剛出新手村的菜鳥一樣，看起來超可疑的喔？」

「我是故意的。因為在各方面來說變得太有名了，所以才會做這種偽裝。」

「真可疑……該怎麼形容才好？就像是電影中跑龍套的角色走在路上一樣有股異樣感。那個奇怪的說話方式更是增強了那種感覺……老實說真的超奇怪的！」

「那也沒什麼不好的吧。哎呀，說話方式就像是一種習慣啦～從開始工作被矯正過來之後，我講話就變成這樣了，事到如今也不想再改了。」

傑羅斯的講話方式是在公司裡上班時被矯正，才變成今天這樣的。但是身材普通又邋遢的大叔用這種方式說話，那還真不是普通的可疑。

然而很不湊巧的，傑羅斯意外地喜歡現在這個樣子。

「哦～……你是做什麼工作的？我有點在意。」

「也沒什麼，主要是網路上的保全系統相關的工作。架設防火牆、利用反擊程式追蹤駭客之類的……」

「叔叔你該不會是什麼厲害的高知識份子吧？」

「……我不會答應援交的喔？犯罪這種事實在是有點……」

「我才不會援交咧！不要用那麼認真的口氣說這種話。」

在原本的世界大約有七年，他都在某間公司工作。那個時候的傑羅斯——「大迫聰」的人生可說是一帆風順。身為好幾個計畫的負責人，擔任領導者，為公司的利益做出了極大的貢獻，甚至與海外的知名企業合作，參加了好幾個跨國計畫。

然而這也只維持到因為發生了某件事，使得他不得不離開公司為止……

「雖然很厲害，不過為什麼會被革職啊？一般來說這樣很奇怪吧？」

「妳要問這個啊……其實我有個姊姊。她是個很麻煩的傢伙，當時我雖然在公司的宿舍生活，但她卻以和我有血緣關係為由硬是住了進來，而且整整三年都沒出門。」

「那是怎樣啊？既然是叔叔你的姊姊，那也是成年人了吧？她沒在工作嗎？」

「她曾經有工作過喔？雖然立刻就辭職跟人結婚了，不過似乎和先生離婚了……因為她把先生的存款全都花光了。」

「啥～～？」

聰的姊姊是個非常恣意妄為的人。她亂花錢的程度十分誇張，父母死後繼承了遺產，她那一半的錢僅僅兩年就花光了，結婚對象的存款也被她擅自花得一乾二淨。

要離婚時，雖然這狀況要是一個沒搞好就會鬧上警局，然而因為她發現先生外遇，所以事情才沒鬧大。不如說她是個會藉由展現自己不幸的一面來將對手逼入絕境的謀略之士。而這個姊姊就這樣硬是闖入了他的宿舍。

而且她不但完全不去工作，這三年內就過著每天吃飯看電視的繭居族生活。由於存摺一類的東西全都由聰保管著，所以錢沒被她擅自拿去花掉。正因為聰原本就完全不信任這個姊姊，所以他在自己的房間周圍設下嚴密的防備，甚至把存摺一類的東西都藏在銀行的出租保險櫃中。

「到底是怎樣的姊姊啊。身為一個人來說真是差勁透了，不如說根本就是寄生蟲吧……」

「擅自叫外送來卻要叫別人付錢……說要幫忙打掃實際上卻是在找有沒有值錢的東西，把房間弄的亂七八糟的，真的是個差勁透頂的人。」

「你沒把她趕出去嗎？找警察商量或是委託律師之類的……」

「我有喔，可是啊……那個傢伙很會做表面工夫，擅長將對手逼入絕境。要是發生什麼事一定是我會被當成壞人，性格非常惡劣。」

對外裝成好姊姊的樣子，在家裡卻胡作非為。和同樣住在宿舍裡的太太們的關係也很好，絕對不會讓別人對她產生不好的印象。這有如身處在地獄般、持續了三年的生活，也終於在聰確定會因公派往其他地方工作，而成功的強制將姊姊給趕了出去。令人開心的是，聰要前去赴任之處的員工宿舍是單身宿舍，裡頭只有男人。

更令人開心的是那是棟空間狹窄到只夠給一個人生活，屋齡已有二十五年的轉售破爛公寓。

聰還記得姊姊確定會被趕出宿舍，臨別時用憎恨的眼神瞪著他的樣子。

「她就是個明明一點都不想工作，光只會花錢的人哪～要是在這個世界，我一定第一個就殺死她，連屍體都不想留下。」

「總覺得事情不是到這裡就結束了……」

沒錯，事情還沒結束。在聰因公前往海外時，她算準了聰不會回到宿舍的這段時間，裝作碰巧出現在聰所住的宿舍，欺騙舍監闖入了聰的住處。將開發中的程式資料拷貝了一份後偷了出去。而且這時她已經認識了別的男人，還和對方結婚了。

「她的結婚對象……是敵對公司的高層，被搶去的開發中軟體立刻就被拿去對外發表了。總之在給人添麻煩這方面她完全是個天才呢。」

「還真是過分的姊姊呢，真是糟透了～叔叔你的家庭運很不好呢……」

當然，因為程式已有申請專利，所以成了訴訟案件。雖然提出被搶走的程式中有缺陷的部分作為證據而獲得了勝訴，聰卻因為麻煩的姊姊惹出的好事被公司給開除了。

身為姊姊丈夫的那位高層人員也為了負起責任而被革職了。是場沒有任何人得到好處，有如惡夢般的鬧劇。

於是聰在鄉下買了一塊土地，將父母留下的公寓等遺產全都交給其他人管理，為了瞞過姊姊的耳目還掛上了寫有捏造的公司名稱的看板來偽裝。

之後他便一邊在鄉下務農，一邊過著悠閒自在的繭居生活。雖然因為以前就很喜歡玩遊戲所以有在玩，但這種慢活人生實在是意外的舒適愉悅。

知道他開始過著田園生活的姊姊曾經來露臉過一次，然而在那之後就從未踏上他家門前的道路。看來是判斷她自己不可能過著農家生活吧。

「為什麼會說起我過往的境遇啊？是說，妳那樣的裝備沒問題嗎？」

「除此之外沒有其他尺寸適合的裝備了……我也想穿鎧甲之類的裝備，可是沒有錢……」

「啊～虛擬角色的裝備之外的東西只能自己想辦法準備啊。而且剛轉生過來時也沒有錢嘛。就算有素材，要加工也是需要錢的。」

「不管怎樣，其他的裝備都是性感系的所以沒辦法啦。現在的我一點都不適合穿那種裝備。」

「所以妳才會去當傭兵來賺取資金，打算買裝備來替換？」

之後傑羅斯一邊閒聊，一邊大致上掌握了伊莉絲的狀況。

恐怕是開心享受遊戲的玩家，基本上都躲在自己的殼內。雖然好奇心旺盛，以現況來說卻缺乏危機感。和家人的關係說不上好但也不至於不好，看來生長在非常普通的家庭。沒有太多朋友，感覺很享受轉生的這個狀況。

傑羅斯對她的分析與見解大概是這樣，可以說內容幾乎無誤吧。

正因為如此，傑羅斯有件事不得不問問伊莉絲。

「……妳覺得這個世界怎麼樣？」

「怎麼樣是指什麼……有一半因為能夠來到異世界而感到開心，但一方面又因為不能再見到家人了而覺得有些遺憾吧？」

「……妳不覺得很奇怪嗎？這個世界的法則和『Sword and Sorcery』完全一樣。雖然細節上多少有些出入，但是構成世界的系統實在是太過相似了。」

「你說的是真的嗎？不是在開什麼玩笑吧？」

「現在想想，有很多奇怪的地方呢……比方說，像我們這些高等玩家做出的新魔法。那是以遊戲平衡性來說絕對不可能出現的東西。」

「咦？」

傑羅斯等「殲滅者」以及幾個生產職的遊戲廢人，在瘋狂到極點的最後，利用魔法文字的0與1所做出的新魔法。然而從遊戲系統的角度來看，在以程式構成的遊戲世界中根本不可能做出新的魔法。在技術者看來，新魔法只會是引發系統錯誤的病毒或是BUG，不可能會為系統所接受。假設系統接受了這個魔法，那魔法發動時能夠透過畫面表示出來的特效圖像程式又是誰製作的呢。

此外，以處理思考模式幾乎與人類一模一樣的NPC角色的AI這方面來說，主機本身的情報處理速度也不可能跟得上。但是系統卻沒有停擺，持續運作著，包含自己在內的眾多玩家都充分地享受著這個遊戲的世界。一般來說肯定會對這個系統產生疑問的，可是至今為止，網路上卻從未出現過相關的討論。

「沒錯……一般來說是不可能會輕易接受這件事的。因為這是以系統來說不可能做到、超乎常理的事情。但是卻沒有任何人對此感到疑惑，簡直就像是……」

「簡直就像是……什麼？雖然我有點害怕聽到答案……」

「簡直就像是我們這些人類的思考都被控制住了……這種狀況只能認為是我們所居住的那個世界本身就被設定為不會對『Sword and Sorcery』產生懷疑。而且我還是來到異世界後才第一次察覺到這件事。」

「等等，這樣很奇怪吧？要是真如你所說，到底誰能辦到這種事……該不會……」

「恐怕是……我一點都不想去思考這件事呢。」

也就是說，管理著傑羅斯所居住的世界的「神」製作了「Sword and Sorcery」這個遊戲，讓住在這個世界上的人們來玩。如果不這麼想的話，剩下的可能性就只有是某個國家規模的組織製作了這個遊戲。然而製作系統的是外商公司，而且不知道為什麼，他還想不起那個公司的名稱。就算那是間跨國公司也不可能會這樣。在各方面都很奇怪。

「妳可以說出製作『Sword and Sorcery』的公司的名稱嗎？我說不出來呢。至今為止我從未對此感到半點疑惑喔。明明開發出了這麼革命性的系統……這點也很奇怪呢。」

「的……的確是這樣。如果可以運用五感來體驗數位虛擬世界，把這個技術應用在其他地方，應該可以做到很多事吧。卻只用在遊戲上……這很奇怪吧？不過為什麼會跟這個世界這麼相似呢？」

「這我就不知道了。雖然這只是我的推測，但恐怕『Sword and Sorcery』是以這個世界的情報為基礎所做成的。這樣一來就說得通了。」

「這話聽起來非常荒誕無稽喔？一般情況下甚至會讓人覺得你腦袋有問題……」

「我們現在正處於荒誕無稽的狀況下吧……畢竟轉生到了異世界啊。在那之前，我甚至不認為自己已經死了。我的身上還有以前留下的傷痕喔……這也很奇怪。」

若是在普通的情況下可以笑著否認，可是光是已經轉生到異世界來這點就讓人幾乎沒有理由可以否認這一切。

實際上他們現今正處在非常跳脫常識的狀況下。如果要接受現狀的話，就必須接受除此之外的各種不可能發生的超常現象吧。

「唉，不過現在思考也想不出答案啦，畢竟沒證據也沒信心。是說妳啊……」

被人從正面以認真的眼神給盯著，伊莉絲雖有些慌張，仍想辦法回應。

「有、有什麼……事情嗎？」

「妳啊……打算就這樣繼續當傭兵嗎？」

「那當然！沒有比這世界更有趣的了，聽說連迷宮都有喔？」

「……妳會錯過結婚的時機喔？這個世界的適婚年齡是十七歲，二十歲以上就算超齡了。」

「別管我啦！我會在那之前找到好男人的。」

「要作夢也是妳的自由啦～……呼～」

他有些懶散地吐出一口香菸的煙。

傑羅斯真正想說的，其實是「妳要繼續將自己置身於這個充滿殺戮的世界中嗎？」這件事，但想想現在的他是個再過不久之後就要失業的人，說這話也沒什麼說服力，他便沒說出口。

『原本我就沒過著什麼足以指點他人的人生那種了不起的人生哪。不對，應該說我已經說了些好像自己很了不起的事情了……』

他已經對兩個學生帶來了極大的影響。說這話也像是馬後炮。

「唉，相逢也是有緣，如果有什麼事情的話可以找我商量喔？」

「……你沒在想什麼奇怪的事情吧？」

「我是巨乳派的，所以妳的胸部要是稍微長大一點之後能不能來誘惑我呢？」

「咕嗚～居然專挑人家的痛處……再說要商量還是什麼的，我連叔叔你的名字都不知道耶……」

「啊，我知道妳的名字所以沒關係啦。妳和妳那位女性伙伴對話時我有聽到。我記得是叫耶羅絲吧？」

「是伊莉絲啦！真沒禮貌。叔叔你在說什麼啊。我完全搞不懂……」

她這才發現都到這個時候了，他們雙方卻還沒正式的自我介紹過。

「傑羅斯，我在這裡是以此為名的。畢竟拿以前的世界的名字來用也沒意義吧。」

「傑羅斯……莫非是『黑之殲滅者』？」

「那個別稱我還是第一次聽到呢……」

「黑之殲滅者」是由於傑羅斯穿著最強的裝備時碰巧變得一身黑，才因此得名。不知為何五位伙伴全都有如英雄戰隊的角色一樣有著不同的顏色，比較像領導者的其中一人又全身都是深紅色的，所以才配合著各人的顏色，在「殲滅者」的稱號前加上了顏色區別。

而且因為這是最近才發生的事，所以傑羅斯本人也無從得知。

「別稱感覺很中二，所以我很不喜歡耶～我也不是那種年紀了……」

雖然事到如今說這種話也沒用。變得有些無奈，傑羅斯將香菸的煙吹出一個煙圈想要忽視這種感覺，心情卻沒能好起來。今晚的香菸彷彿滲入了空虛，帶著苦澀的味道。

◇◇◇◇

隔天早上，馬車出發前往桑特魯城。

在領頭的馬車裡，傑羅斯將手中持有的劣化版「賢者之石」遞給兩個學生。

這個劣化版的「賢者之石」，是傑羅斯在製作他的廣範圍殲滅魔法「闇之審判」時因製作失敗而多出來的東西。因為沒機會用上，所以還留了幾個在手邊，他便順便拿來用了。

就算是劣化版，仍是可以儲存好幾個魔法的便利道具，也可以用來取代「魔法卷軸」。

「老師，這是……？」

「是我的一個原創魔法喔。依照約定，我會把這個傳授給你們兩個，你們試著活用它吧。」

「透過魔石？像使用『魔法卷軸』那樣使用就可以了嗎？喔……成功了。『白銀神壁』？沒聽過的魔法呢……嗯，因為是原創魔法嘛，這是防禦魔法嗎？」

「如何運用這個魔法就看你們的造化了。練到極致也可以當作一張王牌，你們就好好鍛練吧。」

兩人立刻將魔法術式展開，將魔法寫入自己的潛意識中。雖然傑羅斯曾在他們面前用過一次這個魔法，然而瑟雷絲緹娜他們那時正在和其他魔物戰鬥，所以沒有留下任何印象。再說這又是可以化為透明的魔法，也難怪他們會沒印象。

魔法術式完全寫入後，展開在茨維特他們兩人眼前的魔法術式便發出光芒，封入「賢者之石」中的魔法術式便消失了。

「什麼！」

「不會吧……魔法術式消失了……？」

「我原本就在術式上動了手腳，只要將魔法寫入潛意識中，魔法術式就會完全消失。因為要是被人擅自拿去複製我也很困擾呢。」

魔法術式消失的話，要是想教導別人這個魔法，就得自己寫下魔法術式才行。

可是「白銀神壁」是以龐大的魔法文字構築而成的，而且使用的魔法術式過於稠密。這樣光是要解讀出這是怎樣的魔法都辦不到，想要讓渡給他人的話還非得寫下連自己都無法理解的龐大魔法術式才行。而且這個魔法術式還運用了檔案壓縮的技術使其變得更為精密，如果單純地展開魔法術式，外觀看起來只會是一個發光的正方形立方體。

「你們要將這個魔法傳給自己的學生時，就自己想辦法製作紀錄術式用的媒介吧。雖然我想，要解讀這個魔法術式是不可能的，不過這也要看你們今後的努力囉？畢竟人是會成長的。」

「這個……我完全搞不懂耶？為什麼這個魔法術式可以成立啊？這根本不可能吧。」

「居然可以用魔法術式寫出這種程度的魔法……老師到底是有多厲害啊！」

由繁瑣的魔法文字構成的多重層疊型壓縮魔法陣。傑羅斯的魔法幾乎已經到了無法解讀的領域。要解讀就必須依照順序一步步地去分解，要是失敗了，魔法陣就會擴散毀壞。

對瑟雷絲緹娜和茨維特來說，傑羅斯的魔法是未知的高級藝術品，能夠被授予這樣的魔法可說是無上的榮耀。只是傑羅斯完全不了解「大賢者」這個職業會給周遭帶來多大的影響。

「雖然光從『神壁』這個稱呼來說是魔法屏障，但這個屏障可以依自己的想法變形。比方說要化為盾或是劍都可以。」

「該不會也可以延伸出去，或是化為荊棘的形狀在自己的周圍展開吧……？啊，老師在森林裡用的……」

「瑟雷絲緹娜小姐，妳答對了。至於妳剛剛的問題，答案當然是『可以』喔。不過要是沒辦法靈活控制魔法的話，就只會是普通的盾而已，這就得看你們訓練的成果了。」

「雖然是很有趣的魔法，但好像很難控制呢。要是能夠突然改變形狀，簡單來說就是想像力會變得很重要吧。看來可以廣泛的運用在各種場面上。」

「順帶一提，熟練度提升時還能讓魔法變得透明，也可以做成小石頭的形狀後發出去攻擊敵人。」

這內容實在讓人難以理解這魔法到底哪裡是屏障魔法了。不僅是攻防一體的魔法，要是有一點時間，也能讓屏障飛出去做間接攻擊。唯一的缺點應該是屏障的強度完全憑藉個人資質吧。

控制魔力的能力及個人的魔力保有量也會影響到強度，為了提高強度也會大量消耗掉自己的魔力。當然要使用自然界中的魔力也可以，但要是使用者的等級太低，也一樣只會是普通的屏障。是需要很高的熟練度才能夠靈活運用的魔法。

「結果，要好好運用這個魔法，我們還是得變強才行啊。」

「因為是可以作為祕密武器的魔法嘛。雖然想試著用看看，但大概會耗費多少魔力呢……」

「這得憑自己的感覺來記住才行吧。畢竟具體的數值沒人知道，也會有個人差異。」

不管怎麼說，這兩人還是立刻就想嘗試使用新的魔法。

『這麼有精神真好呢～……呼，這就是青春啊……是不是該認真考慮一下返老還童這件事呢？』

想要返老還童的話就需要被稱為「時光倒轉靈藥」或是「回春靈藥」。

這個「時光倒轉靈藥」只要用了一次之後就能回到二十歲左右，而且沒有任何副作用。問題是要製作這個靈藥的材料蒐集起來太麻煩了。現在他手邊雖然還留有一個，但要再製作這個靈藥就算有材料也沒有素材。

另一個靈藥是有點問題的「回春靈藥」。使用了這個靈藥後能夠使身體的細胞活化，讓身體能夠暫時性的返老還童。可是副作用是會在幾年內迅速地老化。

原本在人的一生中，身體細胞的分裂次數就是固定的，硬是讓肉體的細胞組織活化便會縮短壽命。靈藥的品質愈低落，這個副作用就會愈明顯。老實說他一點都不想用。在玩遊戲時雖然和朋友調出了這個靈藥，但後來只被他們當成一個沒用的笑柄道具罷了。

『唉，就再維持這個大叔樣一陣子吧。反正也沒有非得返老還童不可的必要，而且我也滿喜歡這個看起來很可疑的樣子……』

而且在那之前，要整理自己的儀容這點也很麻煩。因為單身所以沒什麼束縛，就算穿得很邋遢也沒人會唸他。可以說他在被公司解僱後就染上了怠惰的毛病。

他正處於就算想要保有精神的年輕活力，仍會在意肉體老化狀況的年紀。然而他又不想做麻煩的事。他似乎過了太長時間的繭居生活，到了身為一個人來說有些不太像樣的程度。

◇　◇　◇　◇

伊莉絲坐在馬車的貨架上，一邊看著在向前邁進的馬車中的傑羅斯。

她很在意那個和自己有著相同境遇，且因為身為上級玩家而聲名遠播的大叔。

當了一個月左右的傭兵，所以她很清楚，這裡沒有像傑羅斯那麼強的魔導士。

畢竟就連她自己都被人喚作上級魔導士了，可見這個世界的騎士及魔導士的力量比轉生者低得多。

現在的她還無從得知，原本就被稱作「殲滅者」的高等級魔導士，會對這個世界帶來多大的影響。

只是作為伙伴來說，沒有比這更可靠的存在了。而且像「殲滅者」這樣的高級玩家對她來說也是憧憬的對象。

「唉……」

「怎麼了？伊莉絲，妳幹嘛嘆氣啊。」

「雷娜小姐……沒事，我只是在想要怎樣才能招攬那個人成為我們的伙伴。」

「那個大叔？他那麼厲害嗎？比伊莉絲還厲害？」

「他大概是……這世界最強的魔導士吧。」

這次的事情讓伊莉絲了解到傭兵是多麼危險的工作。

就算等級再高，只要因為從未殺過人一事而有些許躊躇，敵人便會確實地瞄準這個破綻攻來。

雖然對於殺人一事完全沒有迷惘作為一個人來說也有點問題，但不能殺人就無法當傭兵吧。這世界上並不是只有好人。

「還真是人不可貌相呢。」

「嗯，如果他站在我們這邊會很可靠喔？所以我才會想說能不能招攬他，但好像有點困難……」

伊莉絲似乎意外地相當認真。

「欸，伊莉絲。」

「什麼？」

「再怎麼強，大叔還是不太好吧……要是人家有家室怎麼辦？」

「啥？我想他應該沒有家室啦……但是為什麼不太好啊？」

「因為他可是大叔喔？和伊莉絲的年紀也差很多，雖然聽說在貴族間也有這種年紀差很多的情侶，但是伊莉絲妳不行啦。妳看嘛，妳這光滑平坦的扁胸，又是幼兒體型……那個大叔啊，會被逮捕喔。」

「誰是幼兒體型啊！我還是有胸部啦，有一點點……更、更何況在那之前的問題是，根本不是這麼一回事！」

她終於發現雷娜會錯意了。

「雖然我可以理解因為人家救了妳，所以妳對人家有好感啦……可是那個邋遢的大叔不行吧～」

「我就說不是這樣了嘛！」

「你們兩個昨晚單獨聊了些什麼？你們好像聊得滿起勁的嘛？感覺很開心……明明是扁胸，還真行呢～♪」

「雷娜小姐妳也太煩人了吧！」

「沒想到小伊莉絲喜歡大叔啊……姊姊嚇了一大跳！好吃驚呢。」

「構築在吊橋理論上的戀愛不會長久的啦！而且先不提那個，這真的是雷娜小姐妳誤會了喔？」

可是她看起來完全沒有要收手的樣子。

完全陷入了自己的思考漩渦中，開始暴走了。說到底就是……沒在聽人說話。

「啊，妳可要小心戀愛症候群喔？說不定妳會忽然忍不住襲擊那個大叔呢。」

「戀愛症候群？……從字面上來看，是指發情期嗎？又不是動物，怎麼可能會有那種東西。」

「有喔？發情期……妳該不會不知道吧？」

「…………咦？」

這個世界的人類是有發情期的。通常被稱為戀愛症候群的這個症狀，是精神感應到流動在地脈中的魔力而帶動了所謂的發情期，進而引發的暴走現象。雖然這肯定跟季節有關，但不是生物單純地遵從著延續種族的本能所引發的行為。

不分男女，為了留下更優秀的子孫，戀愛症候群患者們的腦部會憑著本能自然地去測量出適合自己的異性，並基於魔力與野性的過剩共振反應誘使性慾爆發。

不僅能力，通常也會選擇與自己的性格或嗜好相符的人，當然這其中也包含了性癖好，高昂的性慾會使異性間的魔力產生共鳴，生物本能會掙脫理性的束縛。

而依據這壯烈的告白內容不同，也有可能會成為使人在社會上生存不下去的慘烈狀況。

這樣聽起來可能會覺得這很容易引起社會混亂，實際上事情卻意外的進展得很順利。不過就算是本能的渴望，若是其中一方未受到魔力的干涉就無法成立。

實際上茨維特就被甩了，所以未必所有人都能夠成功。以他的狀況來說，不管他多麼渴求對方，但他身上並沒有路賽莉絲所渴求的因子，結果就只能落得被甩的命運。嗯，要是其中一方憑恃著力量迫使對方就範，就會變成犯罪了……

儘管發病的人只要察覺到自己出現了戀愛症候群的前兆，和事先找好的對象成為戀人就能防範未然，但由於其中也有突然一見鍾情的狀況，使得周圍不斷上演著愛情通俗劇。結果鎮上颳起戀愛的龍捲風，成為了從初夏到初秋時的特有現象，這個世界的人也接受了這件事。而且為此壯烈犧牲、在社會上無法生存下去的人也不在少數。

「這、這是騙人的吧？不是真的吧？」

「千真萬確沒騙妳……不過和交往對象一定會進展得很順利也是真的喔？」

「妳開玩笑的吧……這種事情超令人困擾的啦～～！」

「別稱是『天使的惡作劇』，或是『邱比特的一時興起』喔。大家平常的理性都會往奇怪的方向衝去的樣子，魔導士好像特別容易會暴走喔？」

「不會吧！那我不是很危險嗎？」

既然身為魔導士，魔力與精神的關聯性自然十分緊密，所以由於和對方的魔力共振而引發暴走的可能性也很高。當然，因為這暴走而想要接近的對象，就是適合自己的男性。

『騙人的吧？……啊，不過要是告白了的話，就代表那個男性很適合我吧？可是，要是我對叔叔做出了丟臉的告白……最、最慘的狀況下……』

這個本能和理性以恰到好處的程度融合在一起，像是喝醉了一樣的超常暴走現象，就算以複數的女性為妻，或是發生相反的情況，不知為何都不會發展為滿是鮮血的刀刃相向事件。

這可能是因為性質相似的人聚集在一起，彼此的魔力使理性與本能同步，使眾人都能夠接受這個狀況吧。因為人類原本就是群聚生物。

伊莉絲來到這個世界後首次感到戰慄。要是戀愛症候群發作的話，一個沒弄好甚至有可能會演變為在眾人環視之下引發事件這種最糟糕的狀況。對正值青春年華的女孩子來說，就是這點非常令人難以接受。雖然可以理解身在異世界，人也會有不同的特性，但沒想到居然會是發情期。任何人都無法抵抗自然的生理現象吧……

和騎士們一起回到桑特魯城的這幾天內，伊莉絲一直都被這份苦惱給折磨著。

第六話　大叔進行誘導

在騎士團的勤務室中，有兩位騎士正看著彼此。

其中一位是騎士團長，馬庫斯·威爾頓。是位彷彿經歷過極為嚴峻訓練的軍人般，擁有一身結實體格的壯年騎士。另外一位則是阿雷夫·吉爾伯特。是在索利斯提亞公爵的要求下率隊前往法芙蘭大深綠地帶的分隊隊長。

馬庫斯為了讓他一手培養起來的部下們累積經驗而答應了這次的護衛委託，其成果卻遠超乎他的想像。

「我看過你的報告了，但這真是不得了啊。在這麼短的期間內就升到了154級？你們到底越過了多少生死關頭啊……這可是非常令人感到驚愕的事喔？」

「就如同報告上所記述的。我們每天都不停地和難纏的魔物戰鬥，總算是活了下來。」

「哥布林或獸人還好說，巨魔、山怪、奇美拉、食人獸……阿雷夫啊，真虧你能活著回來啊？」

「要是不打倒他們，被吞噬的就是我們。我們可是賭上了性命啊。而且是從各種意義上來說……」

阿雷夫不知為何看向遠方。

雖然對他這話感到有些疑惑，馬庫斯仍繼續看著報告書。

「第二天時食物就被奪走，接下來就過著賭命的野外求生生活啊……真的是該慶幸你能活下來，差點就要失去優秀的人才了……」

「不，這一切都是因為有眾多的部下們。我覺得自己尚未變強到那種地步。」

在大深綠地帶要確保食物是很困難的，就算是肉，也有很多是不適合當食物的。特別是山怪和奇美拉。馬庫斯面對淡然地說出這種連存活都很艱辛的狀況，在這幾天中變得判若兩人，露出精悍表情的阿雷夫，實在難掩他心中的驚訝。

『到底是經歷了怎樣的過程才會變成這樣……簡直完全變了一個人不是嗎？』

阿雷夫的身上籠罩著一股不尋常的霸氣。那就算保有理性，仍有如野生的猛獸般震懾住周遭的氣息，令馬庫斯震驚之餘也感到一陣狂喜。

畢竟阿雷夫是由馬庫斯培育的。看到原本就很優秀的阿雷夫變得比預想中還要更強悍地回來了，使他體會到有如因孩子的成長而感到喜悅的父親的心境。

他繼續翻閱著騎士們寫下的報告書，看到接下來的內容不禁「噗！」地噴出一口氣。因為上面記載的是關於強欲赤狼的事。

「阿雷夫……這是開玩笑的吧？這種傢伙徘徊在那座森林裡嗎？」

「不，這是極為純粹的事實。那個……是會對我等構成威脅的魔物吧。」

「的確……如果這是真的，這內容在某種意義上來說非常恐怖。可是……」

「或許您不願意相信此事。然而一直視而不見也不是辦法吧。」

強欲赤狼是一般的傭兵無法對付的凶惡魔物。

會和其他同種的魔物成群行動，有組織性地進行狩獵，是十分難纏的魔物。就算是騎士團，面對牠也得有會出現不少犧牲者的覺悟。

無論是對人還是野生生物來說，成群活動的魔物都是一種威脅。在具有壓倒性強度的首領周圍，圍繞著許多擁有就算單獨行動也十分難對付的敏捷性及凶暴銳牙的下級同種魔物，並以群體狩獵的方式將獵物逼入絕境。

哥布林和獸人也有類似的習性，只要數量一多，便沒有比這更危險的對手了。

「……這、這可不是在說笑吧？要是這傢伙出現在邊境的村落……」

一想到可能的被害情況，馬庫斯便無法保持冷靜。

「不，上級魔物群聚出現的話或許是威脅，但要是只有一隻，還是可以想辦法擊退。問題應該是出在是否有可能還有其他的強欲赤狼存在吧？」

「確實是……說不定至今為止已經有許多人犧牲了吧？就算想做魔物的生態調查，學者也不想去那座森林哪……去調查也有可能形成二度受害。」

「我想實際的被害應該超乎預期。雖然上級魔物應該不會這麼輕易地出現在這附近，但要是有其他原因在那狀況就不一樣了……比方說，被更強大的魔物給趕了出來。」

每年都有很多村子裡忽然有人消失，或是有許多親屬針對下落不明的人發出失蹤協尋請求。像這種有人失蹤的案件在邊境的村莊裡層出不窮。而且成群結隊在森林中移動的魔物經常會改變據點，難以掌握牠們的行蹤。其力量也十分驚人。一般的傭兵肯定無法對抗，只會成為可憐的犧牲者。

「儘管我不想去思考這件事……但我還是警告傭兵公會，要他們注意一點吧。不能再出現更多的犧牲者了。不過對傭兵們來說，這些素材應該很吸引人吧……」

「我認為這判斷十分妥當，就算成為了那些魔物的餌食，那也是他們自己該負責的。」

「而且還有一個問題，就是這傢伙，瘋狂人猿……因為『白猿的毛皮』可以高價賣出，傭兵們一定會先以此為目標吧。可是光是哥布林和獸人就已經很麻煩了，又有新的……人手不夠啊。」

往後得煩惱其他的防衛問題了。雖然是很亂來的魔物，仍相當難纏。

這僅限於會以人類或是其他種族作為繁殖道具的魔物，這種魔物經常會從森林中現身，成為襲擊人類村落的害獸。傭兵也是人民，若是不將這些得到的情報分享出去，犧牲者只會不斷增加。若是已經將情報傳達出去，仍有人想要挑戰因而犧牲的話，那就會被視為是他們的能力不足。畢竟傭兵所處的是實力至上的嚴苛世界。

「……明明很累了還要來報告，真是辛苦你了。回去讓你老婆開心一下吧……」

「不會，此乃我職責所在。非常感謝您的體諒。」

「素材賣出後的一部分收入會在近期內交付給你們，今天真是抱歉。」

「想要好好休息一段時間呢。那座森林是地獄啊……」

「這樣啊……」

阿雷夫離開勤務室後，馬庫斯便抱著頭趴在桌上。

「這個……真的要由我去說明嗎？明明連光是存在就十分令人頭痛的強欲赤狼都出現了……總覺得那座森林的危險程度又提升了。好吧，接下來……」

一想到自己接下來的工作，老實說他的心情十分沉重。

要是強欲赤狼出沒在這附近的話，那可不是只要加強警戒就能搞定的事。

雖然報告上是說他們打倒了，但可能還有其他隻。

既然牠們是會成群結隊的魔物，這邊也必須派出精銳才能對抗居於領導地位的戰狼系魔物。萬一牠們成群出現在人類聚落中，肯定會連骨頭都不剩地把人給吃得一乾二淨吧。牠們就是如此凶惡且貪食的魔物。還有一個麻煩的問題也非得報告不可……

在這之後，馬庫斯雖將大深綠地帶的情報都明確地告知了傭兵公會，傭兵公會卻對關於瘋狂人猿的情報一笑置之，最後有許多傭兵都意氣昂揚地前去挑戰大深綠地帶。

可以賣出高價的「白猿的毛皮」正是如此的充滿魅力。然而小看這個情報的結果，就是許多傭兵都就此一去不回。

事後傭兵公會的幹部拚命低頭，懇求騎士團協助搜索失蹤的傭兵們，但馬庫斯並未答應這些請求。

畢竟最終仍是那些不相信情報的傭兵們不對啊……

◇◇◇◇

傑羅斯等人回到桑特魯城後的第三天。

瑟雷絲緹娜與茨維特正一如往常地以魔像為對手進行戰鬥訓練。

而那些魔像中，有一部分也從泥魔像改為石魔像了。

兩人面對石魔像雖經歷了一番苦戰，仍能順利地打倒魔像。等級和技巧都提升至與一週前無法相提並論的程度。行動上也不像以前那樣給人驚險的感覺。

跨越過生死關頭的經驗顯現出來了。

「哦？戰鬥能力提升了不少嘛。和以前簡直判若兩人。」

「果然有經歷過實戰就是不一樣呢，可以透過身體感覺到什麼才是最重要的。」

「石魔像的等級大約是多少？泥魔像的動作感覺也很不錯啊……」

「平均控制在100級左右的程度。這是因為發展成長期戰一樣很棘手，而且作為替代的是我希望那兩人能好好學會那招。」

「那招啊……咯咯，這不是成長得相當可靠了嗎。這樣一來我的派系也會更有影響力吧。而且我已經可以看到那些輕蔑緹娜的人吃驚的樣子了。」

看來克雷斯頓有意將讓兩人加入他自己組織的派系中。

作為公爵家系，考慮到國家發展的情況下，必須得想辦法解決魔導士團與騎士團間相處不睦的狀況。要是加入了能夠解讀魔法文字的這兩人，派系的影響力也會隨之提升。

更何況是王族的親戚，不能隨意處置。

「這話還真是黑暗呢。不過也會有不樂見你們的影響力提升的傢伙在吧？」

「那就交給暗部處理吧。畢竟是直屬於王族的組織，應該會歡喜地為了國家改革而出手幫忙吧。也可以向各個貴族報仇雪恨。」

「雖然有可能是我多慮了，但對方也有和地下組織聯手的可能性吧？送刺客進來的手段多不勝數啊。」

「別擔心，都打點好了。你幫忙調整過的教科書，會讓那些傢伙把自己給逼入絕境吧。要先把外在的障礙給解決。」

「那個魔法術式是其他的派系製作的教科書對吧？明明不要亂改原本的魔法術式會比較好用的，我真不懂他們為什麼要做這種事。」

「因為他們裝作認真研究的樣子，實際上把大部分的研究資金都拿去賄賂了吧。拜此所賜，認真研究的魔導士們都很貧困，儘管說要優化術式，結果卻變成了有缺陷的東西。」

「這樣是惡性循環吧？這個國家這樣下去真的不要緊嗎……」

內政方面先不提，現況是防衛層面大家都毫無幹勁，只會互相扯彼此的後腿。要是其他國家攻進來，這裡會首當其衝的被破壞吧。想必所有人都對這樣的國家感到不安。

「就是為了不要演變成那樣，才要現在就開始動手啊。到底是誰讓國家變成這樣的……」

「我才想問呢，究竟是發生了什麼事才會發展成這種狀況啊？」

當然，這肯定是因為某一個魔導士為了獲取權力，而賄賂了其他的有力貴族所導致的。只要有一個人犯了錯，對應的方式就只有兩種。訓誡對方，或是加入犯錯的行列。

『應該不會爆發戰爭吧？麻煩事我可敬謝不敏……我才不想被捲進去咧～』

要導正錯誤的話，必定會出現對此感到不滿的人。

這些人為了保有可以獲取不當利益的權力以及自保，可以若無其事地做出各種不人道的行為。

「算了，老夫等人也已經開始行動了。將調整到最佳狀態的魔法做成卷軸開始販售。初級的魔法早就在販售中嘍？」

「是打算以便宜的價格賣出像樣的魔法，讓那些派系站不住腳嗎？」

「嗯，我們也已經拉攏了不少被派系給趕出來的魔導士加入。而且那個魔法術式還真是優秀啊，真沒想到還有這種東西～」

索利斯提亞公爵管轄下的索利斯提亞商會已經開始販售傑羅斯所製作的土木工程魔法「蓋亞操控」，以及其他優化過的既有魔法了。雖然一開始跑來購買的主要是建築業者，但銷售狀況似乎相當好。

魔導士的收入來源是販售魔法卷軸，或是以鍊金術製成的魔法藥。反過來說，他們也只有這些收入。而銷售額中的六成會被派系給回收，作為支撐派系組織的基礎。身為現任領主的德魯薩西斯在也是他副業的店裡販售經傑羅斯優化過的魔法卷軸，這對各派系來說是會動搖到他們的根本，且最不樂見的糟糕狀況。

畢竟索利斯提亞公爵家是這個國家中首屈一指的商人，同時又是王族的親戚，是與之為敵會非常麻煩的家族。

「這都多虧有你。那個消除的魔法術式實在太有用了，拜此所賜，防止了魔法的傳播。」

傑羅斯對販售用的魔法卷軸動了一點小手腳。

他對魔法卷軸施加了只要魔法一被刻入潛意識中，寫在卷軸上的魔法術式便會全部消失的機關。如此一來便能防止魔法被人任意地傳播擴散出去。

「因為記住魔法後，魔法卷軸就只是礙事罷了。包含魔法紙的回收在內販售的話，利益也會提升吧。畢竟魔法紙很珍貴呢，這樣就可以回收再利用了。」

「收益的其中一部分也有分給你喔？已經請在我們領地中營業的金融業者幫你開戶了。無須為生活所苦。」

「看來短時間內可以過著安泰的生活了呢。雖然我很在意權利金到底是多少。」

「土地現在也在開墾中，已經開始做房子的地基嘍？你的魔法『蓋亞操控』真的很優秀啊。」

克雷斯頓從瑟雷絲緹娜口中得知了他在教會使用的魔法，便問他是否可以販售那個魔法。雖然他沒打算迂迴地推廣魔法，但藉由限定其使用方法，讓大家不去注意到其真正效用的作法成功了。現在這魔法變得十分受歡迎，甚至連農民都會來買。

藉由使用在挖洞、固定周遭的土製作排水溝等這些「土木工程」上，讓大眾認為這個魔法不具攻擊性。而且就算想推廣這個魔法，魔法術式也不會留在卷軸上，無須擔心會流傳出去。雖然可能會有魔導士來買，但原本就能夠使用地屬性魔法的魔導士根本不需要學這個魔法。因此「蓋亞操控」的魔法就這樣開始廣泛地被使用。由於持有魔力較低的一般人就算使用這個魔法也不會構成什麼威脅，所以忘記了數量可能帶來暴力的魔導士及騎士團，目前尚未將這件事視為問題。

畢竟最先被使用在農業上，在他們的眼中看來這是極為初步且單純的魔法。

「比起那個，還是看看他們訓練的狀況吧。具有實戰經驗的克雷斯頓先生的意見對他們兩人來說應該也能作為參考才是。只聽我的教導，知識會有所偏頗吧。」

「嗯，這把年紀了還能派上用場，可沒有什麼比這更值得高興的事了。再說又是我疼愛的孫子，真是期待他們的將來啊。」

『你疼愛的不是孫子，是孫女吧。』傑羅斯默默地在心中吐槽。

雖然腦中有著各種思緒，但總之還是將目光轉回到訓練中的兩人身上。

「你還是老樣子，用很骯髒的手法在攻擊呢。而且防禦非常堅固。」

「石魔像的防禦力可是很難纏的呢。動作緩慢這點算是幫了大忙……」

「然而他們還有那招……」

儘管是由石魔像進行防禦來守護其他的魔像，泥魔像從周圍展開攻擊的常見戰術，可是要脫離其包圍仍相當困難。防禦力比泥魔像更高的石魔像，不但無法僅靠一擊就破壞，而且還會使用遠距離攻擊。

石魔像將組成自己身體的石頭大量分離出來，讓石頭漂浮在空中。

「要來了！」

「嘖！『魔力護盾』！」

浮起的岩石化為子彈，擊向茨維特他們。

對此展開魔法屏障，總算是擋下了這波攻擊。

「『岩石射擊』。在極近的距離下被這招打到就麻煩了呢。」

「是啊……雖然在攻擊前會先讓石頭浮起，所以很快就能判別，但攻擊範圍很廣。」

「就算不小心打到周遭的泥魔像，卻因為那原本就是泥巴製成的所以不會造成傷害，敵人的數量也不會減少。」

「結果還是只能破壞核心。難纏之處正能成為他們的磨練。」

泥魔像有兩種，以攻擊為主的泥魔像（胖）以及具有遠距離戰鬥能力的泥魔像（瘦），這兩種魔像的聯手攻擊，再加上負責防衛的石魔像，佈陣有如銅牆鐵壁般穩固。只要不破壞核心就無法打倒魔像，然而由於其防禦力，想要破壞核心的過程可說極為麻煩。魔像的再生能力很強，就算破壞了一半，只要核心還在，就能夠無限地再生。

從法芙蘭的大深綠地帶歸來後，兩人的等級雖然變高了，但訓練的難度也大幅提升了。魔像的戰鬥模式也變得比以前更加複雜多變。

「要是再加上速度快的魔像可就束手無策了。」

「真的。但是無論失敗多少次都無所謂，從中累積經驗，我想也不全是壞事吧？」

「說得也是。那麼，也差不多該動手了！」

「喔，上吧！」

「「『白銀神壁』！」」

兩人使出了白銀神壁。這個魔法只要持續放出魔力就能展開屏障，並依自己的想法改變屏障的形狀。瑟雷絲緹娜為了殲滅周圍的魔像，向前方伸出無數棘刺，是刺擊型的使用法。茨維特則是為了橫掃四周的敵人，將屏障化為了巨大的劍。

既然有石魔像在，長期戰只會使他們疲於應對。他們兩人都認為，有時採取大膽的行動，直接打倒統率敵軍的指揮官也是一種有效的戰術。

「護盾強擊！」

「斬擊之刃！」

搭配「白銀神壁」發動武鬥技能，兩人打算藉此強硬地一鼓作氣殲滅所有敵人。

瑟雷絲緹娜展開化為棘刺狀的盾形魔法屏障，被刺擊打倒的泥魔像無法攻擊，陣形也因此崩解。茨維特則是將魔法屏障纏繞於劍上，一邊斬退四周包圍住他們的魔像，一邊讓魔像無法接近他們。而且藉著加上近戰技能這一點，使其威力倍增。

雖然這個戰鬥訓練只要打倒身為領導者的魔像就結束了，但領導者是個大得誇張的石魔像。儘管要一擊就打倒它很困難，然而要是能夠攻擊到核心的話就肯定能夠獲勝。兩人都判斷在短時間內決一勝負才有勝算。這個想法本身沒有問題，可是……

——咕喔喔喔喔喔喔喔喔喔！

——轟隆！

身為領導者的「石魔像指揮官」大吼後，高高舉起雙手，用力地搥向地面。這時產生的衝擊所發出的震動波使地面搖晃，讓兩人無法站穩。

「什麼？是『地震』！」

「從沒聽過魔像有那種能力啊！」

從自然界中誕生的魔像幾乎不會使用這種魔法攻擊。因為只要耗費魔力，魔像本身就會再變回原本的石頭。

然而這不代表魔像絕對不會使用魔法，遇到緊急狀況時，也有可能會像這樣施加攻擊，選擇在敵人膽怯時以物理性的質量攻擊粉碎對手的手段。這一擊還順便將手下的泥魔像的身體給弄散了，它們像史萊姆一樣繞到兩人的周圍，瞬間包圍住他們。

雖然是覺得有勝算才採取行動，但反而遭受了反擊。

結果兩個人被弄得滿身是泥。

「嗯～有些太快下決定了呢。對手可未必已經使出所有招數了喔？」

「不過戰鬥的表現很不錯，愈來愈期待他們今後的發展了。」
「真不甘心……明明就只差一點了～」
「居然在那個時間點使用『地震』……不能小看魔像呢。」
「大深綠地帶的魔像可不只這種程度喔。會用地震捲起大量的土砂，將周遭的森林整個摧毀呢～哎呀哎呀，真令人懷念。」
「「「……………」」」
其他三人藏在心中沒說出口的是：「真虧你能活到現在啊？」
在一般來說肯定會死的環境下存活了一週的傑羅斯強的令人吃驚。雖然對於那些自己並不知道且擁有強大力量的魔物也感到很驚訝，但比起那個，更感覺到能夠在那樣危險的地方生存下來的傑羅斯是多麼遙不可及的存在。
兩個學生知道，他們所經歷過的地方，連地獄的入口都稱不上……
魔之森是深不見底，而且非常恐怖的危險地帶。
感到戰慄的同時，已經成為每日例行公事的戰鬥訓練也結束了。

◇◇◇◇

最近的茨維特總是給人形跡可疑的感覺。
他會不時偷窺瑟雷絲緹娜，深深地嘆氣。

現在也躲在陰暗處看著她的背影，果然又嘆了口氣。依據看待的角度，可說這行為相當怪異。

「今天一定要……可是……」

從旁人的眼光來看，怎麼看都是對妹妹抱有戀慕之情的危險哥哥。而他完全沒有自覺，躲著不讓瑟雷絲緹娜發現，獨自徬徨在決心與恐懼之間。

而他也不知道自己的樣子全被女僕們給看在眼裡……

「我……居然是這麼沒出息的人嗎？」

「不，我想那是你原本就有的資質。」

「怎麼可能！我可是一直都抱持著身為男人的驕傲活到現在的。」

「驕傲？這包含你濫用權力，強硬地想把路賽莉絲據為己有的事嗎？」

「嗚……那確實是我不對。現在回想起來，我為什麼會做出那種蠢事啊……總之我有在反省了。」

「有在反省是很好啦，但這當中也有不聽他人勸告的人呢～……」

「我知道對方沒有把我當一回事，可是總覺得不甘心……欸？師傅！」

傑羅斯不知何時出現在身後，害茨維特嚇得跳了起來。

完全沒有感覺到他的氣息。

「你什麼時候……」

「我才剛來啦……不過我認為你還是放棄比較好喔？」

「你是指什麼啊？」

「就算母親不同，對有血緣關係的妹妹產生這種戀慕之情實在是……」

「這、這是誤會！才不是那麼一回事，為什麼事情會變成那樣啊！」

到了這個地步，他才發現自己的行為被周遭的人誤解了。

「你不是對有一半血緣的妹妹不禁起了色心嗎？大家都是這樣謠傳的喔？」

「不是～絕對不是這樣！我只是想要道歉而已啊～為什麼會傳成這樣啦！」

「道歉？啊～……原來如此。」

大叔這時候發現自己搞錯了。茨維特以前曾霸凌過瑟雷絲緹娜，想必是在窺探何時有機會清算這段過往吧。

「我想你也知道，那傢伙以前是沒辦法使用魔法的。可是當時的我完全沒想到那原因是出在魔法術式本身上。雖然到了現在我才能說出口，但我們家是代代皆為魔導士的世家。我無法忍受在一族之中有無能的人存在。一直到最近為止都是這樣。」

「原來如此……我已經充分理解了。嗯。」

茨維特對自己的血統及家族歷史等一切事物都感到驕傲。在這之中卻找不到任何才能的瑟雷絲緹娜，實在令他無論如何都無法忍受，而以嚴苛的態度對待她。

然而被眾人視為無能的存在，其實是被基本的魔法術式給封住了她的才能。若只因為這樣的理由就害她遭受冷漠的對待，那罪惡感也不是三言兩語就可以帶過的。更何況自己還處於率先冷落她的立場上，光是這樣就令他無法承受這份罪惡感的苛責。為了做個了斷，他一直在尋找道歉的機會，只是從旁看來仍是一副沒出息的樣子。

「……既然你會這樣想，為什麼還會對路賽莉絲做出那麼陰險的事呢？」

「拜託你行行好，別再提那件事了可以嗎？我也真心搞不懂那時候的我到底是怎麼回事啊！」

雖然有戀愛症候群這個因素在，但從他的角度來看，從在學院裡做出一些不像他會做的舉動而引人注目時，就開始有些不對勁了。回想起那些完全想不到會是自己做出的愚蠢行動，簡直令他感到吃驚。儘管原因應該是以前傑羅斯在偶然下鑑定出的異常狀態「洗腦」，然而困擾的是被鑑定的當事人早已徹底忘了這件事。

「不管理由是什麼，也不會改變過去喔？」

「唔咕……的確是這樣，但我自己也不是很清楚。只覺得腦袋像是被熱氣給籠罩住了，無法控制自己……現在想想那時有許多言行舉止都很奇怪，到底是怎麼了？」

「我是不覺得這種藉口有用啦，總之回想起過去的自己而想對瑟雷絲緹娜道歉……是一大進步呢。要不要順便和路賽莉絲道歉啊？」

「我一開始不就這麼說了嗎……為什麼會變成對親妹妹動起歪腦筋啊……」

「也是有這種人存在的嘛。也有國家由於文化不同而接受近親通婚啊。」

「我才沒有那種奇怪的嗜好！」

原本只是想要確認狀況，卻不知為何開始逗弄起茨維特的大叔。

實際上，傑羅斯也確實是以看茨維特慌張得手足無措的樣子為樂。

「那就去道歉啊。只要說一句對不起就好了吧？明明這麼簡單。」

「話說起來是很簡單，但假設你是當事人，心情會很沉重吧？」

「那就是你所背負的罪過的重量。不管能不能獲得原諒，去做個了斷吧。」

「就是因為辦不到，我才會在這邊煩惱啊……」

他似乎遲遲無法下定決心，這時只要踏出一步就好了，他卻辦不到，只能在一旁看著。雖然不是不能理解他的心情，但這裡正是該拿出勇氣前進的重要場面吧。

儘管光是想要清算過去這一點就已經很不錯了，但還是很沒出息。

「既然覺得自己不對，重要的就是立刻低頭認錯。要是一直維持現狀，我想到最後你連道歉都辦不到喔？因為人總是會往比較輕鬆的方向走，等到關鍵時刻若是不能展現出你道歉的誠意，總有一天會失去信用的。」

「可是啊～……該說總覺得有點丟臉嗎？還是該說很遜呢……」

「那是至今為止都冷漠地對待他人的人該說的話嗎？你現在不改過的話，往後的人生就將一直背負著這沒出息的回憶。事到如今，沒有必要在意別人的觀感吧？」

「我知道……可是等到真的要行動了，又……該怎麼說……」

真沒用。平常的氣勢到哪裡去了？在那邊忸忸怩怩個什麼勁，說真的看著都覺得不舒服。在大叔眼裡看來，正值青春期的少年這種樣子實在煩人。

「結果你到底想要怎麼做？嘴上說想要道歉卻在這裡裹足不前，什麼都不做，沒有任何成果。明明沒做出任何行動，何必煩惱呢？」

「師傅你怎麼了啊……突然變得這麼冷酷……」

大叔給人的感覺驟然一變，有種沉重的氣息襲向茨維特。

「首先要搞清楚的，就是你現在打算怎麼辦。要道歉還是算了，到底是哪個？與其說覺悟，不如說你真正需要的是誠意吧？」

「唔……我覺得我該去道歉，可是……」

「那你為什麼停在這裡？我完全想不到你有什麼必要猶豫喔？」

「不，可是啊……該怎麼開口才好……」

「何必在這裡糾結？只要說一句『至今為止真的很抱歉』就好了，要是這時候無法展現出自己的誠意，我想你一輩子都無法向前邁進喔？」

然而他仍無法踏出那一步。於是他抓住茨維特的雙肩，更進一步地逼迫他。

「你試著回想一下吧，至今為止你做了些什麼……現在的你，能夠原諒至今為止的自己嗎？你能夠放任錯誤，抬頭挺胸的活著嗎？你說啊？」

「嗚！的確……我無法原諒自己。我對瑟雷絲緹娜做了很過分的事。就算她說願意原諒我，我自己也無法接受。」

「那就應該前進，這會成為你的覺悟。對她道歉這件事，等於向至今為止的自己做個了斷。話說回來，你根本什麼都還沒做。首先該採取自己可以接受的行動，如果行不通的話，再想下一步就行了。我認為贖罪這件事，首先就是要將你的想法化為誠意表現出來。」

「我確實什麼都還沒有做……師傅……我會先用自己的話去向那傢伙道歉！」

「就是這股幹勁。好好的面對自己的過去吧。一切都是從這裡開始的。這不是為了瑟雷絲緹娜小姐，一切都是為了與自己的過去做個了斷，以及決定往後該有的樣子……我認為就算無法獲得原諒也要誠心接受，接著繼續為了接近理想的自己而努力鍛鍊。你應該將這視作……重生為走在正道上的自己的儀式！」

簡直像是不知哪來的黑心銷售員，大叔用手指戳著茨維特。

「重生……沒錯，我應該要重生！師傅，我要去了！我要去解決我胸中的這股煩悶！」

原本就是個熱血少年的茨維特在大叔的催促下，感覺到了心中湧出一股熱意，帶著充滿決心的眼神前往瑟雷絲緹娜身邊。

為了跟至今為止的愚蠢自己道別，年輕人奔向前方……

「……真是單純呢。下任公爵這麼輕易就被人說動不要緊嗎？唉，也是因為他還年輕吧……」

大叔在過往曾是上班族的時候，為了讓處於修羅場導致集中力低落的部下們振作起來，會以聽起來很像樣的話語煽動他們。在持續徹夜工作一週的地獄之中，他為了激發部下的幹勁以及營造團隊的一體感，會一邊直接觸碰部下，一邊以話術誘導對方。

當然這都是為了早點搞定工作，因為在期限逐漸逼近的情況下，無論如何都得跨過這個地獄才行。他以理性的話語和有如詐欺師般的巧妙話術來引出部下的幹勁，成功地完成了好幾個企劃。

他因挑戰嚴峻的修羅場而得到的別名是「超S主任」。而茨維特並不知道，自己被這樣的大叔給誘導了。

◇　◇　◇　◇

瑟雷絲緹娜一個人在露台上吹著風。

從森林吹來的風帶著蓊鬱樹木的香氣。像這樣享受獨處的時間，也是她的興趣之一。然而有一個人闖入了這雅緻的時光。

是她的哥哥，茨維特。

「瑟雷絲緹娜，妳有空嗎？」

「有什麼事嗎？哥哥……」

「啊……不，只是我想做個了斷。」

「做個……了斷？」

感覺有些不太對勁，瑟雷絲緹娜帶著些許警戒等待著茨維特的話語。

「包含小時候的事情在內，瑟雷絲緹娜……至今為止真的非常對不起！」

「哥哥？這到底是……」

對方忽然低頭致歉，令她感到困惑不已。

「我是這個公爵家的後繼者。因為我從小就被人這麼說，所以那時候的我無法接受自己和不能使用魔法的妳身上居然留著相同的血液這件事。然而在得知那是由於魔法術式有缺陷，妳本人並沒有任何問題的現在，我想對以前對待妳的那些不好的行為及態度、對自己犯下的過錯做一個清算。所以我才會像這樣低頭道歉。真的很對不起！我不會求妳原諒我，因為我知道自己就是做了那麼過分的事。」

「哥哥你居然這麼……」

瑟雷絲緹娜很清楚茨維特有多以自己的家族為榮。

對於從小就抱持使命感過活的茨維特來說，會以嚴苛的態度對待家族中唯一無法使用魔法的她，或許也是無可奈何的事。但是理解這個過錯，甚至低頭道歉這件事，讓瑟雷絲緹娜再度感受到他的真誠。

索利斯提亞公爵家是代代守護著這個國家的一族。擁有稀有的魔法才能，靠著其魔法的威力守護了許多人民。雖然沒有足以被稱為戰爭的大規模戰鬥，但相對地經常有魔物失控暴走，而他們正是始終站在前線，賭上性命揮舞著法杖戰鬥的一族。

其中也有在戰鬥中喪命的領主。出生在這樣的一族中，她也多少可以理解沒辦法使用魔法的自己為什麼會遭受冷漠的對待，但同時也對此抱持著不滿。

儘管她一直拚命努力想要變得能夠使用魔法，結果仍是為了她自己。可是瑟雷絲緹娜從知道原因出在魔法術式上後便跑來道歉的茨維特身上，感覺到了身為貴族的強烈榮耀感以及真誠的表現。所以她認為自己也該真摯地回應他的那份誠意。

「哥哥，你覺得老師的魔法怎麼樣？」

「啊？妳怎麼忽然問這個……老實說我覺得超強的喔？那個威力，還有魔法的效率……不管從那方面來看程度都完全不同。」

「你說的沒錯。但是……對這個國家來說這同時也是一種危險。只要耗費極少的魔力就能產生那樣的威力，要是不小心洩露給他國知道，將會因此產生多少流血衝突呢？」

「戰火毫無疑問地會擴大吧。這和我們所知的魔法大不相同，擁有壓倒性的力量……」

「而且老師還擁有大範圍殲滅魔法。」

「這真是令人難以置信……雖然我有聽說過，但實際上根本沒有魔導士能做出那種魔法。我想頂多就是將大範圍魔法稍加改良後的程度吧。」

大範圍殲滅魔法是現在各派系研究中的魔法，又被稱為戰略級魔法。要是這個已經被製作出來且由個人持有，將會是很嚴重的問題。簡直就像是會走路的核彈。

「老師曾經這樣說過：『若是沉溺於魔法的威力中，有時也會有製作出凶惡魔法的危險性』……我作為老師的弟子，希望能夠做出讓人們幸福的魔法。」

「戰略級魔法的危險性啊……的確，要是能發揮理論上的威力，應該沒有比這更危險的東西了。」

「你不覺得創造出不是為了破壞，而是能夠為更多人產生貢獻的魔法的使用方式，是我們這些弟子的使命嗎？」

「沒辦法吧。我……作為守護這個國家之一族的後繼者誕生在這世上。守護人民是我的使命。不過要是有除此之外的路可走，妳就朝那個方向前進吧。我會擔起所有公爵家該完成的任務。」

「哥哥……」

「師傅的魔法確實很強，可是使用方法若是錯了，就只會引發悲劇。回到這裡後，我理解了擁有力量應負的責任為何。不過，我打算貫徹為了守護人民……為了身為貴族的使命而死的信念。」

兩人所走的道路朝向不同的方向。瑟雷絲緹娜是為了讓人民的生活更加富裕，茨維特則是為了完成守護人民的性命及財產的責任，做好了讓雙手染滿鮮血的覺悟。

兩者都有其存在的必要，然而絕對不會相交，兩人將走在完全相反的道路上。

「瑟雷絲緹娜……妳有看過師傅的大範圍殲滅魔法嗎？」

「我看過魔法術式。從那上面感受到非常強力的魔力循環，魔法術式也因為密度太高而無法理解。而且……那個實在是太危險了。」

「就是因為這樣，師傅他才希望妳走上不一樣的道路吧……」

「哥哥，你真的要走在不斷戰鬥的路上嗎？」

「因為那是我的義務。我能夠活到現在都是靠著人民的血汗錢，被人民給養大的我是不能逃避的。就算有可能會死也一樣。」

茨維特已經做好覺悟了。看著這樣的他，瑟雷絲緹娜發現自己想錯了。茨維特因為接受英才教育，平常的行為雖然粗暴，卻極具教養。和一般同年齡的年輕人不同，他被教導，也很清楚自己身為貴族的責任，並且埋藏在心底。

正因如此，對於不能使出守護人民魔法的瑟雷絲緹娜，他才會感到如此的氣憤。正因為她是以人民的血汗錢養大，卻派不上任何用場。

然而這是為了守護人民，也是因為他早有要和尊敬的祖父踏上相同道路的覺悟。

「一樣是為了人民而追求魔法喔？」

「但那是為了使生活富裕，還是為了守護性命與財產的差異。抱歉，我只能走這條路。」

「不，只要能夠理解哥哥的想法就夠了。我……願意原諒哥哥。」

「喂……？」

茨維特心中抱持的身為貴族的覺悟。光是能夠知道這件事就已經很充分了。

從小開始，茨維特就已經理解到人民生命的重量，並背負著它。

與此相較之下，她只是一直都將陰沉的感情藏在心中而已。雖然看起來好像很努力，但她知道自己其實是在逃避自己應有的立場。

「能夠像這樣待在這裡，也只有現在了。從學院畢業後，我就得赴任軍職吧。這樣一來我就必須聽令於國家了。」

「我……」

「妳就待在這裡，去找出只有妳能辦到的事情，這樣不是很好嗎？沒必要感到焦急，反正爺爺也不可能讓妳去做什麼政治聯姻。」

「只有我這樣好嗎？庫洛伊薩斯哥哥也總有一天會……」

「那傢伙至少也做好覺悟了吧。雖然是個令人生氣的傢伙。」

茨維特爽朗的笑了。在那裡的，不是像到剛剛為止那種籠罩著覺悟的神情，而是那個年紀的少年會露出的笑容。這一天，兩人過去的藩籬化解開來了。

然而對瑟雷絲緹娜來說，他的表情令人感到非常悲傷。

只能走在已經決定好的道路上。瑟雷絲緹娜第一次了解到茨維特的人生究竟有多麼沉重。

第七話　大叔前往自家建造現場

那天，傑羅斯前往領主的宅邸，與現任公爵德魯薩西斯碰面。

雖然很在意兩位夫人投射過來的視線，他決定還是先不要去管這件事。

說錯一句話就很有可能會成為引發事件的導火線，這點是擁有權力或財力者的麻煩之處，而且自己深入其中也不會有什麼好事。

現在傑羅斯正用上所有前世累積的經驗，以業務模式對應中。

「你叫什麼名字？」

「我嗎？我叫做傑羅斯・梅林，只是一介平凡的魔導士。」

「呵呵呵……看來你很清楚自己的定位嘛。不過你的打扮還真是相當可疑呢。」

「這是我的興趣。」

兩位夫人不知為何在對他品頭論足。他雖想求救，卻只見德魯薩西斯將手指放在眉間，一副頭痛的樣子。

「是說德魯薩西斯公爵，今天找我來是有什麼事呢？」

「嗯，你還記得我曾經說要賜給你土地的事嗎？」

「我還在想什麼時候會談到這件事，等到都覺得度日如年了呢。這樣下去我也只能去借住旅館一類的了。」

「那是最近鎮上蔚為話題的書籍『借住的……』哎呀，可不能繼續說下去了。」

「話題？鎮上？書籍？為什麼那個作品會……該不會還變成暢銷書了吧？哎呀，先不管這件事，所以我可以理解為您要將土地的權狀交給我了嗎？」

「你能夠迅速抓到重點真是幫了大忙。接下來我要跟兩位妻子去鎮上，所以想趁有時間的時候趕快解決這件事。」

雖然聽說兩位夫人之間的關係很不好，但看起來實在沒有那種感覺。簡直就像是認識多年的老朋友一般，正開心地討論著要去哪裡。

「手腕還真是高明啊……」

「這點我希望你就別管了……繼續討論正題吧。這是權狀，只要簽上你的名字，所有權就屬於你了。有什麼問題想問的嗎？」

「我記得是教會後方的土地吧。舊市區的……」

「雖然是治安比較不好的地方，不過絕大多數的對手你應該都能對付吧？」

「要控制在不讓對手死掉的程度這點很辛苦就是了。喔喔……房子目前也在建造中啊。」

由於連新家的設計圖都準備好了，傑羅斯從中獲取了房子的隔間配置等情報。

「……我可以問個問題嗎？」

「什麼？」

「雖然這上面寫著兩週後就能交屋，可是房子這麼輕易就能蓋好嗎？我覺得好像有點太快了……」

「矮人工匠們很拚命，正以驚人的速度在建造中喔？因為委託的是技術很好的專家們，作業進行速度比預想的還快，所以竣工日期也提前了的樣子。」

「就算工期有可能會延宕，但會有提前竣工這種事嗎？那個矮人工匠團體到底是何方神聖……」

「他們是飯場土木工程公司，是我國首屈一指的建築公司。」

一問之下才知道他們似乎是充滿專業工匠風範的一群人，只要有得蓋，他們什麼案子都接，可說是鎮上十分有名的團體。而且對工程沒有絲毫妥協，據說只要有一點失誤，足以打倒巨樹的鐵拳就會毫不猶豫的飛來。此外他們對客人也毫不留情，要是有人在事後才想變更設計，他們就會二話不說地騎到對方身上痛揍一頓。

「是有這種人呢。明明就按照設計圖在蓋，途中才說什麼『這我不喜歡』，忽然要求變更結構，給人添麻煩的人。」

「工匠們都要哭了。而他們就會讓這種業主見識何謂地獄。」

「該怎麼說，他們是一群只蓋自己想要蓋的房子的人嗎？還真是相當自由呢，這些工匠們……」

「不過技術是真的很好。而且是可以按照日程完工的程度。」

「說是按照日程，不是比原訂日期還提前了嗎？原來如此……以工匠來說很可靠呢。」

雖然除此之外的部分似乎有些問題，但傑羅斯並不想多嘴。

有時順從上位者的意見才是聰明的處世之道。

「要是可以趁現在先去看看，提出你的意見那就好了。要是完全交給他們，他們就會擅自變更設計，完全不會考慮居住者的意見喔。」

「我覺得房子本身沒什麼問題喔？以設計圖來看，就算有變更應該也是很細微的地方吧，浴室、廁所……雖然覺得房間好像有點多，但應該沒關係吧。」

「這樣啊……」

「雖然要是有地下室可以取代倉庫就好了，但要花到那麼多的預算實在是……」

「你提供的飛龍魔石完全足以負擔。都到這份上了，沒什麼好客氣的。不過地下室的事情，你直接和他們說吧。」

「……有什麼問題嗎？」

「我去跟他們說的話，可能會被揍。」

「所以是叫我去挨揍嗎？到底是多暴力的一群人啊……」

看來是無法用普通的方法對應的團體。與其說是專家，不如說是以職業為名目恣意妄為的單純愉快犯。說真的他一點都不想去那種地方。

「那是你要住的房子吧？我去出意見不是有點奇怪嗎？」

「雖然是這麼說沒錯，但我不是很想跟奇怪的傢伙們扯上關係啊。」

「我能理解你的心情，可是不先去看看的話，那些傢伙會來揍你喔？而且是整群人一起……」

「他們到底有多血氣方剛啊！真的是專家嗎？」

對這不知道該說什麼才好的麻煩團體，傑羅斯嘆了口氣，打算離開房間。

因為他被迫得先去看看狀況才行。就在這時候，兩位夫人叫住了傑羅斯。

「欸，聽說你還是單身，不打算結婚嗎？」

「我是很希望能有個家庭，但現在得擔心自己的生活，等安定下來後會認真考慮的。」

「那你要不要乾脆接受我們家那個沒用的？老實說，我一點都不覺得她跟我們一樣是公爵家的人呢。」

「沒用的？是指瑟雷絲緹娜小姐嗎？不好吧，我只是一般平民喔？」

「像那種不會用魔法、派不上用場的傢伙，要拿去做政治聯姻都不行哪。可是也不想把她一直留在身邊呢。」

兩位夫人仍以為瑟雷絲緹娜是個不會用魔法的吊車尾。然而現在的她恐怕已經有足以被稱為中級魔導士的實力了。

不知道這個事實的兩位夫人，似乎一心只想排除礙事的人。

「還請容我婉拒，因為我還不想被克雷斯頓閣下殺掉啊……那麼我也不方便打擾夫人們的假日，就先告辭了。希望兩位能度過美好的一天。」

他手腕高明的以安全的言詞迴避話題，恭順地低頭行禮後便離開了現場。

他以沉穩的腳步走出房間，然而內心卻因夫人們的眼神而感到動搖，不想再跟貴族家庭有更多的牽扯了。

「很乾脆地被他避開了呢。」

「是啊，因為想要土地，我還以為他藏著什麼野心……」

「看來不是什麼野心家呢。然而就算是這樣，我也不覺得可以信任他。」

「居然拉攏那種可疑的魔導士，父親大人到底在想什麼呢？」

這兩人不知道傑羅斯的實力。各自將心裡想到的臆測列出來，向丈夫德魯薩西斯提問。只是德魯薩西斯並不打算回答兩位妻子的問題。

因為他不想做出會與大賢者為敵的事。

「他的事情就算了吧。比起那個，妳們準備好了嗎？」

「嗯，今天可要讓我們好好地開心一下喔，老公。」

「是啊。你今天要帶我們去哪裡呢？我很期待呢。」

因為德魯薩西斯的一句話，兩人便立刻忘掉了關於傑羅斯的事。這位領主就是這樣地為他的妻子們所愛著。

他平常就維持著嘴上是律師、心是詐欺師、走起路來就是個擅長把妹的人。他可不是隨隨便便就能和複數的女性往來的。散發出過剩時髦紳士感的德魯薩西斯，可說是處處留情的玩火專家。而能幹的男人是不會忘記善後的。

◇◇◇◇

傑羅斯走在桑特魯城中。他的目的地是教會後方，已經成為他的土地的建築工地現場。

距離採收曼德拉草過了兩個禮拜多，那時候建築工程根本還沒開始。

但是實際到了現場，那裡已經打好地基，有大量的矮人們正流著汗水進行建設工作。

「老大！這個柱子要接在哪裡？」

「啊～？上面不是有寫號碼嗎，你眼睛是長到哪裡去啦！」

「號碼不見了喔？是不是有誰打翻了水啊？還有好幾根柱子也有一樣的狀況喔。」

「是誰！在建材上面吃飯的傢伙！還把茶給打翻了！」

「是這傢伙！」

「啊，笨蛋！你要出賣我嗎？」

看來他們正在為了什麼而爭執的樣子，傑羅斯沒插嘴，愣愣地站在一旁。

「巴爾……你這傢伙，做好覺悟了吧？」

「等等，多里爾也跟我同罪啊！要揍的話就該連他一起……」

「你居然連我都抖出來！」

「吵死了！我要帶你一起上路！」

「你們兩個給我咬緊牙關。受罰吧！」

傳來了格外生動的聲音，以及兩個矮人的呻吟聲。

兩個矮人趴在地上。

「你們要在那邊躺到什麼時候？趕快回來工作了！」

「「好～……」」

矮人十分強健。就算受了顯然可以擊倒重量級拳擊手的一拳，仍然一點事都沒有的站了起來，可見他們的身體強壯得可怕。而且這是傑羅斯初次看到不同種族的人。矮人老大注意到了就這樣愣在原地的大叔。

「喲，那邊的。你來這裡有什麼事？」

「咦？啊……抱歉。我是要住在這裡的人，名叫傑羅斯。」

「你要住這？這裡可是領主委託的工地喔～」

「這是因為有很多複雜的狀況……是說，你是這個工地的負責人吧？飯場土木的……」

「喔，我是這群土木工人的首領，叫我那古里就好。」

老實說，傑羅斯無法分辨矮人。所有人都是滿臉鬍子的啤酒桶身材、手臂粗壯、短腿，是充滿工匠氣息的典型奇幻種族。

「那古里先生嗎，辛苦您了。」

「是沒差啦，不過你覺得如何啊？我們設計的房子。」

「很棒呢。無論是隔間還是房子的平衡性都無可挑剔，只是……」

「怎麼？有什麼問題嗎？」

「不，這只是我個人的需求啦，因為我是魔導士，要是能有像是地下室這種可以當倉庫的地方就好了。不過地基工程都做好了，我想說這個也太遲了吧。」

那古里的眼神瞬間變得極為險惡。

「什～麼～～？地下室……想當倉庫～？」

「這只是我的希望，沒有要勉強你們的意思喔。畢竟地基工程都已經結束了。」

「這還真是盲點啊！因為是那個公爵的委託，我還以為一定是要給他的情婦住的。地下室啊……沒想到這一點呢。」

「那個人……到底有多少情婦啊？」

「誰知道。就算偶爾看到，也每次都是不同的女人。而且都是些寡婦，或是處於危險立場的女人。正確的人數沒人知道啦。」

德魯薩西斯不知為何常與有些麻煩問題的女性有染。

還曾經留下傳聞，說他與被地下組織給圍繞的女人有所牽扯，為了幫助那位女性而不擇手段地發動激烈攻勢，最終將那個組織給徹底擊潰了。

而且他完全沒有使用公爵家的權力，而是光靠他作為副業的商人的關係就搞定了。

結果這件事使他成為這個國家首屈一指的商人而享譽盛名。順帶一提，被他擊潰的地下組織全都被納入了他的管轄之下，使他的勢力逐漸擴大。總之現在似乎都在做正當的生意。

「大家給他的稱呼是『沉默的領主』。他看起來雖然的確是個花花公子，但可是個相當危險的男人喔？」

「還真是難纏的人呢……是什麼讓他作到這種地步的？」

「讓身懷隱情的女人開心就是他的生存意義啊。他還出了書喔？書名叫《男人的紳士時尚～讓女人開心，才是生存之道～》，他在書上就這樣寫。」

「公爵大人到底在幹嘛啊？而且他還有書的版稅收入嗎！更重要的是你看了那本書嗎！」

「那可是暢銷書喔？是男人的聖經啊。」

「真的嗎？他的守備範圍也太廣了吧……」

是個往超乎預期的方向發展的領主。

「唉，先不管領主的事。問題是地下室……應該可以用『蓋亞操控』想點辦法吧？雖然是珍藏的可用魔法……」

「我想應該是可以，但應該需要精細的控制吧？」

「這樣啊……是說你怎麼會知道？」

「因為我是魔導士啊。既然如此就由我來吧？我還滿擅長這種工作的喔，是我的專業領域呢。」

「交給外行人來做好像也有點～……不過我們也沒那麼會操控魔法，也是直到最近才開始使用魔法的……」

矮人們基本上都很避諱去使用魔法。雖然魔力很高，只要努力就能成為魔導士，然而擁有專業技能、每天不眠不休的工作比較符合他們的性格。正因為是這樣的一群人，可用在農業或土木工程上的「蓋亞操控」魔法有著有極高的利用價值。

特別適合用來做地基工程及森林開拓的這個魔法，對他們來說實在是適性相當良好的魔法，所以他們才偷偷地向索利斯提亞商會購買。雖然問題出在他們無法精密地操作魔法，然而只要持續使用，總有一天會學會「操控魔力」的。

只是現在這個時間點下，沒有能夠如此精密的操縱魔法的人。

「算了，反正是你家，就算有些地方塌了也沒差吧。雖然費用是領主要出的。」

「你們還真是相當偏離正軌呢。不過……問題是在構造上，會有一些不能變更地基的部分吧，那些地方該怎麼辦？」

「那些我們會告訴你，跟我來。」

被那古里給帶著，傑羅斯被引導到了房子骨架的基礎之處。

是個比較寬闊的地方，應該是會成為廚房兼客廳的位置。地基的部分放了幾個用來支撐地板的角料，然而尚未鋪上地板，應該可以輕鬆地動工。

「雖然只要挖掉從這裡到那邊的結構柱之間的地方，不過強度該怎麼辦？只是普通的土的話，總有一天你家會垮的喔？就算把土打夯也是有限度的。」

「先利用『蓋亞操控』挖出洞來，包含地基在內，再以『岩石塑造』做出堅硬的岩石基盤吧。」

「『岩石塑造』？有那種魔法嗎？我可是第一次聽到呢。」

「只是將土壤粒子壓縮後強制硬化，使土壤變成岩石的魔法啦。還在調整中，要拿來賣會有些問題呢。」

儘管這主要是為了製作花壇等物而創造出的魔法，但依據使用方法不同，也有可能用來在短時間內做出城砦，所以要是不小心傳出去就糟了。要是可以在短時間內建好城砦，將會對這個世界的軍事平衡產生嚴重的影響。要是在什麼都沒有地方，一夕之間突然出現了敵國的城鎮，一定會對戰略造成極大的混亂。就像是墨俁的一夜城。

一般市民會被當作工兵給徵召上戰場，用來製作軍事據點。而且要是獲勝得到賞金那還沒什麼問題，但輸了的話等著他們的就只有死亡。戰爭時要戰鬥的不只有騎士，包含魔導士及傭兵，而占壓倒性多數的，還是從人民中徵募而來的士兵。此外還有可能會以減刑做交換，讓犯罪者成為士兵，但這些人大多都會被送到最前線去。

就因為這樣，傑羅斯並不是很希望魔法被傳出去。

「那就一步步地挖吧，先從樓梯開始嗎？」

「對了，在那之前，先留出要挖的地方，將其他部分的地基化為岩石如何？」

「說得也是，那麼……『岩石塑造』。」

將周圍的土聚集起來，在地基做出了厚約三公尺左右的岩石基盤。

看到這個景象的那古里感嘆出聲。

「真是方便的魔法啊，連我都想要學嘍？」

「這魔法目前還在調整，魔力的消耗比率有些太高了呢……」

「不是適合一般人使用的嗎？真想試在各種地方看看啊……呃，這是你創造的魔法喔？」

「還請您別說出去……而且這個魔法依據使用方式不同，也有可能造成危險。不管是什麼東西都需要一些潛規則吧？」

「你說的沒錯。」

人類會找出方便的魔法的其他用途。這時就會破壞潛規則。

「從這附近開始斜斜地，用像是要製作階梯的感覺來挖可以嗎？」

「喔，出入口要做得大一點嗎？」

「這個嘛～嗯，因為是倉庫，出入口小一點也沒關係吧。」

「反正是你要住的，所以是沒差啦……」

「那麼，『蓋亞操控』。」

一邊使未硬化的地面化為拱形，一邊斜斜地往下挖，在地下約五公尺處使用「岩石塑造」使其硬化，再從這裡開始向側邊挖洞。

接著再將這個橫向的洞穴硬化固定，地下室便逐步成形了。

「欸，你啊……」

「什麼事？」

「要不要來我們這裡工作？要是你的技術能夠充分地運用在建築業上的話，對我們來說也是幫了大忙啊……怎麼樣？」

「你說啥？」

居然被延攬了。

「不，我是個徹頭徹尾的研究者，只想一邊耕田，過著悠哉的生活啊。」

「有什麼關係，偶爾來打工就好啦。你的技術好到令人著迷啊！希望你務必要來我們的工地發揮那技術。」

「基本上我很不擅長肉體勞動，現在只是以確保自己生活的地方為優先。」

「一般來說不是會以工作為優先嗎？就算有地方住，沒錢也無法生活吧。」

非常中肯的意見。就算在當家教，也不知道這樣到底會有多少金錢上的收入。考慮到往後，有個臨時打工的工作會比較好。

只是認為只要有足以生活的錢就夠了的傑羅斯，在知道可以獲得販售魔法所得的權利金的現在，並不覺得收入上有什麼問題。

雖然這邊也有稅金之類的問題在，但那件事目前正沉眠在他的腦中一隅。

「……只有閒暇時去幫忙是可以啦？麻煩用算日薪的方式來僱用我吧。」

「喔，你很好說話嘛。」

「畢竟再過幾週我就要沒工作了嘛～還是想要一點收入來源啦。我就看時間狀況去幫忙吧。」

「你啊……這麼年輕就想要隱居了嗎？」

「就算看起來年輕，再過個十年左右就無法做肉體勞動了吧。人類可是老得很快的。」

「雖然矮人也差不多，但就算年紀增長了也還是有體力呢～……」

「你們比人類來得長壽吧？我們畢竟不是神靈的眷屬，沒辦法活那麼久的。」

矮人的平均壽命是兩百歲，精靈則是平均可以活到三百歲。身為上級種族的高等精靈或高等矮人則是有著可以輕鬆活到超越平均一倍以上的壽命。

順帶一提，最長壽的是龍種，據說至少可以活上超過三千年。

「你想要活久一點嗎？」

「對於我們這種最多也只能活上百年的人來說，長壽的種族很令人羨慕啊。」

「這種事情啊～要是活得久了，人類朋友會逐漸老死喔？很寂寞呢。年輕時認識的朋友現在全都變成老爺爺了。」

「我可以理解喔。因為我的雙親也很早就過世了，一個人待在家的孤獨感可真不是蓋的。雖然我也習慣了。」

「既然如此你應該知道吧？被留下來繼續活著的人的心情。」

「這我當然也理解。但就算這樣，只要大家在談起往事時還會提起我的名字那就很令人開心了。這是先一步死去的人的意見啦。雖然這是我個人的意見，但至少我也是這麼想的。我不想被人給遺忘。」

「原來如此……上了一課呢。」

一邊說著正經的話題，製作地下室的工程仍持續進行著。

房間總共有三個。形成十字形，堅固的地下室完成了。

「房間的天花板也是拱形的啊……看來你也略懂建築呢。」

「畢竟要分散從上面壓下來的重量，這樣的形狀最適合。這是很基本的概念吧？」

「也是啦，是在造橋或是蓋城堡時常會用到的技巧。」

「再開些通氣口會比較好吧。反正房子蓋在上面，從外頭也看不到，在地基上面開個洞應該也不要緊吧。」

「真是愈來愈想要你這人才了啊。工作的進展會很順利呢。」

「為了保險起見，我會將到地下為止的週邊地基全都化為岩石。為了避免萬一，地基還是堅固一點比較好。」

在開出通氣口的洞之後，他便將地下週邊的基盤都化為岩石，除了一部分之外都成了一大塊完整的岩石。房子的地基部分也合為一體，在大多數狀態下都不會崩塌，變得十分強固。

「照明要使用魔道具嗎？魔石可是很花錢的喔？」

「那種問題只要去狩獵就能解決了。要多少魔石都沒問題。」

「……還真老練啊。能用這麼無關緊要的表情若無其事的這樣說，想必你很有兩把刷子嘍？」

「誰知道呢，畢竟我是不在意他人評價那一派的。」

「還真有魔導士的樣子呢，腦子裡面只有研究。」

地下室的建構工程意外快速地完成了。兩人走到外頭後，矮人們像是沒有感覺到任何變化似地繼續進行著建築工程。雖然由於地底和地基周圍土被凝聚起來，導致這塊土地周圍的高度應該有略微下降，但他們仍像是沒有發現變化的樣子。

「把周圍的土地也整理一下好了。要是下雨之後淹水那可不好笑呢～」

「是說啊，你……為什麼要做那麼奇怪的打扮啊？看起來可不是普通的可疑喔？」

「這是我的興趣。就是這種令人起疑的感覺很棒呢，咯咯咯……」

「這樣下去你會因為外觀就被人報警抓走喔？你要怎麼辦？」

「那種時候我就要以誤逮為由要求對方提供賠償金，儘管來吧～♪」

「你這根本是惡意犯行吧！個性還真糟啊你。」

有如可以輕鬆賺的方式。不愧是前上班族，擁有就算失敗了也會從中獲得些什麼的強悍精神。儘管一邊說著這些蠢話，他仍一邊整理著周圍的土地，將傾斜或凹凸不平的地方都整平了。其他矮人看到這幅光景，對這近乎完美的土木工程也驚訝得說不出話來。

「老大……這人很強耶？招攬他進來啦。」

「已經算是說好要僱用他為臨時打工的工匠了。嗯，也是要看這個人的時間而定啦。」

「不愧是老大，真是精明啊！」

「這樣工作就能進行得更順暢啦！整地是最麻煩的了～」

「整理街道也是啊～範圍太廣了超麻煩的。」

「不要在那邊唸個沒完，趕快動手！距離期限沒剩多少時間了！」

「「「好～～！」」」

大叔受到土木工程業者的盛大歡迎。

由於這個世界裡沒有像「蓋亞操控」這種方便的魔法，所有工程都得靠人力。要整地也得經過無數次的測量，並不斷做細微的修正，才能整出平整的土地。

開闢道路也一樣，為了讓下雨後不會積水、形成水窪，他們也是煞費苦心。

要是水量增加，商人們的馬車就會動彈不得，也會對經濟產生影響。所以工程必須經過詳細的討論，也要徹底地調查好土地的狀況。

要是碰到雨季會困在原地好幾天，也有可能會被山賊一類的犯罪者給盯上。率先接受土木工程魔法的矮人們十分讚嘆「蓋亞操控」的方便性，更重要的是他們很快就能運用自如了。正因為他們從平常的工作就深知這些工程的不便之處，所以在領主告知他們有「蓋亞操控」這樣的魔法時，他們立刻就決定採用。雖然到現在還是沒辦法做太精密的操作就是了。

假設是凹凸不平又傾斜的山路，要整頓起來將需要大量的人手，光是人事費用就很不得了了。

因為是來自領主的直接委託，要避免無謂的花費。為了在預算內完成工作，必須捨棄其他的工作，而且幾乎不可能在期限內完成所有的工作。不過「蓋亞操控」對於要在期限內完成工作這一點來說，在有限的人力下不僅可以減輕負擔且有效地進行工程，整地工作等工程的成果也有大幅提升。

和使用土木工程用的大型機具作業有著同等的速度，還不用帶多餘的東西，要撤收現場時也很輕鬆，要是可以同時接好幾個工程，他們的收入也會往上翻好幾倍。要是再加上「岩石塑造」的魔法，就可以在雨水氾濫的街道旁做出排水溝，利用使路面些微傾斜的手段來使雨水流向其他地方。

就算要挖排水溝，也不需要特別花人力去做，所以可以預期工作會更快完成工作。要是使用了能夠恢復魔力的「魔力藥水」，工作效率更是會快到前所未有的程度，可以承接各種不同領域的工作。而且還能夠減少工作人員的數量，這應該會成為足以被稱為土木革命的狀況吧。

雖然並沒有打算在歷史上留名，但以結果上來說傑羅斯引發了土木工程業界的革命。儘管實際上魔法的販售事務完全由索利斯提亞商會在處理，傑羅斯只能說是間接地帶來了影響……

「只要持續使用這個魔法，操控技術很快就會提升了吧。有必要這麼吃驚嗎？」

「因為你來使用的話，魔法的效果範圍比我們用起來大多了啊。作業也很精確，效率也高上了一截。真的是很令人羨慕啊。」

「是這樣嗎？我只是因為一開始就打算把周遭的土地闢為農田，為了讓排水狀態變好才整地的。」

「對我們來說這是很困難的事啊。因為我們幾乎不使用魔法的，矮人基本上是肉體勞動派啦。得花上一段時間才能靈活運用。」

矮人雖然很適合使用地屬性的魔法，但那魔法只會用在戰鬥上。

基本上只有戰鬥職業才會學習魔法，其他的矮人都會將心力投注在工業等事務上，很少使用魔力。

他們持有的魔力雖然比人類來得多，卻是不太利用這些魔力的奇特種族。

頂多只會為了搬運重物而使用「身體強化魔法」。

「那古里！不好意思，幫我把那邊的柱子拿來。」

「喔！這個對吧？你等等啊。」

一個坐在建造中的房子的二樓部分已經組裝好的橫梁上的矮人朝那古里搭話。從他直呼首領名諱這點看來，這個矮人應該是工地的負責人吧。

那古里拿起旁邊的柱子，眼中閃現危險的光芒。

「去死吧——————勇波——————！」

「唔喔喔喔喔喔！？」

那古里以使用身體強化魔法加強的力量，用投擲標槍的訣竅將柱子給奮力丟了過去，被喚作勇波的矮人以駝背的姿勢閃避，躲開的同時接住了柱子。

只是丟過來的勁道太強，使得他跟接住的柱子一起倒掛在橫梁下方。

「嘖，躲開了啊……」

「那古里先生……？你……剛剛，打算殺了那個人嗎……」

「那傢伙把我想要好好享受而故意留到最後的『嗆辣油炸波羅莫羅鳥』給吃了。」

原來是由於食物的怨恨而產生的衝動犯行。

「那可是期間限定的商品，下次想再吃到得等一年後喔？而且那還是我排隊買到的最後一份……碰到這種狀況，就算不是我也會湧起殺意吧？」

「嗯……儘管無法完全認同，但我可以理解你的心情。」

傑羅斯也還沒喝他留著享用的吟釀酒，就因為四神的失誤而來到了這個世界。

這股恨意他比誰都感同身受。

「而且，那傢伙還是把那當作下酒菜給爽快的吃掉了。就在我的面前！」

「嗚哇～糟透了……」

躲起來吃那還好一點，在買回來的本人面前吃掉，那怒氣自然也更上一層樓。會不禁在心底產生殺意也是很合理的事。

帶著可怕表情的矮人逼近因憤怒而顫抖著的那古里身邊。

「那古里～～～～～！你在幹什麼蠢事啊！」

「什麼～～？真要說起來是你有錯在先吧。連個道歉都沒有還一臉悠哉的樣子，看了就不爽！去死吧，混帳！」

「不過就是個鳥肉，也太小家子氣了吧！你才該去死咧，蠢蛋！」

「你說不過是鳥肉？錯過那個可是得再等上一年耶！居然說只不過是這樣，你應該做好去死的覺悟了吧？我現在就送你上路！」

「再怎麼說也就是鳥肉，你一直都在吃類似的東西吧！」

「連味道的差異都分不出來的傢伙給我閉嘴！更重要的是你隨便吃別人的東西還這種態度！以死謝罪吧！」

「一般來說不會因為這樣就想殺掉對方吧！」

「嗯，你就是做了這麼過分的事。我的鋼鐵意志也到了極限。」

波羅莫羅鳥不僅是候鳥，還有強烈的警戒心，不是可以輕易獲取的食材。是眾多獵人挑戰仍大多無功而返，相當稀有的肉。

這麼貴重的肉在眼前被人吃掉，使那古里化為修羅。

「你去死吧，那古里～～～～～！」

「有種就來啊！我會反過來殺死你的！」

矮人間壯烈的互毆開始了。無視這兩人，其他的矮人們仍繼續工作。看到他們這種毫無動搖的反應，傑羅斯理解到這就是這裡的日常光景。

「……我可以先走了吧？」

被眼前的狀況給放在一旁，傑羅斯也束手無策。

在這之後，這場鬥毆一直持續到天亮為止。看來矮人的體力真不是蓋的。

第八話　大叔再度變回無業……

那天，傑羅斯坐在房裡的書桌前，製作著某樣東西。

攤開在桌上的是精細且複雜的魔法陣，以及一旁的魔法術式卷軸。而在那魔法陣的上方，放著一塊約手掌大小的小型金屬塊。

「都準備好了，那麼就趕快開始吧。」

多年來的單身生活造成他現在仍習慣似地自言自語，在除了他以外沒有任何人的房間內開始動作。

把手放上去，讓魔力流入魔法陣後，魔法陣溢出淡淡的光芒，為了完成被設定好的任務而起動了。由發光的線條所構成的底盤浮了起來。放在魔法陣上的金屬塊漂浮在空中，透過技能，他處理著經由視覺取得的情報，自由地操縱著眼前的素材。金屬開始變化為傑羅斯所想的形狀。傑羅斯使用的是身為鍊金術的最高祕藏技術「魔導鍊成」。這是可以不用使用任何器材，就能將金屬等物加工為魔導士腦中所想的形狀的技能，然而就如同構築魔法陣的技術，要是未能充分了解製作物的工序，就會失敗。是十分難以掌控的高等魔法技術。控制魔法、操作魔力、關於金屬鍛造工序的知識以及煉製藥品等物的知識，是幾乎要讓所有的能力全數發揮出來才能夠使用的一種極致魔法。

他的手指簡直有如在彈鋼琴一般，順暢地在投影於魔法陣前的鍵盤上遊走著。順從著鍵盤給出的指令，中央的金屬形狀逐漸改變。

傑羅斯現在正在製作的是兩個戒指和一個手環。使用的金屬則是祕銀，以金屬來說和魔力的適性相對較高。再加上與其性質極為相近的魔力輝石做成合金，補足其強度，就能做出就算碰上一點小意外也不會毀損的魔法媒介。

祕銀的魔力適性確實很高，但作為金屬而言強度稍嫌不足，所以需要做相應的補強措施。雖然魔導士之所以喜歡用杖，是將其作為協助聚集並累積魔力的媒介。但只要魔力適性好，也沒有非得使用木製魔杖的必要性。

會採用杖主要是因為植物類中的樹木具有容易積蓄魔力的特質，不過依據使用的木材種類，其強度與魔力聚積能力也會有所差異。再加上年代影響而導致穩定性參差不齊，在使用魔法時會有出現時間差的問題。就算是能力相同的魔導士，也會因個人資質的差異導致魔法不穩定，而作為魔法媒介的杖的材質也會使魔法在威力層面上產生落差，最終會對魔導士的地位排序造成影響。實際上在身為魔法學最高峰的「伊斯特魯魔法學院」中，貴族出身的魔導士就拿著比較好的杖。平民出身的魔導士就算在實力上沒有比較差，但因為持有優質魔杖的貴族在威力面上能夠取勝，所以總是貴族被視為是資優生。

只能取得便宜魔杖的一般魔導士，以結果上來說，是被人用與實力無關的地方來決定了自己的價值。因為手上持有的杖的優劣而產生了不當的階級差異，並從中衍生出差別待遇。然而金屬製的魔法媒介可以維持其安定性，和木製的魔杖相比，不會產生那麼大的威力差距。也能使魔力維持在穩定狀態，可說比木製魔杖來得更為可靠。更何況這比木製魔杖更硬、更持久不易損壞，除非是用到劣化的劣質品，不然根本沒有比這更實用的媒介了。雖然金屬跟木材一樣總有一天會裂化損壞，但是使用年限來說金屬還是遠勝於木材。可是這個世界的魔導士還是以拿杖為主流，會想要使用金屬製魔法媒介的人非常少。金屬也因需求量大，特別是為了用來製作騎士們的武器或防具等導致價格攀升，大多輪不到魔導士來使用。

這也是因為現在還流傳著金屬可以反彈魔力這種毫無根據的傳聞吧。

王族及公爵家因為有機會目睹舊時代的金屬魔法媒介，所以不會相信這些傳聞。當然，傑羅斯根本不知道這種傳聞，沒什麼好在意的。

「接下來是要刻上魔法術式啊……這還是我初次實際操作呢，有點緊張啊。」

作為魔法媒介的裝飾品定型後，接著就得刻上魔法術式了。這個魔法術式是可以提升魔力的使用效率的魔法。為了讓要使用的魔法的魔法術式與媒介調和，變得可以穩定地使用魔法，這是必要的工程。這在魔導具的製作上是十分重要的一點，而可以多節能地完成這件事，就是展現專家的製作手腕的地方了。就算說這個工作的成功與否可以用來評斷一個生產型魔導士的技術也不為過。如果只是要當作不穩定的魔法行使媒介來用的話是沒這必要性，然而這部分有著所謂的生產職業的堅持在。傑羅斯是個一旦決定要做了就會堅持到底的生產狂。他將魔法術式從魔法紙卷軸上釋放出來，使術式像是流向做好的裝飾品上一樣，將文字給刻上去。

如果要比喻的話，就像是動畫中演奏音樂時，畫面上會秀出畫有音符的樂譜一樣，是一種類似視覺效果的東西。那個魔法術式確實地刻上了金屬製成的戒指與手環，化為了複雜的花紋殘留在上頭。就算這個作業過程中斷了，刻上去的魔法術式也會化為花紋留下。

不知道經過了多久時間。然而可以確定的是，這個工作驚人的費時。實際上傑羅斯的額頭上浮出了汗珠，雖然很疲憊，仍敲著以魔力構成的鍵盤，持續地將冗長的魔法術式給刻上小小的戒指及手環。

最後這個工作終於也告一段落，確認所有的魔法術式都已經刻上去之後，傑羅斯解除了魔導鍊成的魔法陣，深深地嘆了一口氣。

「……比預想中的還要棘手呢。和遊戲時真是大不相同。」

儘管是在玩遊戲時進行過好幾次的工作，但這還是他第一次實際用自己的手來進行魔導鍊成。就算還記得操作虛擬角色時的感覺，那也絕非現實。

作業工序本身是沒什麼問題，然而準備魔法陣以及要刻入的魔法術式相當費時費力。

魔導鍊成也可以用來製作回復藥之類的魔法藥，不過這種時候需要另外準備可以拿來盛裝的瓶子等容器。因為在製作魔法藥的途中，是沒辦法同時製作盛裝的容器的。所以傑羅斯為此從四周蒐集了許多酒瓶來當作回復藥的容器，但就算當事人是抱持著回收再利用的想法，給旁人的觀感還是很不好。

「……雖然知道可以使用魔導鍊成了，不過這個……又怎麼樣呢？」

在他眼前的是白銀的戒指與手環。雖然為了實驗魔導鍊成而做了這些東西，但傑羅斯根本不需要這些裝備。畢竟他原本就有更高級的裝備了，事到如今根本沒必要拿這些中級魔導士用的魔法媒介。他想了一下子要把這個裝備用在哪裡，不過途中就撐不住，鑽進床裡了。長時間的實驗令他精神疲倦，打算睡一覺。

對於有興趣的事情會率先採取行動，然而結束後就怎樣都好的樣子。過了一陣子便傳來了大叔的鼾聲。

他的行動看起來彷彿有什麼含意在，其實完全沒有……

◇◇◇◇

再過幾天後暑假就要結束了，瑟雷絲緹娜和茨維特將回到伊斯特魯魔法學院的宿舍生活。

儘管現在已經開始為此做準備，但兩人一點都不期待那一天的到來。他們的暑假雖然有兩個月，但要再回到這裡得等到四個月後的寒假了。

因為到那之前都無法接受傑羅斯的魔法指導，又要回到那鬱悶的日常生活中，兩人的心情都十分沉重。兩人愈來愈信賴會教導他們想要了解的知識的傑羅斯，現在也請他從基礎開始徹底地教導他們如何調合魔法藥。

「不要老是覺得自己已經做好了萬全的準備。依據情勢不同，也有可能會陷入被孤立、魔法藥也用盡的情況。這種時候要是可以製作出簡單的魔法藥，在戰場上的生存率就會大幅提升。」傑羅斯是這樣說的。於是他們在成為每日例行公事的實戰預演訓練「海扁魔像祭」結束後，每天都會占據沒在使用的空房，看著試管與燒杯。

他們將之紀錄下來，找出效果最好的調合方法，在訓練中確認其效果後記錄下來，再繼續調合。現在他們已經熟練到可以製作出低等的「回復藥水」及「魔力藥水」，作為商品拿去販售的話應該也可以賣到不錯的價錢。

仔細想想，他們在這兩個月中度過了充滿殺戮的戰鬥訓練及研究藥劑的繭居生活。雖然和一般健全的年輕人度過假期的方式有些不太一樣，但這兩個月的時光真的十分豐富又充實，非常的開心。然而這樣的日子也即將畫上句點，要回歸無趣的生活中了。

「唉……」

「怎麼？又在嘆氣喔。唉，就快要回學院去了，這也沒辦法啊。」

「我知道，可是該說還沒做好心理準備嗎……總之很鬱悶。」

「不過的確是不想回去啊。待在這裡研究還更有進展，也有很多新發現。」

「是啊，特別是像積層魔法陣術式之類的，有很多想要自己研究的東西……」

「而且要是有什麼不知道的事，只要問了他就會給我們提示。之前就算想要問學院的講師更詳細的事情，他們也只會說『自己去查』，現在想想他們根本就是不知道嘛。」

「因為學院的講師們都是從學院畢業的校友啊。只知道他們曾經學到的事情吧……」

這裡稍微粗略地解說一下歷史。很久以前爆發了邪神戰爭。那時候優秀的魔導士全都上了戰場，並在遭受邪神的大範圍攻擊後全滅了。被稱為勇者的戰士們以及協助他們的賢者們若是沒有四神給予的神器，連要封印邪神都辦不到。

付出了巨大的犧牲後戰爭結束了，然而這次反而是人才不足成了嚴重的問題，復興工作陷入了前途茫茫的狀態。剩下的魔導士全都是無法當成戰力的半吊子，光是要學習在當時來說很普通的教程就費盡心力的他們，無法從身為教師的魔導士身上將魔法術式的基礎教學給繼承下來。不，雖然有繼承了基礎教學的魔導士，可是因為在這之後爆發了大範圍的瘟疫，那些魔導士們也都死了。原因是戰場上的屍體。由於沒有人去埋葬那些遺體，一直放置不管，便引發了瘟疫。在那之後雖然形成了統一國家，卻在過了約百年後便衰退，進入了群雄割據的戰亂之世。各國都在追求舊時代的遺物。戰爭導致許多珍貴的魔導書與魔導具散失，或是被當作兵器使用而遭到破壞。漫長的戰鬥也結束了，成了如同現在這樣諸國林立仍相當安穩的時代。但仔細想想就會發現理解魔法的人幾乎都不在了。

開始研究魔法是距今約四百年前的事。到了這個時代，魔導士的數量及素質都很低落，陷入了必須從頭開始研究魔法到底是個怎麼樣的東西的狀態。

結果，現在大多數的魔法學院教的，是56個魔法文字以及用來表示記號的10個文字各別擁有意義。這件事本身是沒錯，然而沒有人知道可以藉由串起文字化為話語，進而創造出魔法術式這件事。因此魔法研究者們長期以來只是不斷地重複著解析殘存下來的既有魔法，將文字一個個試著組進去，確認其效果的研究。

索利斯提亞公爵家流傳的祕藏魔法「地獄破壞龍」也是這樣傳承下來的魔法之一。只是有許多缺陷存在。

「我們家的祕藏魔法看來也是有缺陷的魔法啊。」

「魔力的消費無謂的多，給施術者帶來的負擔很誇張喔。現在雖然有在進行效率化，但不是很順利的樣子。畢竟有很多無法解讀的地方。」

「必須完全依賴施術者的魔力是個大問題呢。魔力轉換也會出現一些誤差，威力雖強但能放個三次就不錯了吧？」

「要是不能讓保有魔力的消費率變得更有效率，一定會馬上倒在戰場上的。又不是積層魔法術式，潛意識領域對於單一魔法陣的可接受限度……」

大範圍攻擊魔法由於其威力，導致魔法術式本身很複雜，也需要使用大量的魔力是可以理解的事情。問題是使用魔法的話會被奪去額外的魔力，使得危急時無法戰鬥。

解讀魔法中的兩人正因為知道實戰為何物，才會注意到一族的祕藏魔法的缺點，並進行改良。克雷斯頓老人家開心地看著這樣的兩人。

能夠確認孫子們的成長狀況，真是令人心滿意足。

『啊啊……老夫可愛的緹娜。這兩個月居然變得如此堅強……老夫都高興得要哭了。可是變得這麼優秀的話，也會出現一堆渴望獲得婚約的閒雜人等……不行、這可不行！緹娜是老夫的！一生都要留在老夫的身邊！接近這孩子的禽獸們，就由老夫親手將他們送往地獄！殺光所有禽獸，想要締結婚約的傢伙們就跟他們全面開戰啦！』

……收回前言。不管怎樣這老人都是個喜愛孫女到腦袋有問題的傢伙。

而且還對尚未出現的求婚者充滿殺意。

「啊，話說回來，克雷斯頓先生。之前你拜託我的事已經完成嘍？」

「什麼？已經弄好啦？不愧是傑羅斯先生，動作真快。」

「因為這魔法裡有很多不必要的地方，所以處理起來滿麻煩的，不過我已經盡可能地使其效率化了，應該不會造成負擔才對。建議你試著用一次看看。」

「抱歉啊，可以的話老夫也希望能夠親手將這魔法調整到最好的狀態，但是上了年紀記性愈來愈差。雖然勉強可以解讀魔法術式，但要使其效率化不知道要花上幾年。」

「你是什麼時候學會解讀法的啊……唉，那件事先不提，但這樣真的好嗎？把祕藏魔法給外人看……這個原則上來說是機密吧？」

「「咦！？」」

傑羅斯的話令兩人吃驚地一同回頭。

祕藏魔法的效率化是包含索利斯提亞家在內的四大公爵家的研究項目，現在無論哪一家都還在苦戰中。

沒想到祖父克雷斯頓居然會委託傑羅斯完成魔法的效率化。

傑羅斯也在解讀中發現了這件事，但都已經接受委託了，所以儘管覺得困惑，仍對魔法加以改良。

「只要有這個，就能把那些閒雜人等給……呼呼呼呼……」

從大叔的手中接過魔法卷軸的老爺爺，眼神非常的糟糕。

「「爺爺！」」

「什、什麼？別嚇人啊，我還以為心臟要停了呢。」

「你為什麼會把祕藏魔法給師傅看啊！那不是我們一族該對外保密的魔法嗎？」

「而且這個魔法我們正在……」

「傑羅斯先生的魔法早就已經超越了我們所知道的魔法領域了，不是嗎？事到如今讓他看也沒什麼關係吧。」

祕藏魔法是守護索利斯提亞王家的四大公爵家流傳的魔法，絕對不是可以給他人知曉的東西。所以克雷斯頓乾脆地把魔法給傑羅斯看的行為，才會令他們兩人懷疑起自己的常識。

「老、老師……關於這個魔法的事，還請您千萬……」

「我知道啦。哎呀～我也有些得意忘形，不小心把威力給增強了呢。所以我沒打算告訴其他人啦，因為太危險了……」

「你也是！到底幹了些什麼啊！」

「威力增強……這個魔法以不好的層面來說是以絕妙的平衡構成的……意義不明的術式不知為何在主要架構的部分擁有重要的功用，老師到底是怎麼辦到的……？」

「這、這樣一來……就可以幹掉他們了……唔呼呼呼呼♪」

「「爺爺，你想要幹掉誰啊（嗎）？」」

傑羅斯把武器交給了危險的人。已經把魔法術式刻入潛意識內的老爺爺，臉上浮現瘋狂的笑意。打算向瑟雷絲緹娜提親的貴族們，性命已經有如風中殘燭一般。不對，應該是有如丟向壁爐的木柴吧？

總之這個老爺爺充滿了幹掉對方的氣勢。

「比起那個，藥草的顏色改變嘍？倒入魔力結晶的化合液，加上曼德拉草的粉末吧。」

「「就這麼自然地無視這件事？」」

「沒什麼，這個老爺爺要去殲滅閒雜人等這種事對我來說根本沒差，而且充滿權力欲望的腐敗人們燒一燒處理掉也比較好吧。」

「呵呵呵，沒錯……髒東西就是該消毒處置啊啊啊啊啊啊啊！」

傑羅斯完全沒打算負責。魔導士原本就是不關心世事，對研究以外的事情都毫無興趣的一群人，而傑羅斯也有著相同的特質。只要火苗不會延燒到自己身上，之後發生什麼事情都與他無關。雖然他好像多少還是會有罪惡感的樣子……

現在的克雷斯頓有如毀滅世界的火焰般充滿了危險的氣息。只要是為了他最愛的孫女，無論是要這老人成為魔王或是邪神都行。

「趕快從火上拿下來比較好喔？再繼續煮下去的話會有很強烈的澀味。」

「……等下再說吧。畢竟爐上還有東西。」

「爺爺……到底是對什麼……」

隔著耐熱手套拿起在火上加熱的燒杯，放到桌上。

透明的黃色液體在冷卻下來後變成了綠色。

「這時候放入曼德拉草的粉末……」

「曼德拉草啊……真不想回想起在大深綠地帶摘採它們的事。那個精神攻擊真是太過分了。」

「……是啊。」

兩人回想起遭受曼德拉草的精神攻擊那天的事……

◇◇◇◇

時光回溯，地點在法芙蘭的大深綠地帶。

因為魔物的襲擊導致食物全被奪走的一行人，為了尋求生存所必須的食物而開始狩獵。回復藥之類的物資也被洗劫一空，只能從當地準備。

不幸中的大幸是茨維特帶了實驗用的器材來，所以能夠製作回復系的魔法藥。接著當然就是要從當地取得製作素材了。

「雖然這附近就有藥草，但還需要『藥茸』和『化學葉』。再來就是曼德拉草了吧？」

「老師，據說只要聽到曼德拉草的叫聲就會死嗎？」

「在某種意義上來說是會死呢。精神上撐不住啊，那個叫聲……」

「不會死喔？那不是可以輕鬆搞定嗎。」

「如果是那樣就好了……呵、呵呵呵……」

「為、為什麼你會露出那種了無生氣的眼神啊？」

「老師你這樣很可怕……」

這時候的他們還不知道曼德拉草的恐怖之處……

在持續狩獵、確保食物後，他們在森林中漫步著。

「啊，這裡長了很多曼德拉草呢。趕快採一些吧。」

「不過就是植物而已，有什麼好怕的？」

「我……有種不好的預感。」

瑟雷絲緹娜的預感沒錯。當他們三人分頭拔起曼德拉草時——

——嗚嘎啊啊啊啊啊啊啊啊啊啊啊啊！

——住手……我、我還有家人……呀啊啊啊啊啊！

——救救我，爸爸……嗚啊！

——啊……啊……可惡的惡魔……居然把我女兒……

他們立刻就受到了重挫。兩人的心無法承受這種彷彿剜著人良心的叫聲。

「這是怎樣……每一句都狠狠地往心上刺耶？」

「感覺腦袋都要不對勁了。這會不斷遭受良心的苛責耶……」

「是這樣嗎？只要習慣的話這也沒什麼喔？」

──啊……啊……拜託，放過我吧……不要再繼續汙染我了……

給我住手────！你這邪魔歪道────！

好過分……我已經，活不下去了……

──啊……可惡……你這傢伙的血到底是什麼顏色的啊────！

「是是是，反正我就是邪魔歪道啦，那又怎樣？」

「『你為什麼……完全不受影響啊？』」

「因為我在教會栽種了這個，也差不多習慣了。哈哈哈哈♪」

「……作為一個人類而言，這不太妙吧？」

「罪惡感……讓我的心好痛啊。」

也不過就是植物而已。傑羅斯已經改變了想法。

而且真的碰上生死交關的時刻，才沒有餘裕說這些話。

理解到這一點後，大叔便能一派自若地採收曼德拉草。

別無他法的兩人也只能繼續……

──啊……媽媽，妳在哪裡……這裡好黑……救我……

──居然對那麼小的孩子……我要詛咒你們這些邪魔歪道！

兩位學生完全被這些不斷苛責自己的叫聲給擊倒了。

到他們放棄為止也沒花上多少時間。

兩人無法承受住這直接苛責良心的攻擊。

回到據點時，兩人都陷入了眼神空洞、低著頭不斷地小聲自言自語，這種精神被逼到絕境的末期症狀。

◇　◇　◇　◇

「那個真是……讓人一點都不想習慣它對吧？就算塞住耳朵也會直接在腦子裡響起呢。」

「不過一定還是有人遭遇著同樣的事情在採收它們吧，那些人的心靈沒問題嗎？要是人格沒有因此扭曲就好了……」

「一樣是人類就算了，它們也不過就是植物。弱肉強食是世間的常態。」

「我覺得師傅有如惡魔啊。」

精神攻擊對在教會進行過採收工作的傑羅斯來說已經無效了。

人不僅是可以適應環境的生物，也是可以變得無比殘忍的生物。

「對植物這種東西，你們在說什麼啊？雖然不能一概而論，但植物不可能會理解人類的感情吧？應該啦……反正只要乾脆地將它們視為素材，也就不是什麼大不了的事吧？」

「不，我可以理解你所說的，但作為一個人而言，要是習慣那個的話……」

「那會嚴重地對心造成創傷喔？會將人的精神逼入絕境。」

「難道牛或豬就沒有感情嗎？你們應該了解，食用牠們過活的自己也犯了一樣的罪。事到如今對植物這種東西說什麼呢。」

「「唔……」」

不管說多少大道理，既然是以其他生物為糧食過活，這就只是偽善。

只是沒有看到解體的現場而已，就算說得再好聽，以屍體的肉為糧來生存這點依然是不爭的事實。

在這個時間點上精神論就已經破綻百出了。

「結果還是能不能劃分開來的問題吧。對成為糧食者心懷感謝，對敵人則懷抱殺意，就是這樣。」

「「…………」」

目前仍不知道為何曼德拉草會發出尖叫。

然而比起遭受精神攻擊而無法動手，變得能夠乾脆地劃分開來採收它們，在學習鍊金術上是很重要的事。必要時若是無法自行採收的話，也就無法製作魔法藥了。

素材可不是這麼簡單就能取得的東西。

「話就說到這裡為止，現在請你們開始動手。你們要在今天內把製作中等魔法藥的工序給學起來。調和的配方就算大致上相同，和其他的鍊金術師相比，比例上還是有些微的差異性，所以接下來請試著自己調整比例。」

雖然覺得內心還是有些無法接受，但兩人仍將注意力集中在工作上。

「中等的『魔力藥水』對魔導士來說是不可或缺的呢～畢竟魔力很快就會用乾了。」

「雖然如何運用魔法也是重點，但要是不能好好管理自己的魔力消耗狀況，倒下了就只會礙事呢。

能夠製作魔法藥也會成為優點。」

「擁有回復魔力的手段是很重要的喔，雖然喝太多也很難受啦……」

藥水類因為是飲用藥，多半都含有水分。對回復效果來說必要的是藥效成分，而水分則是扮演了保有這些成分的角色。可是喝太多的話容易累積在胃裡。

在戰場上肚子痛的原因若是因為攝取了過多水分，那大部分都是回復藥所導致的。雖然方便飲用是好事，但要是使用時機不對，反而會陷入戰力因而減弱的狀況。要了解如何適度的使用，就只能靠經驗累積了。

在這之後，傳授如何將回復藥的成分濃縮的方法後，今天的「傑羅斯大叔的鍊金術講座」就結束了。明天開始這兩人就必須為了回學院而做準備。

充實的日子也只剩下最後幾天了。

◇◇◇◇

開心的時光總是過得特別快。

正因為過得很充實，所以埋頭在作業中而未注意到時間的流逝，回過神來時常常都已經是日落西山的時間了。年幼的孩子們更是如此。

兩位學生的時間也一樣，要回到伊斯特魯魔法學院的日子就是明天了。

由於一早就要出發，兩人早早便就寢了。明天要走過盜賊出現的地方，搭船前往「塞尚城」，再從那裡換乘馬車到學院所在的王族直轄地「史提拉城」。

雖然走法芙蘭的道路距離上是比較近，但只是要去的話搭船會比較快。

搭乘馬車的話不僅得讓馬休息，因為村莊和城鎮間的距離不均，也非得露宿野外不可。可是搭船的話，雖然路途比較迂迴，但只要順流而下，讓船員們輪流工作，就可以中途不停的直達塞尚城。

從那邊只要幾小時的馬車車程，就能安全地抵達學院所在的史提拉城。

「咦？我們初次見面的時候你們是搭馬車移動的吧？為什麼會走陸路啊？搭船走水路應該會比較快吧……」

「去程還好，但是回程時必須逆流而上。得依靠風力，根據天候狀況，不知道什麼時候才能回得來。」

「啊～……回程得看自然天候啊。季節不同，風向也會有所變化，難怪會比較費時呢。」

「嗯，要不是這樣，老夫也想搭船早點回來啊，自然風太變化多端了。會被天候左右的話，就很難掌控時間。」

去程時只要順著流水就自然會抵達目的地，但回程時卻得逆流而上。船隻只有帆船，所以必須倚靠風力，要是不順風的話就束手無策了。而且因為船必須配合風向呈鋸齒狀的蛇行前進，會比預期的更加費時，無法保證能夠在預定的日期內回來。

傑羅斯雖然有一瞬間想說只要改用蒸氣動力就好了，但就算以魔法來補充燃料也肯定會發生人手不足的狀況。要有負責整頓蒸氣機的人，此外也要有人顧著作為動力來源的鍋爐才行。實在沒打算要偷渡技術過來，想盡量不要給這個世界帶來影響的傑羅斯沒把這些話說出口，只默默地埋藏在心中。

因為他追求的是安穩度日。

「原來如此，沒辦法違抗自然的法則呢。」

「要是魔法技術再有些進展的話或許有可能，但現在還沒辦法。」

傑羅斯雖然心想著：「不好意思，其實就算現在要立刻做技術改革也行呢。」但他沒說出口，把這話吞往心底。他可不是隨隨便便就從工業大學畢業的，早就擁有簡單的蒸氣機構造以及常見的異世界作弊知識。然而技術革命一個沒弄好便會帶來混亂，就算說必定會引發戰亂也不為過。不能未經思考地就任意引起這個世界的技術改革，所以傑羅斯才刻意貫徹「閉口不提」的作風。

「欸，爺爺。我不能從學院輟學嗎？我覺得在這裡跟師傅學習還比較有效率……」

「我可以理解你的心情，但這樣會讓家族留下汙點。畢竟那裡就算是那樣，也是名門啊。」

「說真的，我不知道那裡有什麼好學的。真的有必要回去嗎？魔法藥以及魔導具的知識，魔法術式的構成與運用。這些都是遠勝於學院所教的高級知識喔？我完全不知道回去學院到底有什麼優點。」

「的確是這樣沒錯，但還是不能讓你輟學。傑羅斯先生的事情必須保密，而且身為貴族就必須考慮到未來，得在學院裡尋找可以當作部下的人才。就算那裡只能當作社交以及獲取人才的地方，也總比沒有好。就算是那種地方也是能派上用場的。」

雖然說得相當直白，然而再怎麼比不上傑羅斯，伊斯特魯魔法學院仍是留有許多成績的名門學校，擁有若沒有正當理由便輟學，一定會傷害到一族名譽的影響力。克雷斯頓沉默地看著傑羅斯，以眼神說著「你想點辦法吧」。

沒辦法，傑羅斯深深地嘆了一口氣後，從道具欄中取出了某樣東西。

「茨維特、瑟雷絲緹娜小姐。我要把這些東西給你們。」

「老、老師……這個是？」

「戒指和手環？這上面刻的是……魔法術式！」

「這是我做的魔法媒介，用來取代魔杖的。你們在學院的期間確認一下使用起來的感覺吧。要是感想可以寫成報告送來給我那就更好了。」

「「什麼！？」」

魔法媒介——等同於從老師那邊獲得魔杖這件事，也代表著被認可為一位足以獨當一面的魔導士。而且要說起來這就像是表示「此後可以自由行使被教導的魔法」，有如證書一樣的東西。對兩位弟子來說這既代表了榮耀，同時也伴隨著責任。

這個行為本身是認同兩人可以獨當一面的儀式，然而傑羅斯對此毫不知情。

因為這個魔法媒介不帶有任何特殊效果，只有跟普通魔杖一樣的性能，所以他完全沒去在意。不過這要是拿去販售的話，肯定能賣到不錯的價錢吧。

畢竟金屬製的魔法媒介是市面上幾乎看不到的稀有產品。

他將刻有如同裝飾花紋的魔法文字的銀色手環給了瑟雷絲緹娜。刻有宛若精緻金工的幾何學圖案的兩個戒指則是交給了茨維特。

無論哪個都製作得十分精美，作為裝飾品也是一等一的高價品。

「請瑟雷絲緹娜小姐使用手環，茨維特則是戒指。」

「師傅，為什麼戒指有兩個？應該不是備用的吧？」

「另一個請試著拿給你弟弟吧。要是他可以跟你們一樣提出報告的話，我會很高興的。」

雖然試著做了，卻無處可用。既然是收在那邊派不上用場的東西，不如給某人用，來確認用起來的感覺如何。因為他自己裝上這個裝備也沒什麼意義，給等級低的人使用反而更能確認功效。簡單來說就是利用試做出來的東西所作的實驗。

「給庫洛伊薩斯？我不覺得那傢伙會收下耶～」

「真的不收下就再說吧。此外我還要出個作業。」

「「作業！？」」

兩人面面相覷。這個超乎常理的大賢者會說出怎樣的難題，會要求他們完成何等嚴苛的試煉，大家都無法預測。

「我要你們在學院的期間進行祕藏魔法的效率化及威力強化作業。當然，你們要一起做也行，個別研究也可以。要是能順便改良其他的魔法那更好。如果成功了，我就準備最棒的魔法媒介給你們。」

「「最、最棒的魔法媒介……」」

雖然不知道大賢者做出來的魔法媒介到底是怎樣的東西，但要是成真的話，那肯定可以視為是國寶級的魔導具。若是自己可以獲得那種東西，被視為賢者的繼承人也不奇怪。兩人的心情忽然一變，產生了幹勁。

然而傑羅斯知道他們無法完成這個作業。因為接受了克雷斯頓的委託改良了祕藏魔法，他知道那不是剛學會基礎程度的學生們能改良的簡單魔法。

真要說起來這只是他為了讓他們自行展開研究所做的安排。

「好耶！我會搞定的！」

「我一定會完成這個作業的！」

『咦？為什麼他們會這麼有幹勁？這是不是有點奇怪啊？』

可是大叔想得太天真了。似乎將兩人的幹勁往不同的方向推進了。

儘管知道他們一定會失敗，但萬一成功了也不是什麼大問題。

在大叔看來這跟「我做裝備給你們」一樣，只是為了提升他們幹勁所放的誘餌。但對這兩人來說是大賢者做的魔法媒介，而且還說是最棒的，對魔導士而言是比被國王表揚還要更加榮耀的事。不，與其說是榮耀，不如說等同於被神所祝福。沒有任何人注意到異世界的常識與現代人的思考方式在這裡出現了誤差。

唯有克雷斯頓獨自滿足地點著頭。

隔天早晨，桑特魯城還籠罩在朝霧中，兩位魔導士乘上了馬車。為了挑戰大賢者出給他們的課題，得到作為解決那問題的證據的魔導具。

馬車靜靜地開始移動。目的地是史提拉城。負責承擔下個世代的兩位年輕魔導士，意氣昂揚地回去學院了。在此同時，也表示傑羅斯即將再度變回無業。

失去工作的大叔在這天獨自抱頭苦思。雖說早知道會變成這樣，等到這天真到來時還是十分無奈。

大叔的無業（？）生活，就從這裡開始。

第九話　大叔輕易地發現了米

瑟雷絲緹娜等人回去伊斯特魯魔法學院的三天後，索利斯提亞公爵家賜予傑羅斯的房子完成，他也搬進去了。

鼻腔中感受到少許土壤的香氣。只要耕田就會翻出的蚯蚓，訴說著這塊土地有多麼富饒。肥沃的土地就像這樣有許多生物棲息著，以田裡的雜物為食，並使大地變得肥沃。雖然也可以當作食物，但想到要先費工讓牠們吐出土來就覺得麻煩。現在便先置之不理，專心耕作。將鋤頭耙入剛整平的田裡，光是想像要在這塊田裡種些什麼，傑羅斯的臉上便自然浮出了笑意。

「好了，今天開始就要在這裡生活了，接下來該做些什麼好呢？」

直到三天前為止還是教導公爵家的子女魔法的家庭教師，然而現在的傑羅斯已經失業了。

「雖然有錢，但沒有工作的話給人的觀感實在是……魔導書的版權費、當家庭教師獲得的薪資，都不是可以花得完的金額啊～只務農也很無趣，還是去那古里先生那邊打工呢？可是啊～……」

農業只是他多數興趣的其中之一，他甚至不認為這是一種職業。這個世界裡雖然也有農民，但大家都和他過著差不多的生活，在務農之餘也會做一些其他的工作來維持生計。

可是麻煩的地方就在於傑羅斯的感性與一般人略有不同。視務農為興趣的他，要作為農家又有些消極。身為魔導士的力量雖然是頂尖的，但也只是他人賜予的力量，所以他也不以此為傲。雖畢業於理工科大學，然而他更是沒有要利用知識作弊的意思。

明明在短短兩個月間就賺進了大筆的收入，他卻不想花那些錢，腦中只想著要以自己的力量過著能夠賺取微薄收入的生活。

說穿了他就是抱有完全搞不懂理由為何的奇怪堅持，且性格極為彆扭又難搞。明明是這種性格，本質卻又相當謹慎。儘管擁有可以立於人上的才能，也會極力避免由自己率先發起行動。

當家庭教師時是依當時的情況順水推舟，以上班族時期經歷的處事訣竅與將遊戲設定置換到現實中的考察，再加上從連續徹夜工作的修羅場經驗中所培育的氣勢來想辦法跨越教學現場這一關的。

老實說，他內心非常害怕自己到底會給兩位學生帶來怎樣的影響。

而這樣的他看著要播在田中的種子，感到些許困惑。

「拿到的種子是『性感蘿蔔』、『肥滿蕪菁』這兩種根莖類……還有『極大菠菜』和『破壞者萵苣』……是什麼東西極大還有破壞者啊？是說這些蔬菜到底是誰命名的？好神祕……還真是有趣呢。」

傑羅斯因為奇怪的事情而認真思索，起了興趣。長期的繭居生活讓他的人格往奇怪的方向扭曲了。

因為本人完全沒發現所以——沒什麼問題吧？

「既然這麼寬闊，也想養雞呢。哪裡有在賣呢？或許可以去附近找找吧～很想要新鮮的蛋啊。」

他一邊規劃在新建好的家中要過著怎樣的慢活生活，一邊確認接下來該做些什麼。

他喜歡打了生蛋的白飯，所以雞是不可或缺的。然而此時有個嚴重的問題。

『米……這個世界裡有米嗎？小麥的話倒是經常看到有人在賣啦……』

在那之前沒有醬油也是個大問題。

『「傑克魔豆」……我想這是豆子沒錯，不過是大豆？還是綠豆？也有可能是紅豆。不知道是什麼，總之就種種看吧。』

茶褐色的豆類種子實在無法辨別是什麼種類的豆子。雖然他用了鑑定技能，卻只出現了「在這個世界中廣為一般民眾食用的，非常普通的豆子。」這種情報。

這個鑑定能力非常地隨興，儘管因為它仍能提供重要的情報而受到重視，但偶爾只丟一句話就草草了事這點真是讓人受不了。

雖然不知道這技能是否擁有情感，但有時會只給出「盤子」、「石頭」、「魔石」這種只有簡單一句話的答案。讓人覺得這八成是由某人管理，依據當天的心情隨意給出情報的系統。

『是想叫人「不要什麼都依賴鑑定」嗎？難搞也該有個限度。』

正當他將下巴靠在鋤頭的握柄上，一邊抽著菸一邊思考時，從剛蓋好的房子中走出了幾個矮人們。他們是負責建造傑羅斯家的「飯場土木工程公司」的工匠們。

他們承接的工作範圍非常廣，從一般住宅到城堡，甚至連道路整修、製作室內裝潢家具等工作他們都接。大規模的工作大多都是由他們接下，而其可靠的工作能力也廣受好評。

構成這家公司的員工幾乎都是矮人工匠，具有職業工會也無話可說的優秀工作能力，以及充滿堅持，不容許任何妥協的精確技術也獲得了民眾的高度信賴。

畢竟所有工匠事業大多數都是由他們自己在承接，有登記在職業公會的工匠全都是他們的弟子。以某方面來講連職業公會都在他們的掌控之下，不過因為他們都是些不在意瑣碎事務工作，性格豪爽的人，所以手續等事務工作全都交給他人來處理。

拜此所賜，職業工會總算是保住了形式上的樣子。

在另一種方面上來說是不能與之為敵的工匠團體。

「喲，傑羅斯先生。我們這邊的工作完成嘍。」

「是那古里先生啊，辛苦了。不好意思麻煩你們了。」

「小事一樁啦。這也是工作，而且還是可以隨我們去做的輕鬆工作咧。」

他們對自己的工作充滿榮耀感，絕不允許任何妥協。甚至會對於就算完美地按照初期的設計完成工作，之後還是說要變更設計的傢伙施以鐵拳制裁。

他們在建設前會再三確認需求，並在設計完成後經過多次討論，更是仔細地做了最終確認後才開始動工的。所以事後才臨時改變心意想要變更設計這種行為才會讓他們十分惱火。當然，被他們蓋布袋痛打的貴族多不勝數。

有客訴或是從旁干涉的大多是貴族，再來則是商人們。

他們仗恃著權力與金錢，認為只要以高姿態命令，飯場土木工程的工匠們也會依他們的想法行事。可是工匠們有著只要不爽，連國王也照打不誤的專業工匠風範。會讓得意忘形的傢伙們留下痛苦的回憶，以身體了解這件事。

性格上雖然抱持著有些難以言喻的信念，但他們的確留下了許多豐功偉業。王族之所以沒多說什麼，也是因為他們那徹底的工作態度十分優秀。

「是說這次的工地現場很難搞啊……你可以來幫忙嗎？」

「雖然不知道你們打算從什麼時候開始動工，但還是要看工作內容而定。我也是有辦得到跟辦不到的事情吶。」

「其實是打算在某個地方架設橋梁，但那裡地勢險要，河流湍急，沒辦法做橋墩啊。」

「是那種程度的急流嗎？不過為什麼又要找我？」

「因為你的魔法最可靠啊。我們還沒學會如何操控魔力，雖然可以開闢出道路，但沒辦法架設橋梁啦。」

最近開始販售的土木魔法「蓋亞操控」。

從農家到建築業，這個魔法瞬間便流傳開來，飯場土木工程公司也迅速地採用了。可是幾乎全是矮人工匠的他們非常不善於使用並操控魔法。

如果是基礎工程那還好說，要在急流中做出橋墩太困難了。而且在沒有重型機具的這個世界，若以人力來處理肯定會出現不少的犧牲。

要是掉到急流中，不僅死亡的可能性很高，連遺體都找不到的慘況也很常見。

而此時被選上的，就是身為汎用人型決戰重型機具的大賢者傑羅斯。

『真傷心，我居然被看作是跟斗輪挖掘機和推土機一樣的東西……』

「你為什麼在哭啊？」

「不……沒事，只是有東西跑到我眼睛裡了……」

有時還真有點想哭。在土木建築相關的事情上，傑羅斯受人期待的只有作為重型機具的功能。

採用優秀的人才對企業來說是理所當然的事情，但矮人們不知道吧。結果他們並不是將傑羅斯視為一個人類，而是看作重型機具……

他們的委託，就像是來租借擁有破格性能的重型機具。唉，雖然這也有可能會被說成是大叔的被害妄想吧……

無論他們有沒有自覺，最終傑羅斯要做的事情還是與重型機具無異。

「所以那個工作是從什麼時候開始？」

「下週。只要固定好橋墩，接下來的部分我們會想辦法的。」

以他們現在的實力，只能做出連接橋墩、做出橋的外型程度的工程吧。他們的魔法熟練度尚不足以在流動的河水中製作橋墩。

要是得在沒有傑羅斯的情況下動工，就得不斷使用魔法才行。他們似乎也考慮到了傑羅斯拒絕的狀況，在正式動工前勤奮的訓練。

正因為工事本身就是很危險的工作，他們似乎也打算認真的提升自己的能力。

「我知道了，我會先排入下週的行程中。」

「不要種田了，你沒興趣直接加入我們的工作行列嗎？」

「這樣的話我會搶走大家的工作喔。就算只做基礎結構的工作也已經搶去他們不少工作了。」

「啊～……的確。還是把你看作偶爾來幫忙的人比較好吧？就當作是示範給他們看吧。」

「而且要是不給他們一些困難的工作，他們的魔法技術也不會提升……」

那古里似乎完全接受了這個回答。確實只要找傑羅斯來幫忙，作業的效率就會大幅上升，但他們自己的技術卻不會提升。這樣很明顯的會導致只要傑羅斯不在，工作就會陷入苦戰的結果，在關鍵場合出錯的可能性也會升高。作為工匠而言是絕對不能接受的事。

況且建築業在人的生活中是不可或缺的。所以他們才會決不妥協、認真的工作。正因為是許多人們生活工作的地方，他們才會以自己的工作為榮。什麼都拜託傑羅斯的話，也就等同於捨棄了他們自己的驕傲。

「雖然我們有集體在做使用魔法的訓練，但還是學不會技能。」

「光就這點來說，只能一直練到倒下為止才行吧。只要重複用光魔力幾次的話就能學會了，雖然可能會有點辛苦，但還請加油。」

「啊……要做到那種程度啊。因為魔力用盡了就會直接昏倒呢。要把人搬走太麻煩了，所以只有適度的練習而已……」

「至少也要一次，從沒把魔力使用到極限的話是學不會技能的喔。」

「是為了讓人了解到自己的極限在哪裡嗎？女神大人還真是嚴格啊。」

『女神……呵呵呵……女神啊……那些傢伙才不需要這麼了不起的稱號，叫邪魔歪道就夠了……』

提到跟四神相關的事，傑羅斯就有病。對他而言，被留在原本世界的東西實在太重要了。反過來說，是因為女神們的錯才會讓這一切全被奪走，所以他有著極深的恨意。

「喂，你露出了很可怕的表情喔？就算被人報警也毫無藉口可言的那種……」

「神是敵人喔。我絕對不會原諒祂們的……呵呵呵……呼哈哈哈哈！」

「雖然我不知道發生了什麼事，但現在的你被當成是危險人物也絲毫不奇怪啊。搞不好會被信眾殺掉喔？」

「那正好，就讓我反過來殺掉他們吧。呵呵呵……」

神的信徒就是敵人。

「怎樣都好啦，倒是田裡種的東西成長速度很快，在收穫前你來得及回來嗎？」

「啥？不會吧，怎麼可能……」

「不，蔬菜一類的植物成長真的異常快速喔。雖然藥草也是這樣，但要是沒先設想好要採收的日子，它們會在田裡大量繁殖喔？」

異世界的蔬菜生命力比地球上的來得更強。

播種一晚後就會發芽，兩週後就能收成。

這有很大一部分是受到魔力的影響，由於魔力在植物的細胞組織中循環，會促進成長。動物的成長速度光靠魔力是不會提升的，而是要透過飲食及運動，漸漸變化為能夠適應環境的狀態。

然而植物始終紮根於大地吸收著營養，再加上還有光合作用，在成長速度上能有顯著地發展。而且也能從大地中吸取魔力，所以不只成長異常快速，將種子撒在周圍的話，也會以一倍以上的速度發芽。所以農田才會長滿植物。

「這下可困擾了。得僱用奴隸才行吧？」

「不，既然要僱的話不如買一個吧。要租用奴隸也很花錢喔？比起跟奴隸商人租用，用買的還比較便宜。」

「可是買了奴隸的話，還得花餐飲費一類的長期支出……」

「那種小錢，只要來我們這邊工作的話就能賺到了啦。」

「……你是不是打算把我拉進你們的職場啊？作為一個恰好出現的基礎工事作業員……」

「………（嘖，被發現了）」

不管哪間公司都不會放過優秀的重型機具——應該說，優秀的人才的。

說起來矮人們就像是幾世代前的中古重型機具，而傑羅斯則是最新的汎用型萬能重型機具。從事建築業的他們是不可能會放過他的。

「我想要一邊種小麥一邊過活。一直持續在工地做肉體勞動實在有點……」

「小麥啊，你要做水田嗎？要從哪裡引水進來？」

「………咦？」

「不是，你說要種小麥吧？那就需要水田不是嗎？」

在這個世界，小麥是要在水田裡栽種的作物。

正因為是異世界，就算是已知的作物，植物也有可能長得完全不同。

「這個土地沒辦法做成水田。至少也要有米……」

「那種雜草能吃嗎？那邊長了一堆吧。」

「……What's？」

「不是，你是說『稻米草』吧？這附近到處都是啊，你腳邊的那個就是了。」

長在傑羅斯腳邊的一株雜草，仔細一看，數量雖然不多，但前端確實長有些許稻穗，與傑羅斯記憶中的稻米十分相似。他立刻試著鑑定。

＝＝＝＝＝＝＝＝＝＝＝＝＝＝＝＝＝＝＝＝＝＝＝＝＝＝＝＝＝＝

【稻米草】

隨處可見的普通雜草。繁殖力強，成長速度也十分驚人。

種子雖然可以食用，但在這個世界裡並不常見。淡淡的甜香以及剛煮好、吃起來帶有些許甜味的美味口感是最棒的。因為會妨礙其他作物成長，是一種總是被除掉的可憐雜草。

在短短半年就可以收成七次。

＝＝＝

『忽然就找到了！而且米的地位也太低了吧——！』

而且生命力強得嚇人。鑑定結果雖說擁有絕佳的口感，但繁殖過頭了，反而沒有任何人想吃它。而且因為會阻礙其他作物的成長，似乎總是遭遇到率先被除去的命運。

『身為日本人，實在無法放任米被放置在這種地位。不過繁殖力是個威脅啊～周圍用牆圍起來可以阻止它繁殖嗎？田也分成幾塊，除掉雜草應該就可以了吧，用跟種植曼德拉草一樣的訣竅來做……不過要是種子掉下來了該怎麼辦？一根植株就可以大量繁殖。只要短短一個月就有可能發展成無法控制的情況不是嗎？既然家裡不是那麼沒有空間，還是應該計畫性地區分開來，得確實地把米儲備起來……啊，既然生命力這麼強，感覺也很快就會發芽了……製作乾燥機會比較好嗎？想辦法找地方去挖金屬來之後用魔導鍊成製作零件，以魔石為動力？不行，這樣魔力不夠，還是改用魔法術式，以周圍的魔力作為供給來源比較快……』

發現了米讓傑羅斯的思考速度加快了。只要有米就可以做麴，從而做出味噌及醬油，甚至連要釀酒都行。對於樂趣都遺留在原本世界的他來說簡直充滿了夢想。

他就是這麼地想喝日本酒。

「這非得栽培不可呢。就從這裡讓米食文化復活吧！我已經吃膩麥粥了啦。」

「所以我說啊～那個草能吃嗎？」

「不是草，是吃它的稻穗。唉，就跟小麥一樣啦。」

「哦？那還真是想吃一次看看啊。」

「沒有累積到一定數量是不行的。不管怎樣，不從栽培開始做起的話量就不會增加。」

想得到米的這個目標輕鬆地達成了。雖然完全沒想到就是長在腳邊的雜草，但既然知道了，行動便十分迅速。

「趕快來劃分田地吧。這一切都是為了重新取回白米！」

「還真有幹勁啊？如果順利地成功了的話讓我吃吃看吧。」

「雖然不能保證，但我也希望能夠盡快有成果。成功的話會請你吃飯的。」

「喔，那我就期待著等你啦。」

「還請你別太期待啊，我可弄不出什麼大餐。」

「沒什麼，只是對那是怎樣的東西有點興趣罷了。那麼我得去下一個工地了。下週就拜託你嘍？」

那古里一邊揮手一邊朝下個工地出發。傑羅斯目送他的背影離去。

雖然已經說好下週要去幫忙土木工程，但現在出現了在那之前該做好的事。

那就是以這雙手掌握住日本人的靈魂，也就是米飯。因為這個世界是以小麥為主食的。

在這之後，儘管他後來才想到『咦？我該怎樣才能得到梅乾呢……』，但那又是另外一回事了。現在的傑羅斯只想增加米的量，為了劃分、整理田地而努力著。

◇◇◇◇

「咦？你是說……蛋嗎？像那種高級食材，沒什麼機會吃到呢。」

隔天，傑羅斯以生蛋蓋飯為目標，開始為了收集情報而行動。

而他最初為了打探消息而找上的對象，是負責教會營運的見習神官，路賽莉絲。身為四神教見習神官的她穿著以白色為基調的神官服，然而無論如何都會讓人在意起她那對胸部。長長的銀藍色頭髮與柔和的五官完全正中他的好球帶，要是自己再年輕個二十歲，他就會想問對方願不願意和他交往了。

對喜歡巨乳的傑羅斯來說，與日本女性不同，她那在好的意義上十分豐滿的體型實在是種強烈的刺激。四神教雖然是敵人，但巨乳是正義。

雖然有時會覺得心跳加速，但他還是壓抑住心中的騷動，避免做出奇怪的行為，從閒聊開始一直談到了現在。不過看來蛋是高級食材的樣子。

「有那麼高級嗎？是蛋喔？」

「營養價值也很高，庶民是幾乎無法吃到新鮮的蛋的。我在神殿修行時，餐點中偶爾會出現……但那也是兩個月才有一次的奢侈品。」

「那麼稀有啊。我很希望能買隻雞回來呢。」

「可是那種鳥……」

「有什麼問題嗎？」

他有些疑惑地回問欲言又止的路賽莉絲。

「會下蛋的鳥……『狂野咕咕』聽說很凶猛，難以接近喔？以養雞維生的人也是每天都要受傷才能撿蛋回來。」

「是像鬥雞一樣的生物嗎？也是要看有多凶暴啦……」

「聽說肉不好吃，只有蛋受到重視喔？再說已經確認那種鳥進化到最後會變成『雞蛇』，所以沒有人會養在家裡。」

「……那是怪物吧？有人喜歡養怪物嗎？」

在這個世界中，魔物與動物間的分界線十分模糊。一般來說體內有魔石的就會被視為魔物，但偶爾也會有平常被視為動物的生物體內有魔石的情況。

因為這樣，所以也有人認為會加害於人的是魔物，對人無害的則是動物。

原則上來說只要是生物就是動物，然而人類就是有加上標籤來判別事物的傾向，所以如今在學者間也仍存有對立的意見。而且魔物和動物具有進化這種變異能力，個體會產生變化，所以很難判別其種類，關於這部分的討論也有很大的分歧。

「蛋就是有這樣的需求在。不過我還是建議你不要養那種鳥比較好喔？因為養雞場的人每天都會送蛋到神殿來。」

「雖然很難判斷到底有多凶暴……但那是雞沒錯吧？」

「是雞。」

無論如何都會先入為主的想成地球上的雞，和這個世界的雞對不上。

就算說凶暴，腦中也只會浮現雞從背後靠近，以鳥喙啄人的樣子。

如果只是這種程度的話根本不足為懼，也不是會不斷出現傷者的狀況。

「我實在想像不出來呢。路賽莉絲小姐妳看過那種雞嗎？」

「沒有。聽說體型是兩手可以環抱得住的大小，但我並沒有實際目睹過……真是非常抱歉。」

「別這麼說，光是能得到這些情報就很足夠了。是說這附近有可以採掘金屬的地方嗎？」

「金屬……嗎？我記得從桑特魯城往北大約走個半天的地方應該有座廢棄礦山。因為我的兒時玩伴在當傭兵，聽說傭兵們經常為了補強裝備而去那邊開採金屬。」

「往北走半天嗎……離開這裡後去看看好了。」

「離開這裡之後……嗎？到那裡太陽就下山了喔。」

非得製作乾燥機才行。要是好不容易收穫的米立刻發芽那就糟了。

「不要緊，沒幾個對手能把我怎樣的。」

「可是也有魔物在那裡出沒……」

「妳覺得在法芙蘭大深綠地帶生存了整整一週的我，有可能會輸給這附近的魔物嗎？不如說牠們反而會被我給打倒吧。」

『而且要做那個的話金屬也不夠。唉，不過乾燥機的優先順位還是比較高。』

在米食文化中成長的傑羅斯非常想念熱呼呼的白飯。味噌和醬油也是，一切都令人十分懷念。

「那麼我要出發了。我想應該兩到三天就會回來了，還請別太擔心。」

「可是聽說廢礦坑中會出現很多魔物，我很擔心你啊。」

「如果不是魔龍王等級的對手是不可能殺死我的。俗話說好事不宜遲，我走了。」

「啊……」

將路賽莉絲的擔心放在一邊，傑羅斯意氣昂揚地出發了。

不知道他的力量究竟有多麼強大，路賽莉絲的胸中深處感受到些許痛楚。

「……到底是什麼呢？我胸中的這股疼痛……」

「修女，那就是戀愛啊。」

「看來妳成長的還不算太慢。太好了呢，修女。」

「雖然對象是伯伯，讓人有些擔心呢。」

「肉～～～……我想吃肉！」

回過頭來，異常早熟的孩子們正帶著燦爛的笑容豎起拇指。

孤兒們由於受到周遭的影響，超乎需要的早熟。

「你、你們在說什……」

「嗯嗯嗯，是初戀對吧？修女。」

「戀愛是很棒的東西喔？修女。」

「燃燒吧！修女的戀情。」

「順便把肉也烤得恰到好處吧……口水都要滴下來了……」

雖然有一個人怪怪的，但孩子們基本上都很祝福她的樣子。

「才、才噗是粗戀……憋……憋鬧了！」

「啊，大舌頭了。修女妳的內心很動搖响？」

「戀愛就是會在妳不知道的時候……爆發！」

「妳會做些色色～的事情吧？修女。」

「肉很棒喔～？肉～～～～」

繼續將路賽莉絲逼入窘境的孩子們。他們簡直就是小惡魔。

「你、你們幾個————————！」

「修女妳是想掩飾害羞嗎？」

「妳是在掩飾害羞對吧？修女。」

「呼……只要有愛，年齡差距這種事情根本不算什麼。」

「那太陽眼鏡是哪裡撿來的？比起那個，給我肉，我對肉的渴求永無止境啊……」

真的很想知道孩子們究竟是在哪裡學會這些話的？比起生活環境，沒想到大人們的對話居然會給孩子們帶來這麼大的影響。這個舊市區用詞妥當的人實在太少了。

大部分都是些用詞低級的人。舊市區對孩子們的道德教育就是有著如此顯著的不好影響。孩子們逃跑著，路賽莉絲追趕著他們。

不管怎麼說，這都是個意外地開心且令人不禁微笑（？）的景象。

第十話　大叔前往廢棄礦山

既然要前往廢棄礦山，當然需要有人帶路或是提供相關情報。

對幾乎是所向無敵的傑羅斯而言，比起引路人，他比較想要相關情報。問題是會有這些情報聚集的場所實在是非常有限。只有遠離市區的可疑酒店，或是傭兵公會。因為他不是傭兵，所以便放棄去傭兵公會，前往了附近的酒店，可是——明明是外觀看起來非常可疑的老舊酒店，裡面卻擠滿了客人。

這個世界的酒店，白天就像是提供定食的餐廳，要等到傍晚日落時才會作為酒店營業。現在是午餐時間，所以聚集了許多商人與工匠，各自點了餐和伙伴們在聊天。裡面也有一些正在談生意的商人，或是正在做道具交易的傭兵們。

以為會是聚集了許多不良分子的酒店，卻意外地是為了一般人所設置的社交場所。客群也不只傭兵和商人，其中也有帶著家人一起來的人。

『唔嗯……看來我得修正一下自己的認知吧？就算把輕小說的設定照單全收也該適可而止呢。我還以為會是像布朗克斯的酒店一樣的地方，結果也有普通的客人嘛。』

老實說他對於要來酒店這件事本身感到十分害怕。雖然看起來很瀟灑，但內心還是個極為膽小的大叔。繭居在家就不太有機會捲入糾紛當中，然而也很難獲得社會上的常識之類的情報。既然必須生存在這個世界，這樣可不行。

光是世界不同就代表了這裡和原本世界的常識不一樣，而知不知道這裡的常識，面對他人時的對應也會有所不同。談生意或是要收集情報時就需要有這些一般常識，所以他也不能一直當個窩在家裡閉門不出的魔導士。

為了和人交易魔石一類的東西，他得努力融入周遭的環境才行。

然而他現在的外表，在普通的人們眼裡看來實在是相當怪異且可疑的人。

『總覺得好像一直被人給盯著看……為什麼啊？該不會又有什麼慣例會發生的老套事件了吧？』

已經習慣這個詭異裝扮的傑羅斯，早就忘了自己的外觀看起來有多可疑。雖然人是會適應環境的生物，但傑羅斯對自己絲毫不在意。

儘管陌生的魔導士似乎令周遭的人們十分警戒，但還有其他的理由在。這間酒店有許多傭兵是常客。因為他們也經常會跟完全不認識的人一起工作，而要確認對方的實力，看裝備是最快的。

簡單來說就是為了確認技術及親近對方。只要和強者成為伙伴，遭遇生命危險的可能性就會降低。所以看到從未見過的對象就先做些簡單的確認，是傭兵們的常識。

『好了，就算說要取得情報，一直站著也不是辦法，找位子坐下點些東西吧……該坐哪裡好呢？』

想要找個空位卻到處都坐滿了人，完全沒有可以坐下的地方。環顧室內找不任何位子的他，這時看到了某個人。

是穿著以黑色為基調、胸口處意外裸露的奇幻系服裝，綁著雙馬尾的少女。

與其說是魔導士，外型看起來更像是小魔女，混著一些令人莞爾及奇特感覺的她，是傑羅斯以前從盜賊手中救出的同鄉伙伴。

看來還有另外兩人與她同席，然而從她們身上獲取情報也不失為一個選擇。

「咦？叔叔，好久不見♪嚼嚼嚼嚼……」

「一邊吃東西一邊跟人打招呼，身為一個女孩子妳不覺得丟臉嗎？好久不見了呢，伊莉絲小姐和這位，呃～……叫什麼名字來著？我記得是伙伴的……」

「我叫雷娜。之前受你照顧了～」

「啊，對喔。是雷娜小姐，我想起來了。」

叫做雷娜的女性穿著方便行動的衣服及皮革製的背心，看來是負責前衛的傭兵。

從她身邊的盾及短劍看來，她很重視機動性這點應該是毋庸置疑的。

而在她們兩人身邊，有位紅髮、褐色肌膚的女性正以銳利的眼神打量著傑羅斯。

從她穿著神聖板甲，桌子旁還立著一把大型的巨劍，可以看出她是負責攻擊的前衛。身高比一般女性還高，最重要的是還有一對巨乳這點傑羅斯當然不會看露。精實的模特兒體型女性也很符合他的喜好，要說有什麼問題，那還是出在他自己的年齡上。

「喂，這個大叔是誰啊？是妳們兩個的朋友嗎？」

「嗯？對啊。之前被盜賊抓走時就是他救了我們。」

「但我總覺得他很可疑耶……？而且感覺好像在看我的胸部。」

「這不是常有的事嗎？因為嘉內的身材太好了，自然會吸引周圍男人的目光嘍。」

「以這點來說雷娜也一樣吧？妳至今甩掉了多少男人啊。」

「誰知道～？我只對年紀小的男孩子有興趣。」

乍看之下好像很正經，但實際上雷娜是個正太控。

「可以和妳們同桌嗎？現在人這麼多，連要找個位子都找不到，正困擾呢。」

「嗯？叔叔你的話是可以啦，不過今天是怎麼了？你不是說要過著隱居的務農生活嗎？」

「我為此蒐集了一些情報，打算要去北邊的廢棄礦坑遺跡，不過在那之前得先填飽肚子。」

「廢礦坑？放棄吧，大叔。那種地方對灰色法袍來說很艱辛喔？」

「灰色法袍怎麼了？叔叔很強喔？」

伊莉絲似乎不知道這個世界的魔導士，特別是這個國家的魔導士的位階分法。

這個國家是以法袍的顏色來區分位階的，灰色最低，接下來依序是黑色、深紅、白色。

不過伊莉絲和傑羅斯並不是這個國家的魔導士，所以也不適用於這種常識。

他簡要的和伊莉絲說明這件事。順便點了餐。

「哦～不過是叔叔的話，應該游刃有餘吧？」

「誰知道呢？因為沒去過，所以我也不好說些什麼，但那是這麼危險的地方嗎？」

「我們常接受採礦工的委託去當護衛，哥布林當然不用說，那裡也會出現像地精、蠕蟲、魔像這些魔物。蠕蟲是最難纏的。」

「唔嗯……可以開採對吧？那真是太好了。」

「你有在聽我說話嗎？那裡面可是迷宮喔。獨自前往是很危險的。」

儘管一邊聽著嘉內的忠告，傑羅斯仍將他點的類似未裹粉的炸雞肉的東西夾在麵包裡，送入口中。

可能有先以香草類的東西調味過吧。在口中咀嚼時擴散開來的雞肉脂肪的甜味，與事先調味的香草香氣融為一體，再加上堅硬的麵包那獨特的香氣，吃起來的口感簡直是極品。

「我知道那裡很危險，可是我無論如何都需要金屬吶。我打算在離開這裡後就去開採。」

「真不知你是相當有自信呢，還是只是不要命的笨蛋。算了，反正你死了也跟我沒關係就是了。」

「反正我們也是要去嘛，戰力是愈多愈好吧？而且叔叔不是普通的強喔。」

「對啊～嘉內也想換把新的劍吧？人家不是說要是妳在礦山採了金屬回來的話，可以算妳便宜點嗎？」

「唔……要帶這大叔一起去嗎？」

嘉內那有些消極的樣子對傑羅斯來說有些奇特。

不過胸中深處湧現了一種奇妙的感覺。

這個感覺跟他遇見路賽莉絲曾湧上的感覺一樣，是他在原本的世界裡從來沒有感覺過的。硬要說的話，類似看到刊載著異性裸照的週刊雜誌的感覺。

『這種感覺到底是什麼呢……』

來到這個世界後才體會到的這種感覺，他完全無法理解。

「雖然只要妳們願意幫我帶路，接下來我會自己行動的，但妳們需要金屬嗎？」

「嗯，是啊。嘉內的劍差不多快不行了，所以為了強化想要金屬……鐵或黑鐵一類的吧。」

「『赤光鐵』如何？我想用那個應該可以做出堅韌的劍吧？」

「那個不到深處是採不到的。那裡聚集了許多蠕蟲，得賭上性命呢。」

「雖然要是有叔叔在就能安心了啦～……不跟我們一起去採礦嗎？」

傑羅斯稍微思考了一下。雖然想要金屬，但和年輕女性隊伍同行還是有些不好意思。可是和她們同行更能確實地取得金屬。

畢竟只要抵達礦山，之後分頭行動也沒問題。更重要的是要踏上不熟悉的路途實在令人不安。

如果只是盜賊程度的敵人那還好，但根據他在法芙蘭大深綠地帶持續被魔物追趕的經驗，他認為伙伴還是多一點好。

「妳們不介意的話我是沒問題，可是抵達那邊的時候已經入夜嘍？要露宿郊外嗎？」

「不，礦山旁邊就有村子，所以不要緊的。雖然是叫阿哈恩的村子……」

「沒錯，是『啊哈～嗯♡村』喔？偶爾會當想要提升等級的年輕孩子們的護衛，跟他們一起到那裡去，接下來就……唔呼呼呼♡」

「雖然對妳來說是那樣，但那是阿哈恩村！」

看來有個人是以別種意義在利用那個村子。

明明只要不說話就是個美女，雷娜想起了什麼，臉部表情由於下流的笑容而扭曲。

還真不是普通的遺憾。

『她該不會……吃了那些初出茅廬的年輕少年傭兵吧？要是真是這樣，那不會構成犯罪嗎？不過這裡畢竟是異世界，說不定常識跟原有的世界不同吧。唔～嗯……』

一和原有世界的犯罪行為相比，他不禁陷入沉思。

看起來很正經，實際上卻是個好色的女豪。似乎擁有和某位領主不同方向性的高明手腕。

為什麼不會構成犯罪呢？

「在哪裡都沒關係，只要有住宿處就沒問題了吧。畢竟我也是男人，眼前有極具魅力的女性在，也難保我不會變成禽獸。所以要是有可以住宿的地方就可以安心出發了。」

「具有魅力的……是在說我嗎？」

「我對小孩子沒興趣喔？要是我真的那樣想，那可就是犯罪了。」

「哎呀？那麼是我嗎？」

「要是沒有剛剛那個奇怪的笑聲的話就在我的守備範圍內了呢，真可惜……」

既然這樣，剩下的就只有一個人。嘉內不知為何全身僵硬，愣在原地。

另外兩人將視線聚集在她身上。

「有、有魅力是在說我嗎？」

「使用消去法的話結果就是如此吧。妳沒有自覺嗎？妳很漂亮喔。」

「什、什麼啊啊啊啊啊啊啊啊啊啊！」

滿臉通紅、慌張地手足無措的她老實說真的非常可愛。

但是傑羅斯完全沒有透露出半點這種想法，以若無其事的表情咀嚼著他的午餐。

這是他在當上班族時所留下的影響。

「這、這個大叔，很會撩妹喔！」

「咦~有什麼不好的，他不是稱讚嘉內妳很漂亮嗎？有魅力真好~」

「對啊~我還被人退避三舍呢，明明只是偷吃了一些男孩子而已……」

「……伊莉絲先不提，雷娜妳做的事情可是犯罪喔？」

『啊，果然是犯罪啊。有一瞬間我還懷疑起了自己的常識呢……』

這個全是女人的隊伍，成員們也都十分有個性。

不過因為不想引起多餘的風波，傑羅斯只是默默地繼續吃著飯。

只要保持沉默，就有很高的可能性會被當成玩笑話給帶過。

「我、我可不要喔？我才不想跟這個大叔一起行動呢……」

「因為戰力是愈多愈好，妳就死心吧？」

「對啊，沒有比叔叔更厲害的人了，才兩天而已，妳忍耐一下吧。」

「我～～不～～要～～～～～！」

看來她非常不擅長應付男人的樣子。被人如此露骨的拒絕，也是有些悲哀。

被伊莉絲和雷娜給說服，結果嘉內不情不願地接受了。然而傑羅斯不知為何落得被她不斷地以充滿警戒心的眼神給瞪著的下場。

只是誇獎她漂亮而已，卻被人誤以為是在撩妹。

一行人吃完飯後，便一路以廢棄礦山為目標前進。不過只有嘉內直到最後都還在鬧脾氣。

◇◇◇◇

雖然常有人說出外就是靠旅伴，但他們已經連續走了三個小時了，連一句話都沒有。

當初熱鬧到甚至有點吵的女性們，如今只是沉默地走著。

放眼望去只有毫無變化的森林，以及將隨意開闢出的地面簡單整理過的道路而已。

儘管只要半天就能抵達阿哈恩村，但走起來還是一段不短的距離。

時間上約要六小時，他們正走在不會有魔物現身的安全道路上。

可以說就如同預想的一般，然而像這樣什麼都沒發生，會覺得無聊也是莫可奈何。或許是受不了沉默了吧，伊莉絲開口搭話。

「欸，叔叔？叔叔你採掘金屬要拿來做什麼啊？要做新的裝備嗎？」

「是為了保存米。我想做個像是小型的筒倉那樣的東西，附有乾燥機的。當然是由我自己做啦。」

「米？這個世界有米嗎？」

「有喔？看，伊莉絲小姐妳腳邊也有喔。那就是米。」

她拔起了同時也是稻苗的雜草，露出疑惑的表情皺起眉頭。

「……這個真的是米嗎？鑑定之後只說是雜草耶……」

「是米喔。在這個世界裡米的地位就跟雜草一樣低呢，真是浪費。」

伊莉絲的鑑定技能等級太低了。就算試著調查也只會得出雜草這個結果。

「畢竟沒有千齒耙就得全靠手工作業，所以我也有在想是不是乾脆做個腳踏式的打穀機好了。這裡雖然有鋤頭和鐮子一類的工具，但他們是怎麼幫小麥去穀的啊？」

「千齒耙是什麼啊？」

千齒耙是以前用來幫米去穀的工具，是以將稻米從如梳子般伸出的耙齒間拉過的形式來使用的打穀機的原型。腳踏式打穀機則是將插有無數彎曲鐵線的鐵桶以皮帶與腳踏板做連動，踩動踏板使其旋轉，讓稻穀與滾輪接觸，藉此打穀的工具。

由於比千齒耙的效率要好，直到昭和時代中旬都還在使用。現在則是以聯合收割機為主流，在收割時一併完成打穀的工作。最早的收割機需要手動移動履帶的位置來收割，中間必須空下一定程度的空隙，很費工。儘管如此，不須單靠鐮刀來收割完所有稻穀這點，就已經比從前來得輕鬆許多了。時代的技術進步真的非常厲害。

「叔叔……你為什麼不乾脆做收割機算了？」

「雖然我也有這樣想過，但要是被人拿去惡意使用，會做出戰車來喔？要是做的大一點，可以搭載大型弩砲的話，就算不能對抗龍種，但要以飛龍為對手應該是可行的。」

「那不是很好嗎？可以利用那個守護更多的人。」

「妳忘了嗎？人類的歷史是戰爭的歷史。妳敢說方便的工具不會在戰爭中拿來對人使用嗎？我啊～可是一點都不想成為所謂的大規模戰爭之父呢。」

「唔……的確……聽說電視的天線原本也是用來當作戰艦的雷達的……」

「妳很清楚嘛～順帶一提，製作者是日本人喔？」

多餘技術的流出，會對這個世界的軍事平衡造成決定性的變化。

要是有心，單靠魔法也能製作出電磁砲，實際上傑羅斯就能使用那種魔法。要是將其簡化，配備在一般士兵上的話，這樣更別說是戰爭了，演變為大屠殺也不意外。正因如此，傑羅斯決定不採取超過某種程度的知識作弊行為。

當然，他不僅是單純地不想背上虐殺者的惡名，或是作為製作出殺戮兵器的偉人而留名於世而已。

他不想被任何責任給束縛，只想每天過著平穩的生活罷了。雖然也有納稅的義務在，但那跟處在現代社會時也沒什麼差別。

「話說回來，你不是在當家庭教師嗎？叔叔你現在沒工作嗎？」

「唔，居然說了我最不想聽到的事……是沒工作。這時候，瑟雷絲緹娜小姐在做些什麼呢～」

再走上三小時太陽就要下山了吧。大叔仰望頭上無邊無際的澄澈藍天。

在這片廣大的天空下，有到六天前都還在跟他學習魔法的學生。

他有些在意，那個被說派不上用場的少女，現在在做些什麼呢。

◇◇◇◇

德魯薩西斯·汎·索利斯提亞。身為索利斯提亞公爵領地現任領主，於公餘私都很忙碌的男人。

從不同的貴族家系娶了兩位妻子，夫婦間的感情非常良好。更自行經商，其收益使他的財力遠遠超過其他貴族。稅金則是為了讓人民的生活品質更好，投入了各式各樣的事業中，並且全都以成功收場。

藉由將之回饋給人民，使得領地內有了急速的發展。此外，這個基於領地內改革引起的急速發展，也使得他因個人興趣進行的商業行為獲得了巨大的利益。簡單來說，就是德魯薩西斯可以自由使用的錢，是他自己建立商會賺來的，完全沒有使用到一分一毫的稅金。其堅實的做事手腕，使得德魯薩西斯與他經營的「索利斯提亞商會」都贏得了其他商人們的強力信賴。

另外，德魯薩西斯屬於他獨自的派系「索利斯提亞派」，倡導魔導士團與騎士團的融合。雖然表面上是很弱小的派系，但提到資本，則是有著令人難望其項背的雄厚財力。其他的派系無法出手，在經濟面上也毫無破綻。這是在擔憂國家未來的克雷斯頓前公爵的宣言下誕生的派系，在屬於其他派系的魔法貴族們看來，這完全是以權力在要脅他們的惡行。

但正因是索利斯提亞公爵家，所以他們也不敢隨意出手。

前國王與克雷斯頓是兄弟關係，德魯薩西斯也擁有王位繼承權。

萬一他在其他貴族的謀略之下被殺害了，第一個被懷疑的一定是其他魔法貴族所屬的敵對派系吧。畢竟索利斯提亞派跟正式的政治派系王族派是一夥的，也深受現任國王的信賴。雖然有一段時間因為被人算計，一直有索利斯提亞家想要爭奪王位的謠言傳出。可能是覺得這種狀況很擾人吧，德魯薩西斯立刻放棄了繼承權，退了一步站在輔佐王室的立場上。他原本對王位就毫無興趣。

對敵對者而言，沒有比這更麻煩的人物了吧。而德魯薩西斯為了守護自己治理的領地以及擔任會長的「索利斯提亞商會」，充滿了積極的想法與熱情，今天也忙著處理在勤務室堆成小山的文件們。

「唔嗯，魔法卷軸的銷售額看來很不錯呢。因為便宜又可靠而廣受好評。其他派系的魔法卷軸連傭兵們都不屑一顧。」

「看來進行得很順利啊。他們的資金來源是魔法卷軸跟魔法藥。其中魔法卷軸的銷售狀況十分低迷吧？」

「因為只要買過一次魔法卷軸，之後要重複學習幾次都行。沒必要特地再去買一樣的魔法。業績無法提升也是裡所當然的吧。」

「但是我們販售的魔法卷軸就不一樣了。」

「是啊，不愧是賢者。居然可以加上那種魔法術式……」

現在索利斯提亞商會正在販售新的魔法卷軸，其銷售業績非常好。

理由是出在這個魔法卷軸的特性上。至今為止一般市面上流傳的卷軸都如德魯薩西斯所言，只要買過一次之後任何人都能夠學習那個魔法。是令魔導士派系陣營也對是否該販售卷軸一事十分躊躇的嚴重問題。

只要購買者把卷軸給其他人，大家就都能學會一樣的魔法。這樣根本無法成立商業行為，派系陣營也落得魔法賣不出去的下場。更重要的是用來記載魔法的「魔法紙」價格也貴得嚇人，只會不斷地出現赤字。然而索利斯提亞商會販售的魔法不一樣。

傑羅斯將改造過的魔法拷貝，藉由加上消除魔法的魔法術式，使得購買者只要學會這個魔法一次之後，魔法術式就會從卷軸上面完全消失。而且這也包含了用來消除的魔法術式在內。

可以在現場將昂貴的魔法紙直接回收再利用，重新寫上魔法術式後就能再度作為商品販售。由於買出去的只有魔法，可以回收昂貴的魔法紙，所以也不會造成赤字。藉由產生需求與供給的循環，要購買效率良好的新魔法的客人便接踵而至。並且為了不讓魔法紙外流，盡可能地回收再利用，他們也徹底施行要客人立刻在店內習得魔法一事。

現在的銷售狀況好到連卷軸的量產速度都追不上，魔法的性能也備受好評。販售這個魔法不僅成了索利斯提亞商會的新事業，他們甚至為了聚集魔導士而四處奔走。這件事毫無疑問地會對魔導士的派系陣營帶來極大的打擊。索利斯提亞派的魔導士則是由於可以做生意而爽歪歪，享盡一切好處。

儘管卷軸至今為止就算生產了也一直賣不好，但從今以後就可以依照魔法的威力來設定級數，依據級數來設定價格，推動銷售。而且還因為防止重複使用，導致直接購買的客人增加了。完全和至今為止的狀況相反，成了極佳的事業。

要使用強力的魔法也需要有對應的等級，所以傭兵們也全都會專注於提升實力吧。這不僅可以防範魔物帶來的威脅，他們若是因購買並習得了強力的魔法而更加精進、變得更強，也有助於強化治安。

在商業與治安這兩方面都形成了良好的循環，對他們來說實在是情勢一片大好。

而且也能以強化治安為名來抹滅派系那些傢伙的抱怨聲浪，沒有比這更好的戰略了。還能順便造成敵對派系陣營的經濟壓力。

「派系裡面有很多會來要錢的傢伙，很令人困擾呢。學院的預算有限，要把預算給他們也有困難吧。」

「有必要在他們還沒注意到之前就提升我們派系的權勢。可以的話是想打擊他們的財庫……想要量產魔法藥呢……」

「唔嗯，魔法藥嗎？領地內雖有鍊金術師，但人手不夠啊。」

「功效上有個人差異這點也是問題。依據製作手腕的好壞，不只可以製作的魔法藥等級，就連同樣的回復藥，藥效都會有所差異。不需要三流的鍊金術師吧。」

「不，也把三流的找來吧。僱用一整團的鍊金術師，讓他們製作同樣等級的等級五或是等級四的回復藥。技術比較好的鍊金術師則請他們製作等級三以上的回復藥。」

依據德魯薩西斯的想法，若是三流的鍊金術師中也有技巧高明與否的差異，那就讓他們生產與自己的技巧同等的回復藥，並將其一次全都放在同一個容器中，以確保品質的安定性。

回復藥也有等級之分，從等級五開始往上，所需的素材也會隨之增加。將各鍊金術師們配合其等級製作出的回復藥合為一體，就能將因為等級不同而導致的產品優劣差異均一化，也能順便統一售價。由於同等級的回復藥，製作材料也相同，所以將同等級的藥效成分混在一起也不會有問題。雖然手段有些粗暴，但需求性遠高於收購個人改良後的魔法藥來轉售。

重點在於個人生產的改良回復藥效果雖然好，但相對的生產數量也少，無法追上供給。而且考量到材料層面，售價也會比較高，對一般人來說難以入手。

比起效果好但很難取得的高級回復藥，以大量生產為目的，生產品質穩定的回復藥來販售，才有辦法形成商業行為。

「二流以上的傢伙要怎麼辦？一樣讓他們去做低等級的回復藥嗎？」

「我只會讓他們生產與他們能力相符、品質良好的東西。從學院畢業的魔導士和鍊金術師，現在也沒有什麼像樣的職業，生活很困苦吧。我想他們應該會開心地投奔我們。」

「他們難道不會送間諜進來嗎？將內部情報外流之類的。」

「關於這點我也已經有所準備了。暗部的人似乎願意出手幫忙。他們應該也身受其害，會幫忙恐怕有一半也是為了報仇吧。」

魔導士的派系中，惠斯勒派與聖捷魯曼派特別難搞。

聖捷魯曼派是以研究為主軸的派系，所以只要講道理，他們就有很高的可能性會贊同。

可是在這數十年間惠斯勒派有愈來愈不受控的傾向，聽說還跟某個地下組織有勾結，有數不清的可疑死亡事件圍繞著這個派系。

而且他們對待人民的態度也很傲慢，甚至到了會發下豪語說自己派系的人優於一般人的程度。

「不過那種傲慢的態度也就到此為止了。在魔法藥是由聖捷魯曼派執牛耳的情況下，其他貴族們是不會接受他們半脅迫性的融資要求的。」

「因為做了不少動作，近期內他們應該會反擊吧。」

「那也要他們有辦法才行。我會徹底地斷絕他們的資金來源，可以嗎？父親大人。」

「不要緊。就大幹一場吧。讓不受控的家臣從這個國家裡消失吧。」

惠斯勒派現在連騎士團都在籠絡，想必也很賣力地在賄賂發言具有影響力的貴族。雖然其他派系也會做類似的事情，但沒有像他們如此積極的行動。

畢竟聖捷魯曼派是為了榨出研究資金，而其他的派系大多是被這兩大派系給捲入，基本上只被當做好使喚的小弟。

他們當然對此抱有不滿，若是出現了有力的派系，肯定會率先倒戈。

「茨維特那邊也已經先準備好了，接下來的問題是……」

「要請傑羅斯先生幫忙嗎？教授如何解讀魔法文字？」

「要讓父親大人的派系變強，除此之外別無他法了吧。」

「他會答應嗎？」

「要是能夠保障他私生活的安全，或是……」

「絕對不能讓他的名字浮上檯面喔？一個沒弄好就會滅國了。」

除了瑟雷絲緹娜與茨維特外，只有傑羅斯能夠解讀魔法文字。

將解讀方法化為書籍給克雷斯頓的派系使用的話，不僅可以使魔法學向上發展，若是培育出優秀的魔導士，現在這些胡作非為的派系也會消失。

正因為替國家著想，非得採取強硬手段不可的狀況又愈來愈迫切，要是不趁現在削弱其他派系的力量，他們會成長到足以引發政變的程度吧。

由於這同時也會激起民眾們反動的情感，為了不讓他們使國家步向衰敗，只能想辦法排除了。

「緹娜與茨維特是否能成為反叛的狼煙呢。」

「現在的茨維特沒問題吧，因為他以前那麼腐敗。」

「既然你知道，為什麼不想點對策？雖然是我的推測，但他應該是被人施放了精神系的魔法喔？」

「要是不能從失敗中學習，人是不會成長的。遇見了傑羅斯先生，讓他有了很大的改變呢。」

「問題是庫洛伊薩斯，到底會變得怎麼樣呢？」

他似乎只要一想到孫子們的將來就頭痛。

在那裡的老人用手指按著太陽穴，忍耐著疼痛。

「那麼，因為時間也到了，我差不多該……」

「什麼？你又要出去外頭了嗎？」

「因為好女人正在等著我啊。我接下來正要去找她呢。」

「……德魯，你還真老實啊。你總有一天會被女人們給殺掉喔？」

「那正如我所願。被好女人所殺可是男人最大的幸福啊，父親大人。」

能幹的男人對於工作的時間管理是以秒為單位在進行的。

完成工作的德魯薩西斯接下來正準備前往情人的身邊。

「……老夫到底有多少孫子啊？」

目送兒子披上外套離去的背影，克雷斯頓不禁小聲地脫口而出。

自己的兒子實在有太多令人搞不懂的行動了。能幹的男人似乎也會讓自己的父親感到困惑。

獨自被留下的克雷斯頓，認真的煩惱起自己對孩子的教育是不是出了問題。

俗話常說兒女不知父母心，然而現實中似乎是相反的。

兒女的心，父母也無法理解。

第十一話　大叔多管閒事

以礦山為目標的傑羅斯等人抵達了阿哈恩村。這時太陽早已開始下沉，他們便在價格不貴的旅館住了一晚。接著到了隔天，在吃完早餐後，因為伊莉絲無心的一句話而開啟了話題。

「叔叔，法芙蘭大深綠地帶是什麼樣子啊？我從傭兵公會給的情報中只知道那裡很恐怖，但到底是怎樣的地方呢？」她這麼問。

以傑羅斯的立場而言，他其實不是很想說。然而他還是希望避免認識的少女半是好奇地便跑進去，就此成為不歸人。在判斷要是事先告訴她那裡是危險之處，就能避免她去做傻事了之後，傑羅斯一邊嘆氣、一邊將雙手交握靠在桌上，開口述說。

述說那個大深綠地帶是多麼危險的地方。

述說那個他一點都不想回憶起的恐怖體驗。

◇　◇　◇　◇

轉生到異世界的第五天。傑羅斯喘著氣，不斷地走在深夜的森林中。

周圍全是些想要吃掉自己的魔物，在牠們的眼裡看來自己只是一塊餌食。

隱藏氣息、摒住呼吸，得對周遭保持警戒才行的日子持續著。

「咕……到底要持續到什麼時候！要怎樣才能離開這座森林……」

平常的說話方式變回了以前年輕時的樣子。表情雖然十分憔悴，仍露出有如野獸般凶狠的目光。現在的他心中沒有任何餘裕。

周圍滿是只要他一有空隙就會襲來的魔物，吃飯及睡覺時也得持續保持警戒，精神上的疲勞不斷地在累積。片刻都無法休息的戰鬥，不斷葬送敵人的修羅之宴。

雖然魔物本身是不強，但每打倒一批，血腥味又會引來別的魔物。大型魔物是單獨、小型魔物則是集體前仆後繼的襲來，所以精神與體力的消耗都相當劇烈。

他在戰鬥告一段落的期間調整呼吸，然而仍未放鬆警戒，注意著周圍。因為只要些許的大意就會喪命。

「！」

忽然從背後感覺到的氣息，使得傑羅斯立刻飛也似地逃離現場。

——斬！

瞬間，地面上刻了一道細長的痕跡。雖然這是來自某物的攻擊，卻不見其身影。

他動員身上所有感覺來探索周圍的氣息與動靜。

『有什麼在……很明顯地在看著我……在哪裡？』

看不到敵人的身影，但是肯定有個顯然是以自己為目標的捕食者在這裡。

野獸雖然不會挑戰強者，但對手很衰弱的話就另當別論了。弱肉強食是原始的自然法則。不打倒對手、吃下對方就無法生存才是大自然最初的樣貌。

雖然不知道對手是怎樣的魔物，至少可以確定對方有可以隱藏身影的能力。

「問題是屬於哪種類型的……是光學迷彩，還是精神干擾型的呢……」

光學迷彩是以魔力操縱大氣中的水分，利用光的折射來使周遭看不見自己身影的能力。精神干擾則是放出特殊的波長，使對手的五感出現錯覺，讓獵物無法正確察覺到自己的能力。

既然可以感覺到攻擊的氣息，就不是後者。他判斷有很高的可能性是光學迷彩。

再度感覺到氣息，傑羅斯憑恃著本能高高躍起，將鋼絲鉤上樹齡不知有幾百年的大樹的枝幹上。他剛剛站的地方又畫上了幾道痕跡。

很明顯是斬擊型的攻擊。不過這次他稍微看到了對方的樣子。

正確來說是有如空間的扭曲那樣的東西，但可以看出對方是大型魔物。其他魔物之所以沒有襲來，也是因為害怕這隻魔物吧。

「貫穿吧，『狩神之矢』。」

漂浮在周遭的塵埃瞬間凝聚壓縮，化為足以貫穿鋼鐵的箭矢射向了空間扭曲之處。

——嘰呀啊啊啊啊啊啊啊啊啊！

魔物或許是感到痛楚了吧。箭矢恐怕是貫穿了牠的背部，然而由於看不見身影，也無法確認給予的損傷。接著空間搖晃了一下，解開光學迷彩後，現身的是巨大的螳螂。

那身影強悍得簡直異常，黑色的外殼與誇張、有如長鐮刀一般的手臂，支撐那巨大身軀的腳又粗又長。銳利的爪子耙著地面，複眼閃著深紅的光輝。

「死亡螳螂……」

在遊戲中算是相對輕鬆可以打倒的魔物，可是眼前的存在卻散發出遠比那更強的氣息。儘管一方面也是因為等級不同，但是那個樣貌和他所知的死亡螳螂有巨大的差異。長滿了無數尖銳的突起物，有著保護自己不受外敵侵擾的形貌。

「是進化種或是亞種吧。真麻煩……不過昆蟲不是沒有痛覺嗎？」

雖然心中浮現了如此基本的疑問，但這裡是異世界，有著他所不知道的常識，所以他的知識也並非絕對。不管怎樣他都得打倒這個魔物，然而裹著昆蟲型外殼裝甲的魔物是很麻煩的對手。魔物會讓魔力流入堅硬的甲殼中來提升防禦力，所以這邊也得將魔力纏繞在武器上，打消對手的防禦力來戰鬥。

儘管是可以輕鬆打倒的對手，可是在不知道這個森林到底有多廣闊的情況下，他想盡可能地避免去消耗魔力。就算保有的魔力再多，也還是會迎來極限的。

在嚴苛的環境下，魔力——魔法是維繫生命的生命線。不能浪費。

傑羅斯衝向死亡螳螂的懷中。捕捉到傑羅斯的動作，死亡螳螂以驚人的速度揮下了鐮刀手臂。然而這正是傑羅斯的目的。

正因為身軀巨大，動作也很大，雖然很快，但也不是無法看穿的速度。

「就是這裡！」

短劍沒入了連接著鐮刀手臂的關節處。這是奪去敵人戰鬥能力的常見手段。

該瞄準的是巨大的鐮刀。傑羅斯的斬擊讓死亡螳螂的鐮刀飛到空中後，刺入了地面。

在確認到這點之前，傑羅斯便快速奔走，鎖定最脆弱的關節處，以雙手上的劍在瞬間反覆使出斬擊，在同一處同時攻擊兩次，將長長的腳切成好幾斷。

他立刻重複相同的行動，把對手的四肢全部砍飛。死亡螳螂倒在地面上之後，傑羅斯便砍下了牠的頭部給予致命一擊。真的是瞬間便打倒了對方。

他迅速地將已經變為屍體的死亡螳螂給解體，急忙收入道具欄中之後，傑羅斯又再度為了離開森林而跑了起來。要是不趕快離開這裡的話，很有可能會再被其他魔物襲擊。

魔物對血腥味極為敏感。然而這裡是聚集了眾多強力魔物的魔之森。

這裡是就算打倒了魔物，瞬時又會有其他魔物襲來的地獄。

——嗡嗡嗡嗡嗡嗡嗡嗡……

殘留在耳中的重低音振翅聲。傑羅斯轉向振翅聲傳來的方向，看到了那傢伙。

黑色外殼光滑油亮的最強生物。在地球上從太古時代開始便未曾改變過其姿態存活至今，充滿生命力的昆蟲。而且非常巨大。

「強、『強大巨蟑』……」

比白猿更不想碰到的傢伙正以高速飛來。

強大巨蟑在地面上造成巨響後著地。那是遠比死亡螳螂更加巨大的最強昆蟲型魔物。

長長的觸角一邊動著，一邊以複眼環視周遭，尋找餌食。發現到傑羅斯後……

——颯颯颯颯颯颯颯颯颯颯颯颯颯颯颯颯颯！

牠以超高速跑了過來。老實說感覺超噁心的。而且還是以一路揚起沙塵、撞倒樹木的氣勢逼近。從各方面來說傑羅斯的臉上都失去了血色。

「No——————！Oh——My God！Help，Help Me——！」

因生理上的嫌惡感與內心的動搖讓他放棄當日本人了。大賢者討厭男同志，也討厭小強。不如說要是有人喜歡的話，在各種意義上都想勸他往生物學相關的方面發展。

「為什麼……為什麼只有小強的樣子，跟原本的世界一模一樣啊——————！」

沒錯，就連螳螂都長了一些凶惡的突起物，使得外型有所改變，但只有小強的外表和原本的世界完全沒有差別。而且這從太古以來從未改變外型存活至今的生物，在異世界變得有如恐龍一般巨大。要是跟在地球上一樣小，就能立刻用拖鞋殺死牠了，然而面對全長約十公尺等級的龐然巨物連這點辦不到。而且還很不必要的強而有力。

最糟的是鑑定技能還不知為何沒在運作，連想查看對方的資料都辦不到。簡直讓人覺得這根本是有人在惡整他的狀況接連發生。

經歷了這個體驗之後，他就莫名的討厭起害自己來到這個世界的女神。

逃亡的傑羅斯與追著他的強大巨蟑。激烈且令人討厭的恐怖鬼抓人就這樣開始了，而且就這樣一直持續到了早晨。大叔悲痛的叫聲響徹了整個廣大的森林。

諷刺的是，多虧了這場鬼抓人，他才能來到接近道路的地方。然而傑羅斯並不知道這件事。被討厭的小強其實做了件好事。

◇◇◇◇

「——發生過這樣的事呢。哎呀，妳們怎麼了？」

聽完傑羅斯的冒險故事，三位女性隊伍成員——伊莉絲、雷娜、嘉內全都趴在桌子上。

想著『小強……好可怕……』，或是『巨大的小強魔物……我一點都不想碰到那種東西……』，還是沉默地全身發抖，三人各有不同的反應。

早餐時間，她們聽了曾踏入大深綠地帶的熟練者所帶來的經驗談後，在想像巨大的小強時精神集體崩壞了。

「叔叔……還真是經歷了一場不得了的大冒險呢……」

「傑羅斯先生，真虧你能活著回來呢……法芙蘭大深綠地帶的魔物太凶惡了，明明沒有人會接近那裡的……」

「雖然能夠打倒那魔之領域的魔物也很驚人……可是巨大的小強，嗚哇！」

強大巨蟑目前確認到的最大尺寸是五公尺等級。

就算那擁有足以拔山倒樹的巨大體型的個體尚未被確認，光是聽這些敘述就可以想見那魔物凶惡的超乎想像。而且除了外觀之外，牠還會高速移動，外殼也非常的硬。

想必是因應其大小，裝甲也變厚了吧。要是不使用攻城兵器，恐怕是難以傷牠分毫。

被那種強得誇張的魔物襲擊，就連要逃跑都很困難。

然而她們卻是因為別的意義而感到恐懼。傑羅斯也抱持著一樣的心情。

「比起那個，趕快吃完早餐吧？還要去礦山呢。」

「就算你這麼說～……」

「巨大的小強……我的食慾……」

「…………（抖抖抖抖）」

一旦想像過那景象，她們的思考便無法停止。

那強悍的身影不斷地閃現在腦中，讓她們失去了食慾。

「不過要是這樣就會失去食慾，根本沒辦法當傭兵吧？有時也要跟人類互相廝殺不是嗎？山賊或盜賊，偶爾還要跟其他傭兵戰鬥。」

「叔叔，你可以不要說那種討厭的話嗎？我們是專門對付魔物的喔。」

「對啊，沒辦法以人類作為對手啦……就算是壞人也一樣。」

「所以妳們兩個才會被抓起來吧？連對要加害自己的對手都無法下手，要怎樣才能活下來啊。傭兵是得自己對自己負責的工作吧？要是因為這樣死了那可一點都不好笑喔。」

伊莉絲和雷娜似乎沒有殺過人，所以才會因為猶豫而被盜賊們抓了起來。

想在性命被看得不是那麼重要的這個世界存活下來，這是過於天真的想法。

「唉，雖然不是可以笑著殺人的人這點是很令人有好感啦，但做好殺人的覺悟會比較好喔。」

「我雖然有殺過人，但那實在不是什麼愉快的經驗。」

「要是殺人會感到愉快的話，那個人就是有什麼精神上的疾病喔。做隔離處置比較好。」

嘉內似乎有殺過盜賊的經驗，但不覺得殺人是件好事。

既然身為傭兵，有時也會與犯罪者對峙，為了保身的殺人行為也是被允許的。而若是被殺了也是自己的責任，所以傑羅斯認為這是種很討厭的差事。

「要是吃不下的話，請店家打包當作便當如何？」

「啊，還有這招！」

「便當？那是什麼？」

「沒聽過的詞彙呢，雖然伊莉絲好像知道是什麼。」

這個世界裡沒有所謂的便當。工作的人大多都住在城裡，也有很多將自家當作工作室的工匠。就算不自己做飯，只要出門就有一堆餐廳。

而且也有攤販，所以完全沒必要帶便當。

「是以麵包夾了稍微調味過的燻肉及蔬菜，再用紙包起來帶著走的東西。除了特別炎熱的時期外，應該也不用擔心食物會壞掉。」

「原來如此，反正行李是伊莉絲幫忙帶……」

「真是個好點子！伊莉絲，可以拜託妳嗎？」

「沒問題～♪那我去跟旅館的叔叔說。」

伊莉絲踏著輕快的腳步前往廚房。阿哈恩村的旅館店長好像也兼任廚師，以跟某處的船上旅館類似的方式在營業。

「是說死亡螳螂的素材是怎樣的東西啊？可以拿來做裝備嗎？」

「很適合用來做武器或防具喔。重量輕又很堅固，但是不耐火系魔法。」

「畢竟是昆蟲嘛，火是弱點吧。」

「甲殼中的肉可是絕品喔。吃起來的味道就像螃蟹或蝦子呢。」

這句話讓空氣靜止了。雷娜和嘉內的表情僵住不動。

「你、你吃了嗎？死亡螳螂……」

「那可是魔物喔！你認真的嗎？」

「說是這麼說，但依據種類不同，獸人一類的肉一般也會拿來食用吧。有什麼奇怪的嗎？畢竟我那時候可是過著要優先確保食物來源的野外求生生活，要是沒有毒就該吃吧？」

「雖然……是這樣沒錯，但那是巨大的昆蟲喔？」

「一般來說不會想到要吃吧……至少我沒辦法！」

「要是抱持著那種心態，真的發生什麼事的時候可是會餓死的喔。生存是一場戰鬥啊……沒錯，就算說是戰爭也不為過……」

『他……他的眼神好可怕……』

『就算有過恐怖的經驗，這也不太妙吧？我決定以後絕對不要去那座森林……』

傑羅斯在原本的世界就會吃佃煮的蝗蟲，所以對於食用昆蟲這件事沒有太多的抵抗。只有小強在生理上完全無法接受。這點先不提，明明在吃魔物這點上意義是相同的，她們兩人卻陷入了比較昆蟲與動物之間差異的思考迷宮中。

「他說可以幫我們做便當喔~……怎麼了？」

「是我們錯了嗎……？可是那是昆蟲耶……」

「蟲不行……沒辦法吃蟲。可是獸人也是魔物，差別到底在哪裡？」

回來的伊莉絲不解地歪著頭。

在她們身旁的傑羅斯點燃菸草，享受飯後的一根菸。大叔吹出的煙圈靜靜地從煩惱中的兩人頭上飄過。

◇　◇　◇　◇

在阿哈恩村的背後有座擁有三座山峰的高山聳立著。

礦山就在其中一座山峰中，有段時間曾因前來尋求豐富金礦的礦工們而顯得熱鬧非凡。

但以某個時間點為分界線，那裡出現了大量的魔物，礦工們被迫離開了職場。接下來過了約兩百年，現在會來拜訪這座礦山的人，變成為了提升等級或採礦來強化裝備的傭兵們，而他們付出的住宿費和付給攤販的餐費就成了村裡的收入。

儘管如此這個村莊的生活仍稱不上富足，有時也會發生因為無法無天的傭兵而被迫付出不少額外的花費。阿哈恩村在某種意義上來說已是風中殘燭。

「人還滿多的耶？大家都是傭兵嗎？」

「雖然打倒魔物就會升級，但我們畢竟是賭命在工作的，也想順便充實裝備啊。在這個礦山既可以得到金屬，礦工們若是沒有人護衛也沒辦法進去。」

「唔嗯……也有看起來性格十分惡劣的人在耶，妳看那邊……」

在他們視線前方的，是看來還是個年輕少年、初出茅廬的傭兵，以及一群圍著他的中年傭兵們。儘管看起來就是一副雜魚樣，但至少還是比少年來得強吧。

「有什麼關係，反正你也用不好吧？我來代替你用吧。」

「這是我爸爸的遺物，我不會交給任何人的！」

「比起像你這種乳臭未乾的小子，你老爸也一定比較希望給我這種老練的傭兵用啦！」

「你根本就不了解我爸爸，請不要在那邊擅自胡說！」

「我很清楚，因為我是個老練的傭兵啊。那把劍需要怎樣的手腕才能使用，我一看就知道了～給你這種雜魚太浪費了。」

他很明顯的在找藉口來將少年的劍據為己有。周圍的伙伴們則是以下流的笑聲在嘲笑少年。雖然附近也有其他的傭兵，但沒有任何人去幫助少年。

「還是有呢，這種幹著老套蠢事的笨蛋們……」

「叔叔，你不能做點什麼嗎？」

「為什麼要推給我？在意的話妳就自己去幫他啊。」

「傑羅斯先生……一個優秀的大人這樣做真的好嗎？」

「平穩度日是我的座右銘。我一點都不想介入他人的糾紛之中。」

「……真是個差勁透頂的大人。」

冷淡的視線集中在傑羅斯身上。對當事人來說，雖然不想惹上多餘的是非，周遭的人卻很期望他這麼做。就在他正想著這種事的時候，狀況忽然急轉直下。

「就說了叫你把東西給我！」

「啊，還給我！請把它還給我！」

看準空隙，男人將少年的劍從劍鞘中拔出並奪走。

就在這時候，傑羅斯明明不想使用，「鑑定」技能卻擅自發動了。

＝＝＝＝＝＝＝＝＝＝＝＝＝＝＝＝＝＝＝＝＝＝＝＝＝＝＝

【祕銀之劍（劣）】

原本是由知名矮人所鍛造的頂尖之劍，然而劍身已有裂痕。面對弱小魔物的話還可以用上一陣子，但差不多快到使用年限了。已經老朽到幾乎不能作為一把劍來使用的程度。

儘管重新鍛造會比較好，但由於需要大量素材，要有賠本的覺悟。耐久度已經降到只要承受大型魔物的一擊便會碎裂的程度。

＝＝＝＝＝＝＝＝＝＝＝＝＝＝＝＝＝＝＝＝＝＝＝＝＝＝＝

『為什麼在不需要的時候發動了啊。真是令人火大……』

明明沒需要卻擅自發動的技能真是可恨。嘆息與抱怨從口中逸出。

「嘿嘿嘿……得到一把好劍啦。」

「還、還給我……那是我爸爸的……」

「吵死了！對小鬼來說這東西太高級了，我就感激地拿來用啦。」

打飛了少年，粗俗的傭兵一臉爽樣。

「啊～不好意思在你搶了別人的劍正開心的時候打擾你，但那把劍不能用喔？」

「什、什麼啊，你……」

「沒什麼，我只是個路人，無須在意。那把劍已經破破爛爛，要是繼續使用的話你很快就會死了。

雖然對我來說是沒差啦。」

粗俗的傭兵和伙伴們面面相覷。

「你、你少騙我了！」

「要是有水的話我就可以證明給你看了，但我沒義務做到那種地步。只不過我有『鑑定』技能在，不小心看到了才給你個忠告罷了。」

「鑑定」技能可以因應等級，看到東西的詳細資料。雖然這對人類也適用，甚至可以得知對手的等級，但觀看他人的資料這件事本身是違法的。

「信不信隨你喔？畢竟要死的也是你，反正是別人的命，我是怎樣都好啦。」

「什麼！……這是真的嗎？」

「這點就請你自己判斷吧。我已經說了，信不信隨你。我話就說到這裡了。」

眼前的魔導士實在太可疑了，說謊的可能性很高。可是，要是眼前的魔導士說的是真的，那他說不定就會因為這把劍而喪命。男人在兩個選擇間搖擺不定時，注意到了傑羅斯腰上的劍。第三個選項出現了。

從身為傭兵的男人眼裡看來，那就是個身材一般、十分邋遢，跟自己年紀相仿的魔導士。感覺完全不像會用劍，更重要的是還是個灰袍。男人露出低俗的笑容提議。

「既然如此，跟你的劍交換如何？」

「不需要。我用自己的就夠了。」

「不不不，這可是祕銀之劍喔？比你的劍高級吧？」

「還真纏人啊，我不需要那種壽命將近的劍。你去找別人吧。」

打算交涉卻被乾脆地拒絕了。而且還是說這是有缺陷的東西而拒絕，看來祕銀之劍無法使用的可能性很高。只是看著眼前的魔導士的劍，因為對方是魔導士，所以還有使用蠻力強奪這個手段在。那名傭兵猥褻地舔了舔嘴。

「你啊，是魔導士吧？根本不需要劍吧，就由我來……！？」

男人的話沒能說到最後。要說為什麼，那是因為他的喉頭正被不知何時出現的劍尖給抵著。從被劍尖刺入些許的喉頭上流下了一條血痕。

「我啊，不是不會用劍喔。不如說我還比較擅長這個呢……所以呢？你想死嗎？畢竟回擊惡劣的傭兵也沒什麼問題，我是不會客氣的喔。怎麼樣？你想打的話我可以奉陪，但請你做好會死的覺悟喔。」

「咿！」

「什麼啊。他是什麼時候……把劍……」

「被騙了……這傢伙不是魔導士！」

傑羅斯的拔劍速度就是快到讓人連他是幾時拔劍的都不知道。同夥的傭兵們了解到眼前的對手具有相當的實力，是自己無法勝過的對象。

現在那名傭兵就等同於被眼前的魔導士給抓著心臟一樣。

「明明實力就不怎麼樣，不該奢求好武器吧。你是小孩子嗎？只會依賴武器的話不就永遠是三流的嗎？我是不知道你是不是想送死啦，但這個時間點上還不知道對手的實力，我想你不管怎樣都不會長命的喔？唉，連三流都稱不上呢。既然如此你要不要死在這裡算了？」

可疑的魔導士瞬間變成了技術高超的怪物。

魔導士以沉靜卻充滿恐嚇氣息的語調說的這番話，讓男人的心被恐懼給束縛。對方雖無殺意，但可能會看心情便殺掉他。

這個事實將男人推落了無法形容的恐怖深淵。

「我啊~老實說很不爽呢。明明是來採礦的，卻得當你們這種垃圾的對手……你知道嗎？」

會對這種初出茅廬的傭兵出手的傢伙，大多都沒什麼實力。

判斷他們不會反抗比自己強的對手，他才稍微試著威脅看看的。看來他這麼做是對的。畢竟當中也有不會考慮雙方實力差距就出刀的傢伙，那種狀況是最糟糕的。

所以為了預防發生什麼萬一時不會使周遭的人受害，他絲毫沒有大意。

「啊……啊啊……抱歉。是我太得意忘形了……」

「你知道就好。趕快歸還那把劍，從我的面前消失吧？要是你繼續在我們面前閒晃的話，那時候……」

「那、那時候……？」

「我就送你去趟快樂的旅行吧。雖然再也沒有辦法回到這裡來就是了……咯咯咯。」

傭兵們拋下了劍，全都從露出冷徹笑容的魔導士身邊逃開了。

不會推測對手的實力，只會憑著氣勢做事，依靠這種惰性持續當著傭兵的他們，是沒辦法對付比自己強的對手的。

逃跑的速度似乎是一流的，他們以驚人的速度跑走了。

儘管對這老套的發展感到傻眼，傑羅斯點燃菸草，吐出一口煙。

「呼……小混混是不是很多那種人啊～？」

剛剛那種強得嚇人的感覺不知道上哪去了，瞬間變回邋遢的大叔。

少年走到了這樣的大叔身旁。

「那、那個……謝謝你。」

「嗯～沒什麼，不用特別謝我。我只是硬是從旁介入罷了……」

「不，因為這是父親的遺物……真的很謝謝你！」

「別在意、別在意。不過就是今天『運氣很好』而已。傭兵這工作就是不知道明天會怎樣啊。」

有些角度看來有如少女般的少年給人受過高等教育的印象。出身看起來實在不像會當傭兵的樣子。

身上穿的裝備也是，外觀看起來雖然像是一般市面上販售的東西，卻用了高級的素材。同時，他也察覺到少年的眼中閃著藏有覺悟的強力光芒。

『唉～……看來他隱藏著相當強烈的決心呢。要是在這裡分別後他因為劍而死了，我會睡不好覺的啊～沒辦法，只好多管閒事了。』

不知為何有些在意少年的傑羅斯，從道具欄中取出了一張紙攤在地面上。那是鍊金術的高等技巧「鍊成魔法陣」。

「那把劍借我。我稍微修理一下。」

「咦？可是這把劍的壽命已經……」

「所以你才會來這座礦山吧？為了蒐集新的劍的素材。可是那把劍或許撐不了那麼久。雖然稍微修理了，但請當作我只是稍微延長了它的壽命。」

「可、可以嗎？不過要怎麼做……」

「你看了就知道了。唉，鐵和祕銀的複合素材，要一眼看出來應該很難就是了……那個先放一邊，總之我只是順手多管閒事，你只要當作今天運氣真的很好就好了。我只是一時興起喔？原本應該要收費的。」

「……我知道了，那就拜託你了！」

他接過祕銀之劍後，將它放在魔法陣的中間。藉著輸入魔力展開魔法陣的魔法術式，讓劍浮在空中。周圍浮現出半透明的面板，劍的狀態的詳細資料透過「鑑定」技能出現在腦中。

「唔，比例是鐵45、大馬士革鋼23、祕銀32啊。這還真是……讓人想看看它破損前的樣子呢。」

儘管一邊確認情報，他仍一邊敲著魔法術式的控制鍵盤，針對外觀可以看得出來的龜裂部分建構修復作業，立刻完成了修繕的魔法術式後，小聲說了句：「『練成』。」

他原本是工程師，所以這種工作很快就完成了。在展開的魔法陣內部中，高密度的魔法術式正循環著並發出光芒，打算實行被賦予的命令。乍看之下似乎可以完全修復，但這再怎麼說都是應急處置而已，只能用在單純的作業上。就算只有一次，只要曾經破損過的地方，是不可能完全修復的。

迅速地完成一項工作的他吸了一口菸，吐出煙來。

「完成了。只是這再怎麼說都只能撐到你做出新的劍為止。要是太相信它而繼續使用的話會死的喔？還請千萬要注意。」

「謝、謝謝你。我也沒打算一直使用這把劍，打算要自己準備一把自己的劍。」

「那就沒問題了吧？不過這還是比一般的鐵劍來得像樣啦。暫時應該是不會壞……啊～也要看對手是誰吧～？」

「已經足夠了。這樣我就能去採掘鐵礦了，真的很謝謝你。」

他一邊目送帶著喜悅，勇敢地奔走而去的少年背影，一邊小聲地說著「年輕真好啊～……」一類的話。

將魔法陣收好放回道具欄後，傑羅斯發現不知為何三位女性們都以冷淡的眼神看著他。用一種奇特又帶刺的視線。

「為什麼要用那種彷彿看著垃圾的眼神看我？」

「叔叔……你說過你對小孩子沒興趣吧？」

「手腳意外的快呢……對人家那麼親切……」

「果然是個愛撩妹的傢伙……我也被盯上了……」

完全搞不懂。他只是對少年做了些多管閒事的事情罷了。

他應該沒有做出會被輕蔑至此的行為才對。

「叔叔，你喜歡那種用詞像男性的女生嗎？」

「嘉內也有些不輸給男人的地方，這是你的嗜好嗎？」

「…………（全身顫抖、抖個不停）」

「……What's？」

接著傑羅斯終於導出結論了。他以為是少年的那孩子，其實是少女的事實。

「那、那是女孩子嗎！？」

「叔叔你沒發現嗎？」

「怎麼可能會有那麼可愛的男孩子……唉，偶爾是會有啦……唔嘿嘿……啊！那怎麼看都是女孩子吧？」

「這個大叔真是差勁透了……比起那個，雷娜……妳剛剛那表情……是想起了什麼？」

明明只是做了一點點親切的舉動，卻不知為何被投以更加輕蔑的視線。

真是太沒道理了。

「……等一下。雷娜小姐，妳對偶爾會有的美少年做了什麼？」

「什麼啊，就是……欸嘿～嘿嘿嘿嘿嘿嘿　」

想起了某件事吧，美人的臉扭曲成十分下流的樣子。

作為一個人來說完全不行的遺憾感到了極限，再下去就會令人覺得可怕了。

「將少女誤認為少年的我，和對少年出手的她，哪一個比較差勁呢？」

「「都很差勁！」」

伊莉絲和嘉內的聲音完美的重疊。果然很沒道理。

和雷娜被視為同等級這件事本身也很悲哀。但是比起那個還有更不能接受的事。

「雖然有些無法接受的地方，但我們趕快出發去採礦吧。我一個人去也是不要緊啦。」

「啊，矇混過去了，叔叔你很差勁耶。」

「真的是，在這裡分開也好吧？在黑暗中也不知道他會做些什麼。」

無視她們擅自說些什麼，傑羅斯朝礦山的入口處前進。

知道關於這個話題自己再多說什麼都沒用。傑羅斯轉換心情，立刻踏入魔物居住的礦山中。雖然背後的雷娜臉上仍帶著下流的笑容搖搖晃晃的走著，但所有人都決定無視這件事。

她似乎還沉浸在回憶之中，就算只是看著她，老實說也很噁心。

平常明明是個正常人，性癖實在是太令人遺憾了。為了不讓人以為是她的伙伴，大家和她保持著一定距離往坑道中前進。為了各自的目的……

第十二話　大叔進入廢棄礦山

想必是裡面有一些會發光的礦石吧，廢棄礦坑的內部絕對稱不上暗。

略帶青色的光輝照亮著周遭，直到坑道深處。

不時有人在戰鬥，礦坑深處響起鋼鐵碰撞的聲音，然而那也很快就平息了。

在狹窄的坑道中為了不要讓伙伴們彼此的攻擊撞在一起，他們分成前衛與後衛向前邁進，不過傑羅斯不知為何被放在前衛。這麼做雖然是沒什麼問題，但由於嘉內不滿地堅持「我可受不了從背後被性騷擾」，隊伍變成傑羅斯與嘉內是前衛，雷娜與伊莉絲則是後衛。

雷娜的職責是守護伊莉絲，對裝備有盾的她來說也是適才適所。

不過，那是假設她不是到現在都還掛著下流的笑容，沉浸在回憶裡的事……

「……她這樣沒問題嗎？」

「啊～沒問題啦。叔叔。她一直都是這樣。」

「她、她一直都是這樣嗎？這狀況要是一個沒弄好可能會被通報耶……」

「實際上也曾經被通報過。老實說我認為或許該認真的想想今後該如何與她相處才對。」

『她不是陷入回憶，而是進入了危險的妄想中吧？太可怕了，我不敢跟她搭話……』

恍惚地露出奇怪的笑容，身體搖搖晃晃的，不停地小聲說著一些奇怪的話。完全不是可以和她搭話的樣子。雖然仔細聽的話大概可以知道她在說什麼，但感覺充滿了犯罪氣息，所以還是放棄這麼做了。

這世上也是有不知道比較好的事情。

「只要有怪物出現，她就會回神了。不要太在意比較好喔？」

「根本沒辦法不在意吧，特別是她那個樣子……」

「真希望立刻就有魔物出現。」

也就是說情勢沒有任何改變的話，她就會維持現狀。

「…………」

傑羅斯突然停下腳步。「索敵」技能起了反應，盯著坑道前方可以感覺到前方有什麼東西在。這種類型的技能會產生直覺地反應，但不是那種會在腦中浮現影像的東西。傑羅斯順從感覺摒住呼吸，窺視著周遭的狀況。

「叔叔，怎麼了？」

「有敵人呢。數量雖然不清楚，但不只一隻，可能是地精吧？」

「雷娜，快醒醒！敵人出現嘍。」

「嚇！我的甜心男孩在哪裡？我明明就用繩索把他捆綁在床上了……哎呀？」

『她、她到底在妄想中做了什麼事？既然如此充滿著犯罪氣息，莫非她實際上……？是說她剛剛說了捆綁吧！』

看來有許多糟糕的事情浮現在她腦中。雖然很想問，但總覺得不能問。他可不想被當成共犯。

重整心情，將注意力集中到前面。從前方出現的影子頭部像野獸，恐怕是地精吧。由於頭部是狗，嗅覺十分發達。想必已經發現這邊的存在，並做好迎戰準備了吧。前面來的是偵查，後面還有更大的集團在的可能性也很高。

「……應該先發致勝嗎？」

「後面有那些傢伙的氣息嗎？要是沒有的話我就衝進去了……」

「這裡等級比較低的是誰？」

「嗯～雷娜小姐和嘉內吧？兩個人都是５０級。」

「伊莉絲，說出別人的等級可是犯罪喔？」

伊莉絲的等級是２３７，轉生過來的基本上等級都很高。既然如此，有提升整體戰力的必要性。

「我會封住牠們的行動，請妳們兩位打倒敵人吧。讓妳們升級。」

「魔石呢？我們可以拿走地精的魔石嗎？獵物掉下的魔石屬於打倒牠的那個人，這可是傭兵的常識。」

「妳們拿去沒關係，我擁有的魔石多到有剩。」

在大深綠地帶的野外求生生活中獲得了大量魔石的傑羅斯，現在根本不會想要魔石。不如說要是他沒處理好，一口氣全賣了的話，會造成魔石的價格大跌吧。

由於有可能會打壞市場價格，所以他現在沒打算賣出。

「好，那就來幹掉牠們吧。嘉內突擊，我跟著上喔？」

「了解。要是獵物被我搶走了可別抱怨喔？」

「我才不會呢。倒是妳可別把我給捲進去嘍？」

「誰會做那種事啊！」

決定好攻擊陣形，接著便一下子動了起來。

「『廣域麻痺』。」

傑羅斯從左手放出光球，擊往坑道深處。沒過多久便傳來「嘎啊！」的叫聲，與此同時兩人奔向前方。最後只聽到地精死前的慘叫。

傑羅斯和伊莉絲一邊警戒一邊走過去，只見無數的地精化為悽慘的屍體。

雷娜與嘉內正在切開那些地精的胸口，從心臟處取出魔石。進行一般被稱為剝取的作業。

「無論何時看都是很討厭的景象呢。」

「是這樣嗎？我已經不會介意這種事了。」

看著邊抽菸邊走著的傑羅斯，伊莉絲非常困惑。

「叔叔你的適應力為什麼那麼好啊？這樣很奇怪吧。」

「我在原本的世界就有狩獵並支解山豬的經驗啊。應該是差在這裡吧？」

「到底是過著怎樣的生活啊？叔叔你未免太勇猛了吧……」

「妳知道嗎？熊掌富含膠質，很好吃喔。也含有膠原蛋白，對美容很有幫助呢。」

「不要說得好像是豬腳一樣……保有原本外型的東西我才不吃呢，太不舒服了。」

說到豬腳，讓傑羅斯想起了豬頭皮。

『真想吃豬頭皮啊，那種充滿嚼勁的口感很棒呢。不但很適合當作下酒菜，只吃豬耳朵也很不錯……不過這個世界的酒只有紅酒，麥酒又太甜了，感覺哪裡不太對啊～我記得那個是啤酒的原型吧？

真希望他們能至少把麥酒冰過之後再送上來。』

大叔十分懷念居酒屋。在這個世界，身為啤酒原型的麥酒不會先冰過，夏天時就算喝了也從未覺得好喝過。對於已經從現代社會得知啤酒有多美味的他來說，喝了溫溫的麥酒也無法滿足。這時候他最想念冰冰涼涼的啤酒了。

「做個冰箱好了。問題是麥酒都是用小酒桶在販售的吧……真希望他們至少能販售瓶裝酒啊。」

「冰箱……叔叔你打算要利用技術作弊嗎？」

「怎麼可能。我當然是為了自用才要做啊，我才不想被那些貪得無厭的傢伙們纏上咧，小姐。」

「太奸詐了，你居然打算獨享！」

「那是當然。我可不打算過度干涉這個世界。」

明明已經引發了魔法的一大革命了，事到如今卻說這種話。

他雖然渴望過著普通的生活，但這個普通的定義和一般人不太一樣。然而人大多是以自己的價值觀在過活的，同時也找不出自己沒興趣的事物有什麼價值。當事人認為理所當然的價值，從他人眼裡看來卻認為這很不可思議也是常有的事。在現在的傑羅斯不自稱為農家，而認為自己沒有工作的時間點上，他的價值觀就已經很奇怪了。

「好了，來試著索敵看看吧。周遭似乎沒有敵人呢。剛剛的地精如果是來探路的，裡面應該還會有其他地精才是。」

「我……完全沒事做耶。事情都被叔叔搶去做了，沒有我出場的餘地。」

「這就是等級差距呢。因為我的技能等級也很高，我有一個人在這邊閒晃也不會出事的自信喔？跟那座森林相比，這裡的魔物連雜魚都稱不上，我想可以輕鬆地一擊打倒牠們吧。」

「唔～……太犯規了啦。叔叔你太奸詐了。」

他很清楚這件事，所以才想過平穩的生活。在和伊莉絲說話的期間，另外兩人已經回收完所有的魔石。不過她們的表情看來不太好。

「魔石太小了。這樣根本沒辦法拿來貼補做劍的花費啊。得再多收集一點才行。」

「雖然可以補貼生活費，但品質感覺不太好啊。」

「地精的屍體怎麼辦？我來把牠們燒掉吧？」

「啊，屍體好像那樣放著就行了喔？因為回來的時候屍體應該就已經消失了。」

「……咦？」

嘉內的話讓他感覺有些不對勁。

「等等，屍體會消失？為什麼……」

「我不知道。應該是其他魔物處理掉了吧？」

「這不可能吧。這附近有蠕蟲出沒嗎？」

「依據情報，蠕蟲只會出現在更下層的地方。接近地面的部分全都是地精，往下走的話會出現巨蟻就是了。」

「那就代表沒有會處理屍體的魔物。是沒辦法組成生態系的。」

魔物是生物。既然是生物，就會以確保食物為優先，強者會去襲擊弱者，弱者則是會撿拾強者留下的東西等，會產生這樣的食物鏈。然而在這個坑道中，食物鏈是無法成立的。

如果相信嘉內和雷娜的話，每一階層都有著魔物持續和傭兵們戰鬥著。

可是食物鏈無法成立的話，魔物應該會全數滅絕。不可能會有這種蠢事。

「我問一件事，每個階層的魔物種類都不一樣嗎？」

「啊？喔，對啊。從第三階開始是巨蟻，第五階開始是大蜘蛛跟山蠍。」

「無論哪個都是無法成立捕食關係的魔物呢……該不會！」

「啊，我知道了！這個礦山化為迷宮了吧？」

「恐怕是這樣沒錯。對迷宮來說魔物和傭兵都只是餌食罷了。無論哪邊存活下來都能確保食物。」

迷宮。那是魔力凝縮至一定程度時會產生的區域型魔物。

因地脈的魔力凝縮而產生了核心，將周圍的土地化為自己的身體並召喚魔物，再呼喚敵對者前來，藉此確保食物。會合成礦石、貴金屬或寶石等物，吸引人類前來與魔物戰鬥。

迷宮會吸收生物在這裡死去時所產生的魂魄與肉體，變換為自身的魔力，藉此擴大規模，再召喚更多的魔物。然而這種時候不知為何只有魔石會殘留下來，不會被吸收。

這裡不存有任何意志，只是為了維持名為迷宮的這個身體而建構出的戰場。就算說礦山本身就是巨大魔物的肚子內部也不為過吧。

不過礦物資源的品質很好，可以賣出好價錢。對人類來說有十足的魅力。

此外，在迷宮中被打倒的傭兵的武器和防具也會殘留下來，因迷宮內的魔力而變化為更強力的武器。許多傭兵便是以獲取這種武器為目標而挑戰迷宮攻略。然而這種狀況的武器大多由強大的魔物持有，其中也有擁有智慧的魔物。

魔物會接受迷宮提供的魔力，所以不會飢餓，可以不斷地繁殖。

假設魔物不小心繁殖過多，迷宮也會藉著將魔物放出去來保持一定的平衡。

這個現象被稱為群體暴走，迷宮附近的城鎮或村落始終都保持在警戒狀態下。

迷宮的核心會不斷移動，很難鎖定核心的所在位置。對人類來說雖然是有好處的地方，但同時也是與死亡為鄰的危險地帶。由於傭兵公會要持續監視著迷宮的情況，其他商業關聯的公會則是會協助相關事務的營運，所以也曾有因此形成巨大城鎮的例子在。

現在已確認的迷宮有三處，然而都是只會出現較弱魔物的低等級迷宮。要是這個礦山是迷宮的話，阿哈恩村就有可能發展為城鎮吧。同時也必須承受許多麻煩事。貫徹個人行為自行負責理念的傭兵公會雖然會監視迷宮，但可不會管到傭兵們平日的行徑上。問題是這個礦山現在的情況。

「雖然我在書上看過，但迷宮不是這麼容易發現的東西。雖然也有好處，但是個有更多麻煩事的地方喔。」

「例如怎樣的麻煩？叔叔你知道吧？」

「在沒有實際攻略的情況下，不知道最下層的魔物增加到什麼程度了。要是一個沒弄好，魔物會從下面的階層上來，跑出去外面吧。」

「咦？等等，傑羅斯先生。這個礦山是迷宮嗎？會發生群體暴走嗎？」

「目前還只是有這種可能性而已。這樣說不定得到最下層去才行呢……」

空氣靜止了。她們無法理解傑羅斯在說什麼。

不對，是理解了卻不敢置信。

「當然我會一個人去。唉……真麻煩。」

「大叔，你瘋啦！如果是迷宮的話，最下層可都是些高等級的魔物喔？」

「為什麼你可以這麼隨便地看待這件事啊！」

「咦～？明明只是來採掘金屬的，這裡卻有可能是迷宮喔？我需要的東西不去下層又採不到，在這期間又聚集了一堆魔物……跟在森林裡面迷路的時候一樣嘛。魔物派對……真令人憂鬱。」

「你是打算開採金屬順便調查嗎？大叔，你腦袋怪怪的喔。要是真的是迷宮怎麼辦啊！」

「情況很糟的話我會逃走的，畢竟我很珍惜生命啊。」

「『珍惜生命的人才不會做這麼危險的事！』」

大叔被說了很過分的話。

「確保礦石到手後我就會試著往下層移動。如果途中碰上魔物的話……」

「要是有很多魔物，你要怎麼辦？」

「當然是殲滅牠們。」

「那時候的傑羅斯」再度降臨。他的目標是過著平穩的生活，若是會威脅到目標的存在正處於隨時都會被放出去的狀況，傑羅斯也做好了為此不惜變回「殲滅者」的覺悟。

雖然他並不喜歡這個感覺很中二病的稱號，但他對於化為「殲滅者」來排除那些會妨礙到他安穩生活的原因這件事充滿了幹勁。說不定是森林中的野外求生生活在他心中種下了對魔物的敵對意識。不論是大深綠地帶還是迷宮，他將再度化身為狂戰士。

「叔叔，你可要手下留情喔？要是礦坑崩塌就慘嘍？」

「我會妥善處理的，不過這也要看對手的狀況。」

「傑羅斯先生，魔物可是不講道理的喔？」

「伊莉絲，妳為什麼不阻止他？」

「因為要是有人可以打倒堪稱人類最強的叔叔的話，我很想見識看看啊？」

如果是將「Sword and Sorcery」的虛擬角色能力原原本本的移到現在的身體上的話，傑羅斯的強度在這世界是所向無敵的。在遊戲裡的時候，僅靠五人就打倒了多人對戰型的怪物；數度反殺ＰＫ玩家，讓他們留下了深刻的心理創傷；開發出威力強得嚇人的裝備。他們就是這麼奇特的隊伍。

其存在十分具有人氣，是足以令老玩家們感到恐懼、使新玩家感到憧憬的程度。

而這之中很大的理由是因為他們對初學者很親切，會用心且仔細地教導初次踏入虛擬實境世界的玩家關於遊戲的基礎知識，直到他們升到一定的等級為止。這是所謂的慈善活動，一方面是為了從ＰＫ職的玩家們的手中守護新玩家，一方面則是為了讓新玩家習慣這個靠新手訓練根本搞不懂、有如現實世界般的遊戲環境。

實際上在這背後還有其他的目的。「殲滅者」們也邀請了其他老玩家參與其中，而這個因為一時興起才開始的「狩獵ＰＫ玩家」，才是他們真正的目的。簡單來說，這個活動一開始的目的，是以新玩家們為誘餌引出ＰＫ職的玩家們，再不由分說地將他們給擊潰的遊戲。然而在不知不覺間，這個慈善活動本身已經脫離了「殲滅者」，成了連其他公會都捲入其中的大規模活動。

這個慈善活動畢竟是由他們帶起的，也不能途中就丟著不管，狀況使得他們不得不多少持續參與這個活動。

因為這樣的理由，他們得到了許多不知道背後真相的新玩家們的支持。

而伊莉絲也在剛開始玩這款遊戲時受過這個慈善活動的幫助。

很遺憾的當時帶她的人不是傑羅斯，然而她所憧憬的「殲滅者」以輕鬆的步伐先往前走去了。雷娜與嘉內呆愣地看著那個背影。彷彿完全沒有危機感。

「好了，比起那種事情，去挖礦吧！沒必要擔心叔叔啦。」

「伊莉絲……傑羅斯先生有那麼強嗎？」

「很強喔，所以他才會那麼低調吧。要是出了名會很麻煩吧？」

「那有什麼不好？就算是我也會希望能夠提升作為傭兵的實力，藉此出名喔？這樣就能接到一些高額的委託了。」

「有個人曾經這樣說過：『過於強大的力量只有兩條路可走。受人崇敬，或是為人所恐懼』，我想叔叔應該是後者。」

兩人面面相覷。眼前慵懶地抽著菸，用像是在散步一樣的感覺走往前方的傑羅斯，實在不像是擁有那種程度實力的人。不過既然伊莉絲這麼說，兩人接受了他是個非同小可的人物這件事。

這兩個人還對「殲滅者」的事情一無所知。

◇　◇　◇　◇

在坑道的前方，一個寬闊的空間拓展開來。

雖然使用了魔法符召喚出使魔進行索敵，但岩場上也有坑道，那裡有裝備了弓的地精徘徊著。地精的數量不多，可是從上方被弓箭的攻擊給射中的話，依據中箭位置不同，也有可能會一擊斃命。然而這裡比坑道寬敞，剛剛以短劍與地精戰鬥的嘉內準備拿出大劍。她將短劍收入劍鞘中，放在伊莉絲那裡。

「因為傭兵的出入很頻繁，所以數量不多呢。」

「可是有弓兵在，很難對付喔？要是被瞄準就糟了。」

「要幫你們施放『空氣護盾』嗎？可以在一定時間內抵禦弓箭的攻擊喔？」

「還好只有其中一邊有弓兵，不用魔法補助。我去搞定他們。」

「「「咦？」」」

埋伏一類的事情他根本不在意，以輕快的腳步走向坑道。

地精們一看見傑羅斯的身影，便透過嚎叫傳遞發現敵人的訊息出去。

像是看準了這一刻般，他的身體飛舞在空中。他使用了飛行魔法「闇鴉之翼」。

正準備用弓的地精們一片混亂。他便趁隙將短刀往地精的頭部擲去。

地精當場死亡，他將繫在短刀上的鋼絲收回，重新拿回短刀後，又以高速逼近另一隻地精。

已經將箭搭在弓上的地精放了箭，卻被短刀給擊落，慌張地準備再搭箭上弓時，傑羅斯便瞄準這個破綻砍下了地精的頭。判斷弓箭派不上用場的地精們一起衝了過來，拚命近身一戰。地精的身體能力很強，擁有比人類高上一倍的爆發力。

地精兵分兩路，一方高高跳起，負責從上空襲來；另一方則是一邊奔跑一邊接近他，想封住他的行動。然而傑羅斯無視從空中襲來的地精，拉近與跑來的地精之間的距離，以短刀用力砍下。

「咕嘎……」

地精發出沉悶的哀號。在打倒其中一隻的時候，無數的地精們逼近傑羅斯。

「『黑雷』。」

傑羅斯在自己的周圍放出了漆黑的雷。打算包圍他的地精們被雷給擊中，瞬間就被電死了。

「……大叔是魔導士吧？為什麼近戰也能這麼俐落地解決啊？」

「太強了吧。與其說是魔導士，不如說是暗殺者？」

「還真是高調的暗殺者啊。應該要躲起來的場面卻大鬧一番……是哪來的忍者？」

「雖然拳腳功夫很厲害，但沒用到什麼魔法呢。」

「格鬥能力強過頭了，根本不知道他做了些什麼。他真的是魔導士嗎？」

「魔導士的定義到底是什麼呢？看著叔叔，就覺得自己的存在真是太渺小了。」

三個人看著恣意蹂躪、毫不留情地不斷殲滅地精的傑羅斯，只能愣在原地。

「繼續發呆，敵人會全被他給搶走的。妳們兩個也該上陣嘍。」

「好～」

「我是覺得讓傑羅斯先生殲滅他們比較快啦……」

注意力被傑羅斯給吸引住的地精們，因新的敵人出現而陷入慌亂。

「可不能讓叔叔專美於前呢。『廣域麻痺』！」

「要上嘍，雷娜！」

「好好好，總覺得提不起幹勁呢。」

伊莉絲使用了區域性麻痺攻擊後，雷娜與嘉內拿起武器衝了過去。

嘉內揮舞大劍掃蕩地精，雷娜則是給予漏網之魚致命一擊，平安過了這兩關的地精則由伊莉絲施放魔法來解決。

完成一件工作的傑羅斯在遠處看著她們。他沒打算妨礙她們升級，為了以防萬一有伏兵而警戒著。

到伊莉絲等人將這個區域的地精給全數打倒為止，沒花上多少時間。

地上躺滿了無數的地精屍體，傑羅斯觀察著周遭。接著他便目擊到了這個礦山確實是迷宮的證據。

地精們的屍體陸續化為塵埃，終至完全消失，只留下魔石。

「這、這是……迷宮把地精給吃了嗎？」

「應該是吧。我也是第一次看到，還真是狼吞虎嚥的吃相啊。為什麼會留下魔石呢？」

「仔細想想，根本沒必要支解地精吧？反正只有魔石會留下來。」

「至今為止我們到底是為了什麼那麼辛苦啊？地精除了魔石之外就一無是處了，看來根本沒有特地費心支解的必要呢。」

「為什麼沒有人發現這是迷宮呢？實在很不可思議。」

那是因為這裡是礦山。

雖然有許多礦工或傭兵前來礦山，但這裡住有無數的魔物，無法開採礦石。更何況這裡化為迷宮後，魔物將會無止盡地湧現。就算最初時可以硬是想辦法成功討伐，總有一天會因為魔物的數量不停增長，而導致戰力差距逆轉，變得無法處理。

結果最後只有以製作或強化武器為目的的傭兵會聚集到這裡來。

就算是傭兵，只要曾經為了製作劍或防具而來採掘過一次，之後就會有好一陣子都不會來到此處。

光是待在這裡短短的兩～三天無法獲取詳細的情報，周圍的傭兵們也不會提起。雖然也有受到傭兵的採掘委託而來到此處的鍛冶師，但幾乎沒有人會每天來這裡。於是情報被細分化，最終連情報本身都無人知曉，消失在眾人的記憶之中。

也就是說，幾乎沒有任何人知道關於這個廢棄礦山的詳細情報。就算魔物的屍體只要放著就會消失，也會被當作是其他魔物吃掉了。

「採掘地點還在更裡面的地方嗎？」

「嗯……不過我覺得這裡的構造好像變了很多。」

「是這樣嗎？那就代表迷宮成長了呢。」

「在我的記憶裡，這裡應該是細小的坑道才對，不知為何卻變成了廣闊的空間……該不會在短時間之內構造就改變了吧？」

要是相信嘉內所說的情報，就代表迷宮的構造改變了。假如迷宮已經積蓄了這麼多的力量，要是沒把迷宮核心找出來，這座礦山就會一直是迷宮。

可是傑羅斯並沒有打算要攻略迷宮。他只是想，若是魔物繁殖到了可能會引發群體暴走的程度，他就稍微減少一下魔物的數量。

必須考慮到要是因為自己的方便就出手攻略迷宮，可能會給其他人帶來困擾這件事。

特別是阿哈恩村。他造訪阿哈恩村時的感想是這裡雖不至於冷清，但是個村人不多、令人感覺有些寂寞的村莊。幾乎看不到在村裡走動的村民，大搖大擺地走在路上的全是粗魯的傭兵們。吵架鬧事的情況頻頻發生，駐紮在村裡的騎士們卻無意積極處理。

村人們之所以可以在這裡生存都是拜廢礦山所賜，迷宮被徹底攻略的同時說不定也會破壞掉他們的生活基礎。現在的阿哈恩村好不容易才能維持在不算貧困的程度，要是不小心做了什麼，村人們也會無法生活下去吧。迷宮雖被稱為是災難，但也帶來了莫大的恩惠。

「魔石都回收完畢嘍？」

「那麼就繼續往前走吧。要是可以採到大量金屬，嘉內也可以做一把新的劍吧。」

「是啊，我是為了劍才到這裡來的。迷宮的事我才不管呢。」

四個人繼續向前邁進。伊莉絲和雷娜為了生活費要確保魔石；嘉內為了劍要確保礦石；傑羅斯則是為了自己的生活要確保乾燥機等農具及冰箱的製作材料。大家都為了各自的目的加快腳步。而傑羅斯要做的東西增加了。

◇　◇　◇　◇

克莉絲汀·德·艾維爾。

是艾維爾子爵家的三女，原本在伊斯特魯魔法學院就學的少女。

但是她現在正以當上騎士為目標修行中。

艾維爾子爵家沒有可以作為繼承人的男性，所以從別的家族中招贅，收了一個女婿。

那就是她的父親。她的父親愛德華是近衛騎士團的副隊長，大家都知道他是個為人勇敢，性格卻十分溫厚的人。然而他卻在討伐盜賊的任務中被毒箭射中，就此成了不歸人。

由於艾維爾子爵家沒有可以稱為繼承人的男性在，克莉絲汀便代替已經嫁出去的兩位姊姊繼承了家業。所以說這個家族生出女孩的機率相當高。

因為有這樣的緣由在，她原本應該是要去伊斯特魯魔法學院的，可是她卻無法使用魔法。正確來說是她可以將魔法術式刻入潛在意識領域中，卻無法發動。學力先不論，是因資質而遭到排拒。不過艾維爾家原本就是騎士家系，對魔法本身沒有那麼執著。所以她為了修行以及確保製作劍的素材，而來到了這座廢棄礦山。

克莉絲汀從父親愛德華那邊聽說他在年輕當傭兵時，為了製作自己的劍而來到礦山蒐集礦石，靠著自己賺來的錢就完成了這件事。

追著父親腳步的她像是順著這個故事的流程似地將之付諸實行，打算製作自己的劍。

雖然要成為傭兵實在是有困難，所以她偽裝性別，剪去了長髮，以少年的打扮來到了這裡。而她目前正在採掘礦石。

她以纖細的手指握住十字鎬的握柄，拚命地挑戰挖掘礦石的工作，卻不太順利。

畢竟是個沒什麼力量的女孩在進行挖掘作業，工作遲遲未有進展。

「唔……採礦原來這麼辛苦啊，我太小看這件事了。」

「畢竟是男人在做的工作。要挖出礦石來可得費一番工夫呢。」

「……對不起，各位，害你們必須配合我的任性。」

「沒什麼。克莉絲汀小姐是要支撐艾維爾家的人，我們守護您是理所當然的事。」

在她的身邊有四位騎士扮成的傭兵在進行礦石的開採作業。

他們全是受過她的父親愛德華照顧，且出身於市井間的孤兒。

她的父親對這些人有恩，他們也因此宣示效忠於艾維爾家。

「不過那時候……真是不該只留下克莉絲汀小姐獨自等候。」

「嗯……沒想到會因此使得那些粗暴的傢伙有機會亂來。」

「下次要是再碰上，絕不放過他們！」

所有人一起點頭。去蒐集情報的他們回到克莉絲汀的身邊時，正好是魔導士將劍尖逼近正在找她麻煩的傭兵喉頭的瞬間。

「那一下真的很厲害呢。我完全不知道他是何時拔劍的。」

「手腕真是不得了啊。恐怕比愛德華大人還強。」

「可是他是魔導士耶，這不是很奇怪嗎？」

「是異國的魔導士吧，想必曾經跨越了很不得了的險境。」

他們雖然懼怕那個外觀可疑的魔導士，同時也對他十分有興趣。

可以在瞬間拔出劍來的手腕也很令人在意，然而他卻又能不使用任何器材，單靠魔法來修復劍。真不知是何方神聖。從這件事可以看出他無論是劍術或魔法都有超乎常人的實力，這樣的人物實在不該被埋沒。

「有這些礦石應該就夠了吧。」

「接下來只要離開這裡，做返回領地的準備就好了呢。真期待會做出怎樣的劍～」

目的已經達成，所有人都開始做回程的準備。

然而他們並不知道，這個礦山是座迷宮的事——

有些迷宮中會設置許多的陷阱。愈古老的迷宮愈有這種傾向，有時會毫無預警地加害於人。

這是迷宮為了維持自己的存在，在作為餌食的性命太少時用來狩獵魔物的系統，但是偶爾也會用在人類身上。

「呀啊————！」

騎士們正準備邁步向前時，克莉絲汀忽然被地面給吞噬。這是通常會被稱為「落穴射手」的陷阱。打開的開口瞬間就闔上了。

「「「克莉絲汀小姐！」」」

他們慌張的想要打開開口，但是闔上後在一段時間內都不會再度打開是這個陷阱的特徵。有如在嘲笑騎士們一般，陷阱的開口緊緊地閉著。

第十三話　大叔幹了好事

傑羅斯等人在景色毫無變化的坑道中前進著，一路打倒出現的魔物。

不過抵達可以挖掘礦石的地方還是花了不少時間。

隨著愈往下層走，出現的魔物數量增加愈多，強度也提升了。迷宮會提供魔力給魔物，所以魔物不會感到飢餓，但說不定在此同時食慾也麻痺了。

正因如此，魔物們便任由為了繁殖而衍生的性慾，或是鬥爭的本能來掌控著自己。除此之外基本上大多都在睡。雖然以生物來說似乎欠缺了什麼，但具有威脅這點還是不變的。

可是對傭兵來說，打倒強力的魔物是賺取經驗值的好機會，賣掉素材或魔石等物也能夠賺取臨時收入。雖然也得看狀況，但在這裡狩獵通常是更有賺頭的。

來到下層後會出現陷阱，得避開它們才能前進，非常麻煩。但是由於傑羅斯負起了探查陷阱的工作，他們安全地前進著。

「那邊有陷阱呢。雖然不是爆破型的陷阱是不幸中的大幸……但有些遺憾呢。」

「不要說那種討厭的話啦，叔叔。我才不想觸發陷阱。」

「要是自己喜歡去觸發陷阱的話，那人一定是個被虐狂吧。我還滿想看看那種人的。」

「我有時候真的搞不懂妳耶，雷娜……」

儘管目前為止只有看到空洞陷阱，但陷阱中也有毒瓦斯或是放電麻痺型，最糟的是爆破型的陷阱。在遊戲中就算碰到陷阱也不會對身體造成損傷，但是在這個世界，現實中就有因為碰到這類陷阱而失去手腳的人。雖然在理論上來說，使用回復魔法讓身體的其中一部分完全重生是可行的，然而實際上要做的話，在重新建構手腳時需要補充充分的營養。就算生物擁有再生能力，但要修補欠缺的部分就非得從外部攝取所需的養分才行。這時遊戲與現實便產生了差異。

要在這個世界使人體欠缺的部分重生，在這個當下以現實層面來說是辦不到的。

傑羅斯擔心的是伊莉絲不只是將遊戲及輕小說的知識當作參考，而是直接把那些當作是這個異世界的常識。這個世界裡沒有所謂的「死而復生」或是「不死」，要是以在遊戲裡的感覺來戰鬥的話，戰死的可能性就很高。現實與遊戲不同，敵人不會只用幾種固定的模式攻來，在生死交關的現場根本不知道會發生些什麼事。

他一點都不想看到同鄉，更何況是未成年少女死亡的現場。

「唔……前方有敵人，是大蜘蛛。要打倒牠們嗎？」

「數量呢？數量有多少？」

「三隻，三個人可以輕鬆獲勝吧？怎麼樣？」

三人互相看了看彼此。

「蜘蛛的魔石賣掉很應該是筆美味的收入對吧？」

「可是那傢伙很硬喔？用劍不行吧。」

「但也想要經驗值啊……動手吧？」

「聽到『美味』讓我想起來了，用油炸過的蜘蛛吃起來味道就像蝦子一樣呢。那個也能吃吧？以大小來說應該可以，感覺味道應該很不錯哪～」

「「你想吃蜘蛛嗎？應該說你吃過嗎！」」

他在原本的世界到海外出差時，有去過一家據說料理十分豪華的餐廳，在那裡吃到了油炸的大蘭多毒蛛。由於他在這之前也吃過大蜈蚣，這樣的經歷讓他具備了無論到哪裡都能生存的技能。其實當地客戶的員工只是為了嚇嚇他以及開個玩笑才端出這道料理的，似乎沒想到他會真的吃下去。

傑羅斯的環境適應能力或許異常的優秀。

「那味道很適合拿來下酒呢～……」

「「你真的吃過！」」

「涼拌猴腦就真的有點噁心了……托盤上啊～就放著裝有一整個猴子頭的盤子喔。牠還露出充滿怨恨的表情……」

「「………………」」

吐出的香菸煙霧飄散在空氣中。吹過一陣彷彿帶著悲哀男人哀愁感的風。

可以窺見他曾度過在別種意義上十分艱辛的上班族時期。以某方面來說，連續徹夜工作的修羅場看起來說不定像是天國吧。

「啊，小牛的腦倒是很好吃喔？雖然外觀看起來是牛頭這點不太好，但是是熟食，那個入口即化的口感……」

「拜託你不要再說了————！」

「不要啊啊啊啊啊啊啊啊啊！我開始想像那畫面了！」

「………（口吐白沫）」

嘉內陷入了精神被擊潰的狀態。口吐白沫地站著暈過去了。

這真是恐怖料理的大連續攻擊，而且這三人的想像力實在太豐富了。那恐怖的料理極為寫實地被想像出來。

「所以說我們要拿大蜘蛛怎麼辦？」

「要在這種狀況下戰鬥？叔叔你是虐待狂嗎？是虐待狂吧！」

「嗚……猴子的頭一直在我腦中揮散不去啊啊啊啊啊啊啊！」

「…………（啊……我看到花海了）」

遭受大量的言語重擊。有一個人已經前往涅槃。

平常勇猛不輸男人的嘉內，精神卻十分脆弱。

傑羅斯再度吸了一口菸，吐出煙霧。

「女人也一樣，不堅強一點是活不下去的。而不溫柔的話就失去女人的資格了。」

「叔叔，硬派作風不適合你喔？要不要先把你那可疑的打扮給換掉？」

「我拒絕，這是我的穿衣原則。」

「騙人，叔叔你根本沒有那種東西吧。」

「……這時候我該哭嗎？」

雖然很過分但這是實話，他只是單純喜歡可疑的打扮而已。跟一般的農民沒兩樣。就在他們做著這種蠢事的時候，三隻大蜘蛛早就不知道跑哪去了。三個女孩也喪失了大撈一票的機會。

結果傑羅斯就被錯失賺錢機會的三個人給怨恨著。大叔是孤獨的。

◇　◇　◇　◇

大叔一邊感覺有經濟壓力的三個人冷淡的視線刺在自己的背上，一邊往前進後，來到了一個T字路口。

仔細豎耳傾聽，可以聽到從深處像是採掘場所的地方傳來了些許用力敲著什麼東西的金屬聲。若說是戰鬥又有點奇怪，是不斷重複敲擊，雖然搞不清楚，但聲音感覺有些焦急。

「……不是在戰鬥吧？好像是在埋頭用力敲打什麼金屬的樣子，是怎樣啊？」

「我不知道，是叔叔你多心了吧？」

「這裡如果有戰鬥以外的聲音，那就是在採礦吧。也不是什麼稀奇的事。」

「傑羅斯先生，我們可還沒有原諒你喔？」

女性只要一鬧起彆扭來，就很難讓她們心情好起來。苛責的視線真是刺人。

不過煩人到這種地步，就算是大叔也有些不爽了，於是他不禁又開口說出「話說，涼拌猴腦的味道啊……」這類的話。

聽到這些話，三個人一起將耳朵給摀住。

「為什麼要在這時候說那種話啊，害我又開始想像起來了！」

「……（口吐白沫）」

「果然是虐待狂……唔……好不容易才從我腦海中消失的。」

「不，我說這些話沒什麼意思。不過我認為明明有奇怪的氣息卻毫不在意，在迷宮中是會導向死亡的。」

若無其事地放話的他，臉上帶著非常棒的笑容。意外的是個很會記仇的人。

而且性格還很惡劣。

「比起那種無聊的事……喔，是大蜘蛛呢。看來牠們在往發出聲音的方向過去，而且有十隻，要怎麼辦？」

「可以的話我很想要蜘蛛的『絲囊』呢。因為那個可以用來當作蜘蛛絲綢的原料。」

「我知道那個可以賣出好價錢，可是十隻……不會太勉強嗎？」

「但是可以賣出好價錢吧？那試著挑戰看看或許也不錯。」

三人似乎決定要狩獵蜘蛛。

傭兵生活比想像中賺得更少。除了武器與防具的消耗外，還得算上回復藥等常備藥及食物的花費。而且沒有工作時，當下的生活費等支出就會花掉大半的委託收入。無法確保臨時收入的話，她們的生活就會很辛苦。背後的經濟狀況非常糟。

四人追著大蜘蛛的腳步，在T字路口右轉，靜靜地走向發出金屬撞擊聲的地方。接著便聽到那邊的金屬撞擊聲和先前不同，變成了正在戰鬥般的激烈響聲。

「可惡！蜘蛛們靠過來了！」

「我們來擋住蜘蛛，你快去找克莉絲汀小姐！」

「我知道，可是打不開啊！」

「動作快，這些傢伙數量可不少！」

看來出了一點狀況。四個像是傭兵的人開始和大蜘蛛交戰。本來這時候按道理是不該出手的，但在思考前，四個人的身體便動了起來。

「喝啊啊啊啊啊啊啊啊啊啊！」

嘉內從右上斜砍而下，在對方膽怯時，雷娜再以短劍刺穿對手。

「伊莉絲！」

「我知道，『岩石風暴』！」

伊莉絲放出的無數岩塊擊中了大蜘蛛的側腹，成功的打倒了三隻。

此時傑羅斯如疾風般奔出，以兩手持劍不斷揮砍，將其中一側的四隻腳給切斷。

從側面繞過去的三隻蜘蛛就在瞬間被解體成碎塊。

「還剩四隻！」

「多謝相助！我們是……」

「話等下再說，現在要以盡快處理掉這些蜘蛛為優先！」

「說得也是！抱歉。」

由於來了四名援軍，他們總算是成功地討伐了偷襲的大蜘蛛，脫離了險境。雷娜與嘉內立刻開心地開始進行支解工作，伊莉絲則是避開了這個場面。是生理上還無法接受吧。

「剛剛真是幫大忙了，請讓我等跟你們道謝。」

「沒什麼，畢竟這種狀況下互助合作是很重要的。是說各位騎士是怎麼了？碰上什麼麻煩了嗎？」

「！你為什麼……會知道我們是騎士？」

「你們都拿著同樣的劍，上面又有家徽，是隸屬於某個貴族的騎士吧？因為我曾經當過一陣子貴族的家庭教師，曾經看過這種帶有特徵的量產劍。」

就算做傭兵打扮，騎士也不會更換佩劍。劍是在因為某些任務使他們不能穿著騎士鎧甲行動時用來取代身分證明的重要物品。因為是量產品，形狀都是統一的，劍柄上刻著代表持有人為這個國家騎士的刻印。而和這不同，劍柄上刻著家徽的東西，就是受到該貴族家系信賴的證明，是被稱為親信的人們。藉此可以看出他們是奉侍哪家貴族的人，與其他的騎士有所區隔。

「居然是如此厲害的魔導士！我們想借您的智慧一用。」

「雖然我不是那種值得用『您』來稱呼的身分……你們碰上了什麼問題嗎？」

「先前我們侍奉的克莉絲汀小姐掉進了『落穴射手』中，我們想要救她出來，卻無法打開開口。」

「什麼？那可糟了……」

「是誰放了這麼惡劣的陷阱……可惡！……」

在迷宮中經常出現的陷阱「落穴射手」，簡單來說就是空洞陷阱，但是依據迷宮的階層不同，墜落的地點也不同。如果要舉個極端的例子，就是原本明明在迷宮的上層，卻有可能會因為這個陷阱掉到迷宮的最下層。當然，由於魔物的強度不同，初出茅廬的傭兵要是中了這個陷阱就沒救了。依據落下的地點不同，可能會碰上強大的魔物，要是實力不足，就只能成為迷宮的餌食。

「看來太慢發現這裡是迷宮了呢。問題是這下面到底連接到哪裡……」

「這個廢棄礦坑是迷宮嗎？」

「叔叔，這些人是叔叔幫忙修復劍的那個女孩的伙伴喔？掉下去的大概是……」

「接下來的妳不用說我也知道。不過既然打開過一次，再開一次也不奇怪吧？」

傑羅斯毫不在意地踏上了「落穴射手」闔上的開口。

開口完全緊閉著，就算承受了一個大人的體重也紋風不動。

「不開呢。要繞路下去感覺也很花時間，乾脆——」

——轟隆！

他一邊思考著一邊正想要說「乾脆用魔法炸開好了」的時候，開口卻搶先一步打開，傑羅斯便消失在洞內。簡直是個不好笑的鬧劇。

「叔叔——？」

「魔導士先生？」

「喂……這下豈不是成了二度遇難嗎？」

「他、他不是故意的吧……？」

「不過這樣他就會去到克莉絲汀小姐身邊了吧。他有那種程度的實力，應該沒問題，我們也趕快繞路趕去救援吧。」

騎士們慌忙地開始行動。伊莉絲則是等待著還在忙著支解魔物的兩人。

她一點都不擔心傑羅斯。因為她知道關於「殲滅者」的傳說。不如說該擔心的，是這個迷宮才對。

◇◇◇◇

幸好，這個「落穴射手」是滑梯式的。

只是從約三公尺高的地方掉下來用力撞到屁股，接著又在凹凸不平又滑溜的隧道中往下滑了好一段距離，臀部相當的痛。

由於背部也受到強力撞擊，感覺有些痲痲的。

「好痛……屁股沒被磨破吧？……好了，雖說是巧合，但都掉到了一樣的地方來，公主殿下在哪裡呢……這樣說還真不像我。」

傑羅斯一邊吐槽自己，一邊摸著背部向前走。克莉絲汀掉下來的地方是距離頂部大約有三公尺的狹窄空間。路只往一個方向延伸出去，不過不知道會不會有什麼東西襲來，他還是加強了警戒。

這個坑道的牆上也有微弱的淡青色光芒照亮周圍。傑羅斯忽然停下腳步，以險惡的表情開始思考。

『這個光該不是放射性物質吧？在物理法則相同的情況下，有這種物質存在也不奇怪。要是我走著走著就開始掉頭髮怎麼辦啊……』

這個光線其實是來自一種會在黑暗中發光，被稱為「輝光石」的石頭，並不會放出輻射之類的危險能量。

但是沒有使用鑑定技能的傑羅斯害怕這是不是什麼危險的東西，怕得渾身顫抖。

若這真的是放射性物質，那在走進這個礦山的時間點上就已經完蛋了。

然而他還要再過一段時間才會注意到這個事實。

——啾喔喔喔喔喔喔喔喔喔喔喔喔喔喔喔喔喔！

聽到像是魔物發出的咆嘯聲，讓傑羅斯回過神來。

「思考也沒用，趕快找人吧。要是遇難者變成餌食就糟了。」

以救人為優先的傑羅斯跑了起來，卻因眼前的景象而說不出話。在道路前方有約二十公尺的斷崖，崖邊只有一個可以勉強讓人通過、寬幅僅三十公分左右的細小通路。

要走過這裡的話只能把身體緊貼在山壁上，抓著岩石前進。重點是對已經是大人的傑羅斯來說，這條路太窄了，根本不可能走過去。

「這裡是什麼未開發之處啊……我可沒有攀岩的經驗。」

克莉絲汀肯定是往這裡走了。可是他無法前進。已經是有點在意發胖的年紀。可站立的地方又太窄了，大叔要往前走實在有些勉強。

崖下是大得莫名的沙地，有幾根岩柱稀稀疏疏地聳立其中，周圍的沙地裡有無數的沙地蠕蟲在蠢動著。是個光看就令人感到噁心的景象。

『看不到另一側。而且到底是掉到地下多深的地方來了啊？這裡簡直像是老電影裡的地下世界。』

那些蠕蟲似乎朝著固定的方向移動，感覺是被什麼給誘導過去的樣子。

『若將地底的魔物比照動物來看，除了一小部分外，眼睛跟耳朵應該都退化了才是。那麼牠們是以皮膚或是其他的器官來感覺震動，藉此找出獵物的可能性就很高。在這裡發出震動的應該是別的魔物。放眼望去都是沙地蠕蟲，沒辦法挖掘岩地前進，就代表牠們對岩地發出的些許震動有反應。但就憑那龐大的身軀？這是不可能的。』

身體愈大，感覺也會隨著尺寸而變得愈遲鈍。從岩石傳來的震動只不過是些微的動靜，會消失埋沒在周圍的聲音和蠕蟲自己的動作中吧。

他不經意地抬頭，目光停留在飛舞在空中、不斷交會而過的黑色蝙蝠群。他加速思考，瞬間考察周遭的狀況，做出了預測。

在迷宮裡，通常一定的階層內只會有一種魔物。偶爾也會有存在複數魔物的迷宮，然而只有領域已經擴大的大規模古老迷宮才有這種能耐。至少這個廢棄礦山成為迷宮的時間還不長。儘管這頂多只是「對照書本上的知識所得來的結果」，不過一個區域最多也只會有三種魔物。現在看到的有蠕蟲和蝙蝠「音波蝠」，這裡恐怕是最底層。音波蝠的體型雖小，但是是以吸血為食，所以不會襲擊小型的獵物。

主要是與大型的魔物共生。

這種魔物最大的特徵就是會用音波誘導大型魔物。儘管無法操縱對方的精神，但可以藉由全體的音波共鳴來產生一定程度的特有震動，導引大型魔物接近捕食對象。

牠們會在蠕蟲捕食獵物的途中吸取蠕蟲的血，然而在不進食也能生存的迷宮中，這個行為是沒有意義的。就算人類走在崖邊，所帶來的震動也會由於蠕蟲本身的體型太大而無法察覺。從蠕蟲的角度來看是不具威脅性的。

不過從小型的音波蝠來看又是怎樣呢？這個魔物基本上是被捕食的一方，只有手掌大。小型的魔物會害怕比自己大的捕食者，而且音波蝠有誘導其他大型魔物來排除外敵的習性。

「也就是說人在那群魔物的前面啊。不過那個蝙蝠還真礙事。唉，雖然比想像中還近是幫了大忙啦……」

傑羅斯判斷要是不先排除蝙蝠群，克莉絲汀就有很高的可能性會被吃掉。

音波蝠若是成群將特有震動集中在定點的話，可以利用共鳴效果發熱。不知道她何時會受到蝙蝠的攻擊，從崖邊墜落。結論是確保她的安全是首要之務。

傑羅斯伸出右手，將膨大的魔力集中在手上，發動潛意識內的魔法術式。高密度的魔法術式便在他的手掌前方展開。

「『煉獄炎』。」

放出的魔法在坑道頂部附近擴散開來，化為火焰的海嘯撲向音波蝠。

牠們原本就是弱小的魔物又沒有火耐性，一口氣就被數千度的熱量給燒毀了。存活下來的蝙蝠們得知有新的敵人，慌張地四散逃亡。

接著他便使用飛行魔法「闇鴉之翼」，飛離了斷崖。

要前往的是音波蝠聚集的地點。他相信要救的人恐怕就在那裡。

◇　◇　◇　◇

克莉絲汀慢慢地在狹窄的落腳處上橫向前進。

在她漂亮的手上滿是被岩石劃開的傷痕，她忍耐著痛楚，用手抓著僅有少許的岩石突起。

成群的蝙蝠們來回飛著，蠕蟲們不知為何在後面追趕著她。

還好蠕蟲無法爬上岩壁，但要是掉下去那可不是好玩的。

而她現在遇到了最大的難關。

剛從上面掉下來時完全無計可施。

她似乎掉在一個岩石坑洞裡，但無法判斷這裡是否安全。覺得一直待在同一個地方很危險，便決定移動。沿著狹窄的坑道前進後，她看到的是由岩石與沙地構成的廣大空間。

下方擠滿了成群蠢動的無數蠕蟲，就算不願意，她也理解到若是掉下去便是死路一條。而自己處於約有二十公尺高的崖邊上。

周圍全是堅硬粗糙的岩壁，想要移動也無路可走。孤立無援這句話從她的腦中閃過。

「該、該怎麼辦……」

無計可施的她有好一陣子癱坐在原地。她不記得自己在那邊待了多久。不過她發現了碰巧看過去的方向有些許落腳之處。

『一直待在這裡也不是辦法，得想辦法上去才行……』

她下定決心，將腳尖踏上小小的落腳處，抓著突出的岩石往前邁進。

在那之後不知道過了多久的時間。一分一秒感覺都長得嚇人，為了向前邁進，除了持續集中精神之外別無他法。

回過神來時手上已經沾滿血汙，漸漸地失去了知覺。往下看的話，就算不想也會看到成群的蠕蟲，一想到要是掉下去就會被吃掉，她的心中便充滿了恐懼。

一心想著不想死只能前進，然而與此同時疲勞與焦躁感也不斷襲來。在上方來回飛動的蝙蝠群一直很吵，可能是錯覺吧，但落腳處似乎也傳來了有如地震般的微弱震動。

「往前……再往前一點就有一個平台了。爸爸，請守護我……」

她用盡所有的力氣來到了平台附近，卻在此碰上了最大的難關。

平台旁被突出的陡峭岩壁給擋住了去路，要繼續前進需要相當熟練的技術。至今為止能夠向前邁進，是因為岩壁微微傾斜，讓人可以靠在上面，就算累了也可以稍事休息。但是眼前的岩壁是逆向傾斜的。要是沒有攀岩繩、扣環、安全帶等攀岩裝備，外行人是沒辦法只靠空手過去的。更何況是十幾歲的少女，這是不可能跨越的一道牆。

「怎、怎麼會這樣……都到這裡了……」

克莉絲汀的心中感到一股絕望。她只想著要往前走，而沒有確認岩壁的狀況。

不過指責這一點對於各方面都已經抵達極限狀態的她來說可能也太過分了點。正因為拚命地想要活著回去，她才會犯下這樣的錯誤。

一直待在這個地方也不行，儘管心被絕望所擄獲，她仍決定先往前進。

——轟嗡嗡嗡嗡嗡嗡嗡嗡嗡嗡嗡嗡嗡嗡嗡嗡嗡！

「什、什麼？有什麼……」

突然出現的爆炸聲？在無法回頭確認的狀況下，她盡可能地想要了解狀況。

接著從天上掉下了被燒死的蝙蝠。恐怕是被剛剛的爆炸給炸飛的蝙蝠吧。

「也就是說有可以做出這種事的怪獸在……？」

儘管湧上了一股焦躁感，克莉絲汀仍以盡可能接近平台為優先。

她已經使不上力氣了，但就算這樣也不能放棄。逆向傾斜的岩壁逐漸奪走她的體力，她的指尖開始無法施力。隨著時間經過，她也被逼到了極限。

然後——

「啊——」

——感覺身體浮了起來。岩壁與平台逐漸遠去。

她知道自己正在墜落。

『爸爸，對不起……我可能要死在這裡了。』

對於與其說壯志未酬，不如說根本還沒站上起跑點的自己即將死去一事，她在心中向父親道歉。雖然也很掛念被留下的母親，但現在的自己已經無法再做些什麼了。

比起懊悔，對於自己什麼都做不到的悲傷感一舉湧上，她自然而然地留下了淚水。

要是下面只是沙地的話說不定還能死裡逃生，但她沒有自信及體力可以逃開無數蠢動的蠕蟲。她做好了會死的覺悟，閉上了眼睛……

「喔，接得好！」

聽見感覺有些脫線的男性嗓音，她睜大了眼睛。看見了從背後抱著自己的男性手臂，以及有些眼熟的灰色法袍。

「哎呀～真危險。再慢一點就趕不上了呢。」

這可疑的語氣她也有印象。是今天早些時候幫她修復了劍的魔導士。

因為得救而放下心來的克莉絲汀眼中看見了不可思議的景象。他們正漂浮在空中。

「什麼！咦————飛、飛起來了！」

「等等，可以請妳不要亂動嗎……因為飛行魔法除了有效時間外，還需要一直使用魔力，光是抱著一個人就已經是很大的負擔了……」

「抱、抱歉……」

「妳能理解就好。那麼接下來……」

兩人緩緩上升，降落在平台上。

「有受傷嗎？上面那些妳帶來的人很擔心呢。」

「我沒事。那、那個……居然兩次都受你幫助，真、真的很謝謝你！」

「別在意別在意。在迷宮裡互助合作是很重要的，這種程度的事情無須掛齒。」

「咦？迷宮？」

克莉絲汀雖然對在意的話語提出了疑問，但眼前的魔導士——傑羅斯看著下方嘆了口氣。那裡有著多到無處可去、成群蠢動的蠕蟲。要是不想辦法做些什麼的話是逃不出去的。她雖然是這樣想的，但傑羅斯可不是。

「這個數量，要是牠們跑出去大鬧那可就危險了……還是該殲滅牠們吧？」

小聲地做出了危險的發言。

「那個……魔導士先生？你剛剛……說了什麼聳動的話嗎？」

「啊，我叫做傑羅斯，請這樣稱呼我就好。克莉絲汀小姐。」

「喔……比起那個，你剛剛說要殲滅嗎？這個數量到底要怎麼……」

「如果想做的話是可以輕鬆辦到啦，但虐殺實在不是我的興趣呢。」

若是將他所說的照單全收，那就代表眼前的魔導士要將這麼多的蠕蟲給消滅。

然而他的外觀看起來實在不像能辦到這件事，這點令她藏不住心中的困惑。

而且當事人正一邊看著蠕蟲一邊自言自語。

「雖然我是不想虐殺啦，但畢竟有這麼多啊～老實說都這把年紀了，『本大爺超強啦～～～！』這種事實在太丟臉了，但是就這樣放著讓牠們跑到外面去的話，被害範圍會擴大吧，真是麻煩啊。我只是來採礦的耶～……沒辦法，就燒光牠們吧，雖然蠕蟲們很可憐，但也只能請牠們一死了。應該可以做出一些熔岩吧……唉，蚯蚓對田地來說可是不可或缺的呢～……」

「咦？溶岩？被害範圍？你在說什麼啊？而且蠕蟲和蚯蚓不一樣喔？是雜食性的，什麼都吃！」

傑羅斯完全沒在聽她說話。

他從懷中取出香菸點燃，慵懶地吐出一口煙後抬起左手。

「『煉獄炎焦滅陣』。」

從傑羅斯的身上忽然湧上了膨大的魔力。他將掌中出現的封有膨大魔力的立方體擊向了這廣大空間中接近中央的地方。那個立方體最終膨脹，展開了高密度的魔法術式。

周圍的魔力急速被吸收，魔法術式為了實行指定的命令而將魔力轉換為物理法則，發動了破壞的力量。這是能將這廣大的區域化為焦土的危險魔法。

聚集的魔力化為了超高溫的火焰包圍住蠕蟲們。那熱量瞬間到達了一萬度，化為了將周遭全都擊飛的衝擊波，向四周吐出煉獄之火。

「喔，展開五十層『多重絕對冰結壁』。」

為了不被捲入其中，他展開了五十層絕對零度的冰壁圍住平台，下個瞬間高溫的爆炸衝擊波與火焰便雙雙襲來。就算很寬闊，這也不是該在密閉空間裡使用的魔法。

——轟隆隆隆隆隆隆隆隆隆隆隆隆隆隆隆隆。

礦山內部劇烈搖晃。這或許像是在某處進行的地下核子實驗吧。

熱量會無限的持續上升，但絕對零度就已經是極限了。持續暴露在高熱能下的冰壁開始龜裂，看來撐不了多久時間。

「真糟糕，『蓋亞操控』。」

判斷冰壁撐不下去，他以操控大地的魔法在自己與克莉絲汀的周圍築起厚實的岩壁包覆住兩人。

嘴上叼著的香菸從平台上掉了下去。

為了保險起見，他展開了好幾層的屏障，乖乖地等待這個劇烈的震動平息。

魔法雖然會將魔力變化為物理性的破壞能力，但變化後的力量也會立刻變回魔力。

他放出的這些具有破壞力的火焰，經過短暫的時間便會消失。等到震動平息，操控岩壁出來外面後，便瞬間流下了大量的汗水。外面是岩石表面都融解了的灼熱世界。

頂部也崩塌了，甚至可以看見其他的階層。而且就算魔法的效果消失了，物理上被融解的岩石熱量也不會消失。

「好燙！」

熱能急速地穿過展開了好幾層的屏障傳了過來。魔法屏障外的溫度相當高，不是人可以待得住的狀態。而且熱量使得冰壁開始融化，傳入了內側的空氣中。

「慘了，標準魔法『嘆息之河』多重展開連續啟動！同時緊急發動範圍魔法『災厄颶風』！接著發動殲滅魔法『暴虐無道西風神的進擊』！」

高溫傳導的速度讓他有種不好的預感，便連續擊出標準的冰凍系廣範圍魔法使周圍冷卻下來。過一陣子後外面的氣溫便急速下降，他觀察著周遭的狀況，總算能夠解除屏障。要是不冷卻下來，他們簡直像身處在熔礦爐中。

此外燃燒可能會使得周圍的氧氣變得十分稀薄，為了強制性地使空氣流通，他發動了風系的範圍魔法及殲滅魔法。延伸到頂部的龍捲風使空氣產生對流，藉由空氣循環來補充空間中缺少的氧氣，同時又破壞了頂部的岩壁……

使充滿溶岩的世界急速冷卻凝固，雖然很亂來但也補充了氧氣。

不過周圍至今仍在發熱，也還能看到部份岩石的表面仍因高溫而維持在融解狀態。那是有如地獄般的景象。而且頂部被開了一個向上貫穿了好幾層的大洞，他重新理解到殲滅魔法有著超乎他想像的強大威力。

「……做得太過火了嗎？看來應該用普通的大範圍魔法。雖然上面的階層沒有出現受害者就好啦……可是這肯定會被當成禁咒吧，真糟糕……」

這瞬間他深刻地體會到虛擬世界與現實間的差距。

不管是威力多麼誇張的魔法，在遊戲中的傷害也不過只是依靠數據上的數值來判定的，所以對於現實世界毫無影響。但是在現實世界——更何況是在密閉空間裡使用殲滅魔法，狀況就完全不同了。

就算火焰會變回魔力，被火焰產生的膨大熱量給融解的岩石表面還是會持續帶有熱能。而且在密閉空間中熱能會一直保留著，內部溫度也會持續上升。

雖然為了補充大量耗費掉的氧氣而使用殲滅魔法，但這次則是將頂部的岩石徹底粉碎到變成成細小沙粒的程度，開了一個大洞。他背上的冷汗有如瀑布般流個不停。

他發現雖然嘴上說著危險，但他自己是最不理解自己的魔法有多可怕的人。

更重要的是，他忘了自己在大深綠地帶使用大範圍殲滅魔法時的結果。

「大、大範圍殲滅魔法……傑羅斯先生，你到底是什麼人！那是連身為魔法王國的這個國家都尚未開發成功的魔法喔？」

「……我、我只是個無足輕重的無業大叔啦！」

雖然是個無法成功矇混過去的回答，但也是事實。

兩人之間吹過令人坐立難安的冷風。

「……殲……滅者。」

克莉絲汀以顫抖的聲音小聲地說，這一句話緊緊地揪住了他的心。他是在克莉絲汀的眼前殲滅了魔物沒錯，但自己製作的魔法明明這麼中二，卻因為別稱這種小事而動搖，太奇怪了。

這是因為傑羅斯本人當初認為反正是遊戲裡的非現實空間，便放開所有拘束，徹底地隨興來玩。甚至連伙伴都以為他其實是國中生。

沒人想得到，這種丟臉的虛擬世界日常，居然會成為現實。

儘管是偶然，這一天，傑羅斯在異世界第一次被原有的住民以「殲滅者」這個別稱來稱呼。
他像是要迴避這件事情，拿出香菸，點燃。
這時候的菸，抽起來十分苦澀。

第十四話　大叔情緒高昂

尖銳且規律的金屬聲迴盪在寬廣的地下空間。

拿著十字鎬往牆壁敲，從崩壞的地方撿起掉下的金屬之後，傑羅斯露出滿足的笑容。即使完全沒有倚賴作弊的能力，卻能感應到金屬的所在位置，無可奈何之下只好試著開採看看，好笑的是居然真的挖到礦石了，所以他現在心情很好。

大範圍殲滅魔法「煉獄炎焦滅陣」的熱度融解了金屬，讓蘊含礦石、比重較重的相同種類金屬彼此結合，因此確保了包含稀有金屬在內的大量礦物。

將其提煉後便可作成金屬條，一一收進道具欄裡。

「喔？這個閃耀著七彩光芒的應該是日緋色金吧。居然可以在這裡挖到，真是座優良的礦山哪，咯咯咯咯。」

「為什麼連我都要採礦啊……啊，挖到一個怪怪的黏土塊……」

「那是精金呢。運氣真是太好了，哈哈哈哈！」

「啥？」

克莉絲汀手中拿著賣掉就可以吃喝揮霍幾十年的礦石僵在原地。

傑羅斯很開心地繼續挖礦。偶爾會使用魔法炸毀牆壁，選出品質較好的礦石。他的目的是打造付乾燥機功能的筒倉、冰箱，以及腳踏式打穀機，但他已經挖到超出所需的金屬礦了，所以心中燃起一股這樣說不定要打造自動加熱浴缸也行的野心。

「哎呀～愈挖愈多，真讓我笑得合不攏嘴了呢。Ｈａ～ｈａｈａｈａｈａ！」

「你好像變了個人耶？比起那個，能聽我說一下嗎，這是精金？我記得精金是……」

「米啊……我將以我的手取回稻米。酒、醬油、味噌、味醂，還有酒，等等我吧，我要以我的雙手復興飲食文化～！嗚咿哈哈哈哈哈哈哈哈哈！」

「根本沒在聽……你為什麼這麼興奮啊？而且說了兩次酒耶？那很重要嗎？」

對喜歡日本酒的大叔來說確實很重要。

揮舞的十字鎬發出清脆的聲音粉碎熔岩，敲出的碎片彈至四周，同時確實地挖開岩盤。挖掘的速度快速且準確得驚人，看來他也可以當個一流礦工吧。而且毫無疑問會是賺最多的那一個。

順利採到夢寐以求的礦石，又更貼近日本生活一步的傑羅斯滿腦子小確幸。就像在國外想念家鄉料理那樣，無法回去的傑羅斯渴望著故鄉的味道。

那甚至讓他興奮到有些異常的程度。

這異常的興奮態度持續了一段時間，直到他滿足為止前，奇怪的笑聲不斷迴盪在礦場中。現在不管誰說了什麼，他都聽不進去。

而他也因此採到了大量的礦石，多到他根本用不完的程度……

◇　◇　◇

「哎呀，一把年紀了還這樣一頭熱，真是讓你們見笑了。」
「不，這是無所謂啦……但我們要不要快點離開這裡？要是魔物再出現的話……」
「覺得會被我的魔法連累嗎？」
「沒錯……不是啦，是因為我等級太低，沒辦法跟魔物對抗啦！」
「妳剛剛一不小心說出真心話了吧？哎，是無所謂啦……」
本來是要來救助克莉絲汀的，但按目前的狀況來看，他們應該是在最底層。
要不是運氣太差，不然一口氣從上面的階層落到最底層這種事基本上不太會發生。然而新生成的迷宮為了維持環境必須收集魔力，所以才會有用來捕捉倒楣祭品的陷阱。
迷宮本身沒有意志，但既然會產生這種設下陷阱的變化，那就應該有一套類似系統的法則吧。不過迷宮形成的原因尚未解開，至今仍是謎團重重。
可是這個世界的人們理所當然地接受了這個狀況。一般民眾之中沒人覺得這有什麼奇怪，只有腦袋僵化的學者才會對為什麼會產生這種現象抱持疑問，並且打算考究箇中理由。
「話說回來，那片廣闊的沙地如今已經成了一座火山呢。」
「威力比想像中大多了，以前的規模其實更小的……」
這就是虛擬世界的特效圖片跟現實世界的差距。

重點是在這裡蠢動的蠕蟲比傑羅斯弱太多了，而傑羅斯卻以強到過頭的火力燒死了牠們。「殲滅者」這別稱可不是浪得虛名。

或許是玩遊戲時留下的習慣，只要發現周遭出現大量敵人，他就會立刻祭出一記威力強大的魔法。而且因為不需要詠唱，只需要魔力而已。

「看起來像是把魔法術式本身給打了出去，但到底是基於什麼原理做到的啊？這很明顯跟一般的魔法不一樣耶！」

「就是說啊～所以才是危險的魔法，但沒想到威力居然這麼離譜……」

「煉獄炎焦滅陣」是以高密度的魔法術式架構出來的魔法。原本應該是要在腦中處理魔法術式，為了引發現象而展開魔法陣。但傑羅斯的魔法卻是把魔法術式的一切當成砲彈般複寫之後打進去。以0跟1建構的高密度魔法術式，恐怕需要無法在人類腦中完成的高速處理，畢竟要在人腦內做出像CPU那樣的高速處理基本上就是不可能的。所以他才會想說把處理程式本身也打包進去，當成砲彈來使用就好。這窮凶惡極的破壞魔法於焉誕生。

在壓縮魔法術式製成的魔法彈上灌注做為引信的魔力後擊出，並在目的地展開魔法術式。高速處理程式將展開設定好的魔法術式，同時從周遭吸取魔力，接著將魔力轉化成莫大的破壞力後，以物理現象的方式呈現出來。

「暴虐無道西風神之進擊」也一樣。這是讓旋風與其周圍的微小物質高速旋轉的粉碎魔法，會將所有有形的物體撕裂磨碎後吸收，增加本身威力的凶暴狂風禁術。如果能在魔法術式中快速處理高密度情報，就不需要在腦內解讀並處理魔法術式了。伊斯特魯魔法學院研究的大範圍殲滅魔法雖然是預設一個人可以獨自處理龐大的魔法術式而打造的，但真要說起來，要快速讀取循環的魔法術式，並將其轉化為物理現象，就幾乎不是人類的大腦能應付得了的工作，人類也無法承受這麼龐大的負荷。

就算真的完成了，也會在為了確認其威力的實驗實證階段導致施術者的腦組織遭到破壞，進而喪命吧。

在原本的世界，若在遊戲中使用還處於試做階段的這種魔法，甚至會造成劇烈頭痛，因而啟動遊戲筐體本身的安全裝置，導致遊戲強制中斷。

這是一個不小心就有可能會讓玩家變成廢人的危險行為。

『沒想到當遊戲內的魔法變成現實，竟然會是這麼危險的玩意啊～威力太誇張，使用的場合也很有限。殲滅戰先不提，這時候還是用普通的標準魔法比較好吧？畢竟要是搞出奇怪的傳聞也很麻煩，更重要的是我不想被國家盯上啊。話說回來，這種程式竟然可以在遊戲內運作啊，這不管怎麼想都是ＢＵＧ吧……那個世界果然也是什麼異世界嗎？』

來到這個世界之後，他思考過好幾次那款線上遊戲「Sword and Sorcery」的異常性。

身為主系統中樞的高速處理電腦，通稱「ＢＡＢＥＬ」的這玩意，原本是由國防部打造，想用在國防上的情報管制系統。面對愈來愈惡質的網路犯罪與來自外界的違法連線，為了保護個人與國家的機密情報而做，但途中因為預算方面的問題被拿出來審視，計畫本身中途腰斬。這個系統也無法繼續運作下去，於是被民間公司買走了。

而買下了這個系統的公司，在那之後大張旗鼓地對外宣傳的產品，就是這款網路遊戲「Sword and Sorcery」。

遊戲名稱雖然老套，但透過購買市售的專用筐體連線後，便可自由地在廣大的電腦空間裡冒險。從參與的玩家人數來看，應該帶來了規模不小的經濟效果。

但明明是那麼大的企業，到了這個世界後卻想不起那間公司的名字。

『說起來，為什麼到了現在才在想這個？只能認為自己是轉生到異世界之後，某種限制被打開了。而且開發那款遊戲的公司名稱……就是想不起來。不，或許認定這開發公司打從一開始就不存在會比較好嗎？總覺得像是那種寫到爛的輕小說劇情哪。』

反覆思考過好幾次原本的世界那異常的現實。就算與現況比對下來，也會覺得兩個世界之間的共通點很多，然後又都不太一樣。法則有些許不同。

思考逐漸陷入深淵。

「……斯……傑羅斯先生！」

「啊！怎、怎麼了嗎？」

「這是我要說的話。我一直在說差不多該離開這裡了，你卻擺出可怕的表情陷入沉思。到底是怎麼了？」

傑羅斯回過神，發現這裡是充滿融解岩石的世界，他這才想起自己現在所處的狀況。

「喔，說得也是，採掘的工作也結束了，差不多該回上面了。」

「要上去是無妨，但我不會很礙手礙腳嗎？」

「礙手礙腳？為什麼？」

「因為……我很弱。」

看著克莉絲汀垂著頭，傑羅斯困擾地搔了搔一頭亂髮。

他們現在在迷宮的最底層。若要往上走，肯定會遭遇魔物，進入戰鬥的可能性很高吧。以她的實力來看，要在這一層前進確實危險。

傑羅斯正在思索此事的時候，不經意地抬頭看了看上方。因為崩塌而出現的另一個樓層吸引了他的目光。

「有偷懶的方法喔，只要穿過那裡就可以了。」

「咦？可是要怎麼到那麼高的地方……」

傑羅斯手指的天花板處可以看到另一個樓層的通路。也就是說……

「該、該不會要飛上天……」

「除此之外還有其他方法嗎？」

「我、我剛剛才從斷崖上掉下去耶……？」

「妳只要牢牢抓緊就不會有事。安啦～妳可以數數看上面有幾個汙點，這樣很快就會結束囉。很快的……」

「你不覺得你的說法不太對勁嗎？」

對從懸崖上摔下來的她來說，高處已經成了她的心裡陰影。

她的臉上也略略抽搐，並對以飛行魔法移動一事面露難色。

「難道妳覺得跟妳同行的那幫人可以到得了這裡嗎？姑且不論這邊，每一層樓都有魔物出沒喔？」

「但、但是，那麼高的地方……」

「妳不要掙扎的話很快就會結束了，妳不要掙扎的話。」

飛行魔法畢竟違反物理法則。要以自身魔力製造相斥力場，而且要用自然界的魔力補強推進力，所以魔力的消耗速度相當快。而且頂多只能負擔一個人的體重，若要再增加重量，就會因為增加的負擔而更加消耗魔力。

「就、就算順利抵達上面的樓層好了，但我還是算不上戰力啊！」

「到時候我就會借妳祕密武器。如果是這邊的魔物，一擊就能搞定嘍。嘿嘿嘿……」

那是傑羅斯跟伙伴一起做出來的魔改武器。蘊含過於強大的破壞力，能讓大多數的雜魚一擊斃命。若給傑羅斯用，那毫無疑問會是屠殺兵器；但要是讓克莉絲汀拿著就只會發揮某種程度的威力吧。

「有沒有其他選項……」

「沒有。妳在這裡磨蹭的時候，隨行的騎士們說不定正奮不顧身地拚上小命呢～希望他們不要死掉啊。」

「唔唔……」

還無法下定決心的她抬頭看看上方，畏畏縮縮的想逃避。無可奈何，傑羅斯只能強行抱住她。她的身體觸感意外地柔軟。

「『闇鴉之翼』。」

「咿呀啊啊啊啊啊啊啊啊！」

傑羅斯無視發出慘叫的她，逕自高高往上空飛去，而且還是以相當快的速度……

慘叫傳遍了底層的寬廣空間，大叔抱著一個少女快速上升。

他只是想快點回去著手製作道具，但被連累的克莉絲汀實在太可憐了。她後來甚至表示：「天空好可怕……我再也不要飛在天上了……」

大叔只是更加深了高處帶給她的心靈陰影罷了。

而且還沒有自覺，真是太糟糕了。

◇◇◇◇

利用飛行魔法抵達上方樓層的兩人，便從那裡往地面上前進。

大多數的魔物都被傑羅斯給收拾掉了，克莉絲汀只負責跟在他身後。

雖然說自己不成戰力，但她確實很弱。這兩個人現在正在岩場的狹小暗處休息。

幸虧傑羅斯的道具欄裡存有柴薪，他們將柴薪點燃後弄出了營火。

並著手準備略嫌遲來的午餐。

「嗯。是說，克莉絲汀小姐不用魔法嗎？」

聽到傑羅斯這麼開口問，克莉絲汀垂著頭說道。

「我無法使用魔法。好像是沒資質吧，所以儘管我能記住魔法術式，卻無法發動。就算能感受到消耗魔力時的疲勞感，但就是沒資質……」

類似的狀況好像在哪聽過。也就是說，因為魔法術式不完整才導致她無法使用魔法的可能性很高。

「原來如此……那假設妳可以用魔法的話，會想學嗎？」

「如果我能用當然會想學，但沒辦法。魔導士們都這樣說了。」

傑羅斯一邊吞雲吐霧，一邊從道具欄中取出幾張魔法紙。

這些都是將魔法學院使用的教科書修改過後的產物，也是瑟雷絲緹娜等人學會的魔法的卷軸。雖然是因為有人找他談販售的生意才實驗性做出的魔法卷軸，但這卷軸裡面並沒有編入消除魔法的術式，任何人都可以使用。

「這是？」

「雖然只是猜測，但我想這個魔法妳應該也能用喔？」

「可是我沒資質……」

「現在可是攸關生死的重要時刻，不覺得把能做的事情做一做也沒什麼損失嗎？」

「唔……確實有道理。那麼，我來試試看。」

克莉絲汀按照傑羅斯的指示灌入魔力，展開魔法術式之後，刻劃於腦海中。

完成之後，她低語般吟唱出咒文。

「『燃燒吧，火炬，照亮我的道路。』——『火炬』。」

接著就看到一團小小的火焰在她手掌上燃燒。克莉絲汀驚訝地瞪大雙眼。

「傑、傑羅斯先生！這魔法不像之前我學會的魔法術式那樣會讓身體感到疲倦！」

「那真是太好了。啊，卷軸要還我喔。這要是傳開了可就不妙了。」

「我……竟然能用魔法了……」

「我的學生裡面有個人是因為跟妳一樣的理由而無法使用魔法。請妳把這魔法當成是近似於古代魔法的東西。」

說穿了就是因為魔法術式不完整而無法發動魔法。

就算沒有成功發動，魔法術式也還是有運作，所以才會感覺到消耗魔力時特有的疲倦感。不，應該說就是因為沒有發動，負荷才更大，而且消耗的魔力量也很多。

因為原因跟自己的學生瑟雷絲緹娜一樣，對應起來也容易得多。

騎士家系出身的克莉絲汀並沒有那麼拘泥於學會使用魔法這件事。但若能使用魔法，她的選項也會變得更多更廣。

雖然她現在還沒察覺這件事……

「那個，可以請問一下嗎？這魔法是傑羅斯先生自創的吧？」

「不，我只是隨意改良了魔法學院的教科書，所以妳可以隨便用。若妳發生了什麼不測，我對那些隨行的騎士們也很過意不去啊。」

騎士們為了尋找克莉絲汀，肯定來到了下層。要是跟他們會合時克莉絲汀受傷了，那就頭大了。傑羅斯只希望麻煩事愈少愈好。

克莉絲汀急忙記住好幾種魔法。

「那個，有件事情我有點介意，請問那到底是什麼肉？」

她看著正在火上烤串燒的傑羅斯，拋出問題。

傑羅斯不知何時拿出好幾支肉串到火上烤，周圍蔓延著香氣。

「天曉得？我有太多肉了，根本不記得什麼是什麼。不過妳放心，這都可以吃喔？」

肉被火烤過之後，滴出了可口的油脂。這時加上一點鹽和辛香料，再放到火上去烤一下之後，傑羅斯將烤好的肉串交給克莉絲汀。香氣挑動著食慾。

儘管覺得不雅，但克莉絲汀還是忍不住嚥下口中的口水。

接著她緩緩地咬了一口肉串。熱騰騰的肉串那香甜的肉汁和柔軟的口感在口中融化擴散，帶來一股濃烈的味覺享受。

「好、好好吃……」

她只說得出這句話。因為從墜落到最下層之後，她什麼也沒吃，這些能填飽肚子的肉串真是最棒的饗宴。

「啊，這是蠍獅、翼龍跟……死亡螳螂的肉。」

「咳噗！咳咳呸呸！」

傑羅斯從入口的肉味想起這些是什麼魔物的肉了。

蠍獅跟翼龍的肉是最高級的食材，那可是連貴族也鮮有機會享用到的夢幻食材。但死亡螳螂就是一種神祕的肉類。更別說這種魔物在這個世界也屬於昆蟲類，不是每個人都會想嘗試食用的玩意。而且這三種魔物都是因持有凶惡的力量而聞名的危險生物。

這些肉毫無疑問地不是隨隨便便可以獲得的東西，而死亡螳螂的肉也確實沒有人食用過，除了眼前這個大叔之外……

「你、你怎麼給我吃這種東西！」

「有什麼問題嗎？」

「這都是高級食材耶！而且你剛剛說死亡螳螂？」

「這白色的肉就是了，不覺得肉中帶點甜味，很好吃嗎？」

確實很好吃。若她不知道是什麼的肉，她應該會覺得這是世界上最好吃的肉。

但死亡螳螂對她來說，等於是吃了粗劣的食物。

「雖、雖然是很好吃沒錯……」

「照這樣來看，大蜘蛛或許也很好吃呢。是否該來試一次看看。」

「你要吃那個？怎麼想都覺得這不正常。」

「只是吃魔物的肉啊，有什麼奇怪的嗎？反正都是吃屍體，沒差吧。」

「唔，確實是如此……」

「好吃就是正義。我想在這種情況下還有東西可以吃，就應該感到幸運了吧？」

傑羅斯因為經歷過野外求生的生活，所以成長得非常堅強。雖然主要是強化了野性這方面，但即使世界毀滅，總覺得他一個人也能活得下去。相對的，克莉絲汀覺得手中的肉串看起來簡直像是奇怪的東西。在這之後她雖然煩惱了一下，最終還是敵不過飢餓感，吃下了這串肉串。

甚至還多吃了幾支——果然好吃就是正義啊。

吃過午餐之後，兩人再次以上方樓層為目標前進。途中遭遇了魔物。

「是『戰蟻』啊，要不要試著打倒牠？畢竟只有一隻。」

「可是那個的等級……」

「等級103，有妳手上那把武器就沒問題了吧。」

傑羅斯指的是借給她的青龍刀。

＝＝＝＝＝＝＝＝＝＝＝＝＝＝＝＝＝＝＝＝＝＝＝＝＝＝＝＝＝＝＝＝＝＝＝＝

魔改青龍刀【三十八式青龍刀改】

加強切割能力的強力名刀。以絕佳比例加入多種超大型魔物的素材後打造而成，超乎常識的玩意。

銳利程度只消一碰就能切開鋼鐵，空手碰觸十分危險。

特殊效果

體能強化、切割強化、斬擊強化、一擊必殺、一刀兩斷、攻防合一

＝＝＝＝＝＝＝＝＝＝＝＝＝＝＝＝＝＝＝＝＝＝＝＝＝＝＝＝＝＝＝＝＝＝＝＝

『這次沒有顯示攻擊力呢，是換了一個負責人嗎？』

非常隨興且鑑定的內容也每次都不同的這個能力，讓傑羅斯不禁抱持奇怪的疑問。

這個世界的法則似乎有些奇怪的傾向。另外，會獲得技能這件事本身感覺上似乎就已經偏離了自然界的法則。傑羅斯不免認為這一定有什麼人在管理。

「總之我會封鎖牠的行動，妳就趁這個機會進攻。」

「……好、好的，我會努力。」

克莉絲汀變得有些消極。但這也不怪她，畢竟她接連遭遇危險的狀況。但傑羅斯並沒有發現，最大的原因是出在飛行魔法和肉串上。

她從鞘中取出青龍刀，朝戰蟻衝了過去。

「『電漿束縛』。」

傑羅斯懶散地使出單體束縛魔法，戰蟻的身體變因為帶電的雷而麻痺，無法動彈。

克莉絲汀一氣呵成地砍過去。或許因為平時訓練有素的關係，揮劍的動作既標準又漂亮。

「喝呀啊啊啊啊啊啊啊啊啊啊！」

——啪！

戰蟻巨大的頭部從胸口附近被斬下，一命嗚呼。

魔改武器的威力實在太強大了。

「呃，咦咦————？這威力是怎麼回事？」

那是追加技能「一擊必殺」跟「一刀兩斷」帶來的效果。這麼一來就可以證明魔改武器就算讓低等級的新手來拿，都是一件很危險的事。要是給傑羅斯用上了，真不敢想像威力會去到什麼境界。

「……這武器太危險了呢。離開之後還是封印起來吧，太不妙了……」

「我覺得拿著這把武器的自己很可怕……這是我做的，沒錯吧？」

「之後打造武器的時候還是慎重點吧。要是太得意忘形，真不知道會產出什麼危險物品呢。哎呀～好可怕、好可怕。」

「你是基於半是好玩的心態做出這種威力超乎尋常的武器的嗎？」

「我已經在反省了，老實說真的做得太超過了。不過我並不後悔。」

儘管是在遊戲內，但傑羅斯直到現在才理解到自己究竟做出了多麼凶惡的武器。

即使使用者等級很低，也可以一擊打倒等級超過自身五倍以上的魔物。光是這把武器就足以毀壞這世界的軍事平衡。然後，既然打倒了強大的魔物，等級自然會提升。

「咿呀啊啊啊啊啊啊啊啊！」

等級三級跳給身體帶來負擔，若等級有巨大差距，身體為了從適應的痛楚之下保護個人意識，會強制陷入睡眠。若只是疲勞那還是小事，一個不小心可能會睡上好幾天都醒不過來。克莉絲汀的狀況屬於後者。無法承受痛楚的身體在開始適應等級變化的同時切斷了意識，只見她緩緩倒下，傑羅斯急忙上前撐住她。

結果，克莉絲汀還是在這坑道迷宮裡失去了意識。

「等級到底差多少啊？」

她原本的等級是20，現在一口氣跳到了81。

集團作戰和個人作戰分配到的經驗值似乎不一樣，若是以集團作戰的方式，經驗值會經過分配，適應時產生的症狀也會受到限制，但克莉絲汀現在則是一口氣產生變化。

實際上在法芙蘭大深綠地帶，包括騎士在內都是一點一點慢慢升級的。

症狀大多是產生一些疲倦感而已，但她現在正受到劇烈痛楚的煎熬。

這麼一來，就只能由傑羅斯負責扛走她了——

「這樣我看起來豈不是很像綁匪嗎？」

若從世俗的眼光來看，只會覺得外表看起來就很可疑的他是個綁架少女的罪犯吧。看起來太糟糕了，而且克莉絲汀還打扮成少年的模樣。

這樣所呈現出的景象雖然會讓許多人看了猛搖頭，但在一部分的女性之間卻極有人氣。

綁架美少年的可疑大叔，給人的觀感實在糟透了。

要是這樣的流言傳了出去，自己大概也不用活了。傑羅斯不禁臉色發青。

「這該怎麼辦是好呢……」

他只剩下兩個方法。前進，或者是在原地等待。

到頭來傑羅斯還是選擇扛著克莉絲汀走，畢竟比起世俗眼光，還是該以人命為優先。

題外話，克莉絲汀胸部意外地挺大的。傑羅斯一邊隱藏住因為偶然得知這事實而產生的各種困惑，一邊冒著將會背負不名譽罪名的危險向前邁進……

◇◇◇◇

「可惡，這些臭螞蟻！」

「別著急。那位魔導士已經去找克莉絲汀小姐了！他們很可能平安無事。」

「話是這麼說沒錯，但從他掉下去到現在已經過了一大段時間！要是在這之間發生了什麼萬一，我們……」

騎士們被巨蟻群擋住了去路。

螞蟻們為了守護巢穴，摩擦著尖銳的下顎發出聲響威嚇騎士們。在不需要確保食物的迷宮裡，牠們最重要的生存目的就是繁殖，因此會為了排除進入自身地盤的外敵而變得很有攻擊性。一邊是為了物種延續，一邊則是為了找回侍奉的主人而戰。

礦山外頭應該已經天黑了吧，但他們還是無法離開這邊。

「賽爾！擋住左邊的螞蟻！」

「知道了！但我撐不了多久喔！那邊只有伊札特可以嗎？」

「柯爾薩，跟我一起來收拾右邊的螞蟻！支援就拜託你了。」

「明白。」

「我去支援賽爾。索科塔，快點打倒牠們！」

騎士兵分二路，利用地形狹窄之便為了打倒巨蟻而揮劍。

巨蟻被狹小的通路卡住身體，四位騎士抓準時機一口氣殺上去。

他們雖然很疲憊，還是必須救出克莉絲汀。已故領主愛德華將克莉絲汀託付給他們，克莉絲汀是他們發誓絕對要守護的艾維爾家繼承人。

這些騎士都是孤兒，他們知道若不是已故的愛德華收留，自己現在想必不是什麼正當的人吧。在窮困至極的貧民區長大的他們，都認為收留並養育自己的愛德華是恩人。

所以才會為了已故領主留下的克莉絲汀如此拚命。

「啊啊～找到了！螞蟻正群聚在一起。叔叔們，我來幫忙吧。『噴射水柱』。」

從後頭趕上的伊莉絲等人與騎士會合，戰況變得輕鬆許多。

「真是的，希望你們可以冷靜點行動啊！」

「都有傑羅斯先生在了，不會有問題啦！別說這個了，不集中在眼前的狀況會有危險喔？」

嘉內以大劍砍倒巨蟻，雷娜則以迅速的動作集中攻擊關節。

「感謝相助！」

「碰上這種事情就是要互相幫忙吧？這可是傭兵的常識啊。」

雖然有些人不適用這個常識，但伊莉絲等人可是正經的傭兵。

「開口之前先動手！又從裡面出來嘍。『冰風暴』。」

零下三十度的冰冷風暴漸漸凍住成群結隊的巨大螞蟻，騎士與嘉內等人隨後勇猛衝刺將之粉碎。

「數量真多，到底有多少啊。」

「若這裡真的是迷宮，魔物會繁殖到多不勝數的地步喔。」

「真不想面對，但我們非得向前邁進不可。」

騎士們急了起來。前方是成群結隊的螞蟻集團，但不前進就無法救出克莉絲汀。然而現實就是他們正被障礙阻撓了去路。

「騎士先生們，冷靜點。喏，聽得到吧？」

「聽得到……什麼？」

「等等，螞蟻們的樣子有點怪！」

巨蟻開始慌張地戒備周遭，忙碌地動著觸角、下顎咬合發出聲響，正在彼此溝通。

不管怎麼看，都覺得牠們也急了，應該是發生了出乎意料的狀況。

——轟隆隆隆隆隆隆隆隆隆隆隆隆隆隆隆隆隆隆隆隆隆！

足以撼動整座坑道的巨響迴盪在坑道裡。

同時，在狹小空間中加速的旋風彷彿要吹走牠們般襲擊而來。

巨蟻一口氣逃進另一條坑道，從騎士們面前消失了。

「發、發生了什麼事……」

「方才礦山劇烈震動的原因也不明，該不會是要崩塌了吧？」

「別說這種不吉利的話，這樣我們不就逃不掉了！」

「喂，有人從裡面出來了……是那個魔導士！」

穿著灰色法袍，看起來就很可疑的中年大叔正從粉塵中緩緩走出。

背上背著騎士們打算拯救的少女。

「克莉絲汀小姐！」

「哎呀？大夥全都在這裡啊。話說，往出口的路走這邊對嗎？我只是隨便往上爬而已。」

「別說這個了，克莉絲汀小姐沒事嗎！」

「沒事喔，只是因為升了些等級昏過去罷了。」

傑羅斯把克莉絲汀交給騎士們，總算能休息一下了。

在他的周圍，雷娜和嘉內正在支解巨蟻，伊莉絲則回收了被迷宮吸收後殘留下來的巨蟻魔石。

素材必須在被迷宮吸收之前回收，所以可以理解支解工作必須跟時間賽跑，但完全沒人擔心傑羅斯的安危。甚至還埋首於工作之中，簡直把他當空氣。

有點傷心的中年大叔覺得被排擠了，開外掛的大叔注定孤單。

大叔在心中感覺到一陣冷風吹過，走出了礦山。

一邊聽著背後三個少女開心聊天的聲音……

第十五話　大叔趕緊回家

克莉絲汀醒來之後，發現自己在一間儉樸的木造房裡。

環顧四周，發現床旁邊放了一張桌子，牆邊的老梳妝台上面，隨意地放了一個沒有插花的花瓶。

她茫然地仰望天花板，但隨著時間過去，她也漸漸想起自身的狀況。

打倒戰蟻之後的事情她完全沒印象。然後，她理解到這裡是她直到今早為止投宿的旅店房間。

「我是怎麼回到這裡的……對了，傑羅斯先生呢！」

她認為唯一的可能性，就是那個外觀看起來可疑無比的魔導士把自己帶到了這裡。

她心想必須致謝而彈起身子，卻馬上感到一陣頭暈目眩。

因為快速升級導致身體產生變化，而且在還沒完成最佳化之前就勉強了自己，所以她才產生了暈眩症狀。結果她又倒回了床上。

「啊唔～～……」

發出奇怪的呻吟，將臉埋進枕頭裡。

想著要站起身子並使力，疲勞感卻先湧現出來，讓她連動都動不了。

『明天再致謝吧。』

勉強自己前去致謝，反而有可能讓對方不知如何是好。

畢竟看來天色已暗，月光甚至已經照進室內。那個魔導士或許也已經休息了。既然如此，現在更應該先盡量休息，讓身體恢復才是。

克莉絲汀重新蓋好毛毯、閉上眼睛，就聽到一樓餐廳傳來人們喧鬧的笑聲。

過了一會兒，或許她真的太疲累了吧，只聽到不起眼的旅店房間內響起了穩定的呼吸聲。

克莉絲汀再次陷入沉睡之中。

◇◇◇◇

隔天早晨，克莉絲汀醒來之後，立刻換好衣服，急忙出門。

步下樓梯，來到樓下的餐廳之後，就看到幾個傭兵正在用早餐。她發現幾個熟人，才又體會到自己獲救了而放心下來。

「克莉絲汀小姐，您醒了啊。身體的狀況還好嗎？」

「妳突然從我們眼前消失的時候，我們可真是擔心死了。」

「伊札特、賽爾，我沒事。柯爾薩和索科塔也沒事啊。」

「為了拯救小姐，無論是什麼地方，我們都會趕去的。」

「沒錯。唉，雖然老實說我們真的很慌張。」

見到隨侍的幾個騎士們也平安無事而安心下來的她，才想起自己來這裡有別的目的。

「伊札特，救了我的人上哪去了？」

「您是指那位魔導士先生嗎？他將克莉絲汀小姐交給我們之後就不見人影了呢。我去問問他的女伴看看。」

身為騎士們的領導者的青年，向坐在前面那一桌享用早餐的三位女性搭話。

「小姐們，不好意思，請問妳們知不知道那位魔導士先生在哪？克莉絲汀小姐說無論如何都想向他致謝。」

「啊～？大叔喔……這麼說來沒看到他人耶？」

「是啊。該不會還在房間休息吧？」

「啊～叔叔昨晚已經回去了喔？」

「「「什麼？」」」

伊莉絲說傑羅斯昨晚就已經離開了阿哈恩村，不知情的三人聞言異口同聲發出愚蠢的怪聲。

「等等，伊莉絲！傑羅斯先生什麼時候離開的？」

「我昨天看到的時候，他還在這裡吃飯耶？」

「之後他就在這邊抽了根飯後菸，抽完就回去啦。在妳們說要回房間休息，上了二樓之後。」

「這裡到桑特魯城要走上半天耶？他瘋了嗎？這根本就是山賊眼中的肥羊……啊，不可能，山賊反而會被幹掉吧。」

「對吧？我不認為山賊可以打贏那個大叔。他可以毫髮無傷的從礦山最底層回來耶？一般的對手根本拿他沒辦法吧。」

傑羅斯雖在深夜離開村莊，但仍然沒人擔心他的安危。畢竟他實在強到犯規，大家反而都覺得「若有人真的殺得了他，那還真想看看是何方神聖」。

就算當事人不在場，大家看待大叔的態度也是很過分。

「傑羅斯先生沒說什麼嗎？」

「嗯～……好像說了『跟貴族牽扯上太麻煩了，我就先閃人吧』之類的話？」

「居然連道謝都沒辦法……請問，妳們知道他住在哪嗎？」

「不知道～叔叔不也說自己是『到處留宿的流浪漢』嗎？」

騎士們不知道該對失落的克莉絲汀說什麼。

魔導士多是不在乎他人的自我中心人物，但傑羅斯竟然連少女的致謝都沒聽就消失，給清爽的早晨帶來苦澀沉重的氣氛。

「魔導士多半是些自我中心的人，別太介意。」

沒人知道中年魔導士去哪了。嘉內不禁嘆口氣，出言安慰。

「不過，他救了我的命，我覺得身為一個人，身為貴族……我至少得道個謝才是。」

「不過對象是傑羅斯先生，我認為他根本不在意這些喔？」

「叔叔總是過得很快活，我覺得妳沒有必要這麼鑽牛角尖啦～」

雖然克莉絲汀無論如何都想致謝，但既然當事人不在，這願望也無法實現。

不管怎麼安慰、怎麼說，她都顯得非常失落。

中年魔導士只是隨性地速速離開這個村莊。

爽快離去的大叔這時已經來到桑特魯城的大門前了。

一邊抽著菸、一邊哼著歌……

題外話。在這之後，在阿哈恩村的廢礦山正式被認定為迷宮之前，還是花了一點時間。

為了調查而派出熟練的傭兵，並完成幾道手續，總共花了三個月才被認定為是迷宮。阿哈恩村要趁機恢復以往的活力，又花了好幾年。到了那時候，礦山內部變得更加開闊，也漸漸有大量地魔物出沒。

傑羅斯本人並不知道，這是因為大叔使用了可稱為大屠殺的殲滅魔法攻擊所造成的結果。瞬間化成灰的魔物極有效率地被迷宮給吸收，成為賦予新力量的基石。這座迷宮今後也會持續擴大，直到迷宮的核心被破壞之前，將會變成許多魔物與人類相爭的生活之中，不可或缺的賺錢好所在……

這是後來這座迷宮被稱為「阿哈恩大迷宮」沒多久前發生的事。

◇◇◇◇

時間稍稍回溯，場所來到桑特魯的酒吧。

這邊聚集了粗俗的男人們，各自點了酒，邊喝邊聊著愚蠢的話題。有時也會吵架引起騷動。幾個傭兵在時常受到衛兵關照的這間酒吧大喝特喝，一解今早的悶氣。他們就是找上克莉絲汀麻煩的傭兵與他的幾個伙伴。

在傑羅斯的威脅之下落荒而逃的他們，花了半天來到桑特魯。

這些人之中，只有一個人還記恨著早上發生的事，獨自喝著悶酒。

「可惡，那個魔導士……現在想想還是超火大的！」

「你還在講這個喔？也差不多該死心了吧……」

「祕銀劍都爛了不是？就算搶來也沒辦法用啊，你很笨耶，哈哈哈哈。」

「天曉得。現在想想，說不定是那傢伙嚇唬我們。」

這個人會覺得傑羅斯說謊的理由有二。一是傑羅斯並未證明自己擁有鑑定能力。二是被用劍指著的時候，傑羅斯曾說過「歸還那把劍，從我的面前消失」。

鑑定能力是一種就算自稱擁有，別人也無法加以確認的能力。因為如果不是讓擁有鑑定能力的人鑑定好幾樣東西，根本無法驗證是否真的擁有鑑定能力。

另外，若認定對方拿劍威嚇的行為是想挑起自己的恐懼心，那這一切都是演技的可能性就變高了。這麼一來，擁有鑑定技能本身也就很有可能是謊話。

更重要的是，那模樣看起來就可疑到爆，讓傭兵打一開始就預測錯誤。

「就算是這樣，那傢伙可是真的高手喔？才不是什麼魔導士。」

「嗯……畢竟他在不知不覺間就拔劍了啊。」

「那個不是可以挑戰的人，我還想要命咧……」

「這種事我也知道啦！」

這些傭兵的階級都很低。因為他們沒有認真練等，都只是從旁撿便宜，一路混到現在。在護衛商人的任務之中也是跟在強大傭兵之後，以俗稱寄生的手法來確保自身安全，討伐魔物時也會抓準其他傭兵已經削弱對手實力的時機趁虛而入。

他們認為自己很聰明，卻因為這樣的行為受到批判，無法獲得他人信賴，結果無法提升階級。但他們卻因此怨恨傭兵工會，變得自暴自棄，並不斷偷偷做出這種只能說是招惹他人的勾當。不管走到哪裡，總是少不了這類型的人。

一位原本在吧台喝酒的男人來到他們旁邊。

那是個身穿黑袍的魔導士。

「你們聊的話題很有意思呢，你們難道認為獲得強力武器就會變強嗎？很遺憾，不是這樣的。」

「你說什麼？是想來找我們麻煩嗎！」

「會輸給魔導士的傭兵根本不是我的對手。不過既然你們讓我挺開心的，那我也回報一些有趣的事情給你們吧。」

「啥～？你不也是魔導士嗎？啊你所謂的有趣事情是啥～？」

「在分享之前我想先請教各位，你們想變得比現在更強嗎？如果你們願意回答，我就可以告訴你們變強的方法，變得比別人強的方法。這就是我所謂的有趣的事情。」

傭兵們面面相覷。今天早上遇到的魔導士打扮得就很可疑，但這位魔導士一眼就可以看出他家世不錯，以別種意義上來說反而很可疑。而且這裡明明是室內，他卻用兜帽深深蓋住頭。再加上他只是聽人閒聊就打算分享情報，這真的是太詭異了。

「啊啊！不可以只是說喔，必須付出代價……不過我看你們也沒什麼錢，就用一杯酒算數吧。包括剛剛的笑話在內，用一杯酒就可以當作報酬喔？」

「你這傢伙，只是想從我們身上敲竹槓吧？」

「沒禮貌。我只是因為那是我用不著的東西，才想說要讓給你們的。我也可以讓給別人喔？說不定有人願意出高價購買呢。」

傭兵們再次面面相覷。眼前這個魔導士看起來雖然只是想將用不到的東西塞過來，但目前無法得知那是什麼。不過如果能變得比現在更強，就更有機會賺到大錢。他們行事雖然姑息，但因為總是幹些惡質勾當，所以戒心也比一般人高得多。

「你若不讓我們先看看是什麼，我們不會接受喔？」

……理論上是這樣，但因為一群人都喝醉了，就隨便接受這個話題了。

「說得也是，先讓你們看看東西吧。呃～就是這個。」

只見魔導士突然將手伸到空中，從空無一物的地方取出東西。傭兵們全都嚇呆了，但魔導士也不在乎他們，將物品放在桌上。那是一個鑲嵌了黯淡黑色石頭的守護符。

「好了，我讓你們看到東西了喔？輪到你們請我喝酒了。對了，我先聲明，拿走這個東西也沒有意義，我還沒跟你們說這東西的用法。」

「嘖。喂！給這個魔導士一杯麥酒！」

男人大吼，過沒多久之後，一個壯碩的阿婆將麥酒裝進木製啤酒杯裡面，粗魯地放在桌上。不，或許說她靠著一股蠻力砸上來還更貼切一點。

桌子因為這衝擊搖晃了幾下，但啤酒杯裡的麥酒卻一滴也沒灑出來。

「……服務這麼差，真虧她生意做得下去耶？」

「這點我們也覺得很神祕。」

「因為這裡的餐點很好吃。雖然態度真的爛爆了……」

「阿婆現在好像還單身喔？」

「我曾經差點就要被那個阿婆推倒……那時她全身光溜溜……嚇死我了。」

「「「「…………」」」」

充滿同情的眼神全集中在一位男人身上。他現在也嚇得發抖，一副快要哭出來的樣子。那是個體型圓滾滾、眼睛細長、胖到可以登上金氏世界紀錄的阿婆。每走一步路就會壓得地板嘎吱作響，大家都很好奇她體重到底多少。老實說，真不想被這種人襲擊。

「好啦好啦，這傢伙的事情不重要。所以說，這玩意要怎麼用？」

「哎呀～免錢的酒真的特別好喝呢。啊，那個的用法嗎？只要配戴在身上灌注魔力，它就會賦予力量喔？」

「可以試試看嗎？」

「請便？我是不需要這個啦。」

男人用手握緊守護符，注入身上僅有的稀少魔力。

——噗通！

這時他感受到跟過往完全不同的興奮之情，以及一股從體內湧現出來的力量洪流。身體發熱，力量似乎正源源流出。

「哈哈哈，這好讚啊。力量湧現出來啦！」

「真假……我也想要。」

「可以啊，我還有三個左右喔……？」

「「「請把它給我們！」」」

男人們逼近魔導士。被一群男人以超級臉部特寫逼過來實在太嚇人，魔導士臉上帶著抽搐的笑容，將同樣的守護符交給三人。

「哎呀，時間差不多了。我還有工作，先失陪了。」

「喂，這樣就要走了喔？我們還沒向你道謝耶？」

「畢竟是工作啊。要是遲到，又要被上司嘮叨一頓。」

「魔導士也真辛苦……」

「真的。有緣再見了。」

「在那之前我們會先好好大賺一筆的。」

魔導士一邊揮手，一邊離開傭兵那桌。

「……如果還有機會再見就好了。」

魔導士以冷酷的聲音低聲嘀咕，就這樣離開了酒吧。

留下來的男人們一路喧鬧到早上。

◇　◇　◇　◇

離開酒吧的魔導士轉進建築物暗處的小巷之後，與在那兒待命的幾個男人會合。那是幾個看起來就受過專業軍事訓練，十分可疑的危險男子。

「進展如何？」

「嗯，算是順利吧。剩下就是你們的工作囉？」

「那些人也真是悲哀，一定沒想到自己會被當成人體實驗的對象吧。」

「連垃圾都有成果，之後就只要靜待佳音便可。畢竟要判斷那個派不派得上用場，沒經過試驗還是太危險了點。如果順利，就可以開始量產。」

「你也還有工作要做呢……」

男人們浮現疑惑的表情。

「這就要看你們回報的結果如何了。因結果不同，可能得改變方案。」

「我明白，你也有你的目的……所以才願意出手協助我們，不是嗎？」

「現在其實就是一直幫忙，但回報不成比例呢。我也還有很多其他事情要做……既然目的相同，那只能靠你們多加把勁了……」

「……真抱歉。但請你再等等。」

「我會期待的，之後就有勞了～」

魔導士以輕巧的腳步踏入小巷。一副覺得這些男人無所謂的樣子。

幾個男人彼此無言地點點頭，像要抹消自身存在似地消失於黑暗之中。

「他們打算利用我吧，但這點我也一樣。不管事情怎麼發展，只要我能接近目標就無所謂……話雖如此，或許去看看狀況比較好？」

魔導士露出冷酷的笑容靜靜地嘀咕，消失在黑暗之中。

只剩下一片寂靜籠罩著小巷。

◇◇◇◇

當傑羅斯回到桑特魯城時，已經是朝陽升起的時間。

儘管這是個爽朗的早晨，但他卻在別的方向上異常興奮。

『首先要做乾燥機，然後是打穀機，接著是冰箱，啊……還需要那個吧。因為有變魔種，就差設定外型的精靈因子情報……要製造人工卵子的話，是不是用其他種族比較適合？矮人……啤酒桶體型的蘿莉，就道德層面來說要駁回。獸人……可能會變得蠻橫粗暴，所以也駁回。這麼一來，就想要高階精靈的精靈因子情報呢。如果是女性最好，但這點不下去實做也很難斷定。還想要幫忙管理農田的人手呢～唉，總之打造人工生命體這件事就慢慢來，眼下最主要的問題應該是稻米什麼時候才能收成吧。原本是雜草，所以這兩天已經成長了許多，說起來既然一年可以收成七次，應該就不用擔心會斷炊吧？這個國家……拿稻米當主食啦。更重要的是酒，若沒辦法作麴就無法釀酒，也沒辦法做味噌跟醬油。萬能的諸神啊，日本酒，給我日本酒！我將前往芳醇的美酒花園！』

接著他的腦子便陷入一陣歡欣愉悅的狀況。

傑羅斯的腦海已經離不開日本酒了。

「不管怎麼樣，應該以準備好機器為優先。不然就沒辦法釀酒……」

傑羅斯最在乎的是日本酒。看樣子他因為熬夜穿過街道走回來的關係，思想變得有些不正常。看到這樣的他，在城鎮門口待命的年輕衛兵以狐疑的表情看向他。

畢竟這是一個光是外表就夠可疑的大叔，在城鎮大門前一個人不知道碎碎唸著什麼，會被懷疑也只是剛好。而且他沒有進門，只是一直在門前晃來晃去，當然會令人起疑。

最後，幾個衛兵朝傑羅斯走來。

「那邊的魔導士，麻煩你來崗哨一下，我們有話要問你。」

「咦？是說……我嗎？」

「除了你之外還有誰？在城鎮前鬼鬼祟祟的可疑人士。」

「就算你說我可疑……畢竟我外表這樣，的確夠可疑吧。」

從旁觀的角度來看的確非常可疑，傑羅斯也有自覺。

「你不僅外表可疑，行為更可疑啊！別囉唆了，快過來！」

「請、請等一下！讓我解釋，你們一定也會明白的！」

「我就是要你說明，少廢話了，快點走！」

「啊，請問有提供早餐嗎？我連夜從阿哈恩村走到這裡，現在超餓的。希望能提供麵包和蛋……最好是炒蛋。」

「大叔，你臉皮挺厚的嘛？」

傑羅斯就這樣被衛兵帶走，三個小時之後才獲得釋放。

因為對方的誤會，傑羅斯狠狠敲了一頓早餐這點自不在話下。

◇◇◇◇

回家途中，傑羅斯為了賣掉魔石而繞去了魔導具店。

他只來這邊賣過一次魔石，但覺得店面外觀變得格外可愛，讓他一度猶豫要不要進去。這怎麼看都不是個男人該踏進的店家。

「之前的外觀明明充滿著嚇人的詭譎氣氛……到底發生什麼事了？」

之前那彷彿魔女之家的外觀一百八十度大轉變，成了尋常的咖啡廳、甚至更進一步像是女僕咖啡廳那樣的氣氛了。

活像可疑分子的傑羅斯猶豫了一會兒之後，還是打算踏進店家。這時一位身穿有著許多荷葉邊服裝的女僕出來露了臉。

那是以戴著大圓眼鏡為特徵的失禮店員，庫緹。

「啊，你是之前的……誰來著？」

「我應該跟這家店沒有熟到需要報上名號吧？是說這裝潢是怎麼回事……」

「店長一時興起嘍。說什麼『今後應該配合客人的需求改變店鋪的風格』之類的話～」

「發現得太慢了吧，而且改變太多了吧……這不是完全沒有留下之前的影子嗎。」

「多虧飯場土木工程的人賣力工作～」

傑羅斯腦海裡浮現一臉爽朗笑容豎起大拇指的矮人工匠，那古里的模樣。

他們的動作真的很快，而且會嚴格遵守完工日期。

然後會在隔天，或者甚至當天就轉往更炙手可熱的工地去。

他們是以第一線工地為重的類型。

「之前他們說的下一份工作就是這裡啊……」

「話說，今天有何貴事？我們不收偷來的魔石喔？」

「妳還在講這個喔……不管說什麼就是想把我當小偷看嗎？」

「沒錯！這是當然的。」

庫緹就是一個儘管堆滿笑臉，卻會把很不得了的事情推給客人的店員。

要是一直陪她抬槓，真的很有可能會蒙上什麼冤罪，所以傑羅斯決定不理她。

「店長在嗎？」

「在是在，但昨天晚上對帳對到很晚呢～可能在櫃台睡覺吧？」

「……妳才剛出來吧，沒有看到店長人嗎？」

「有啊？睡到口水都流出來了呢～」

庫緹用悠哉的口氣說。這對話看起來好像成立，但又有點牛頭不對馬嘴。

「哎，反正只要能收購我手上的魔石就好了，畢竟我一口氣獲得了超乎預料的數量。」

「你又是從哪裡偷來的嗎？快去自首！」

「好，我要跟店長告狀，要快點開除這個店員……」

「店長，有客人喔～」

她彷彿剛剛什麼都沒發生似地轉變態度進入店內，向店長貝拉朵娜報告。

傑羅斯一臉疲憊地入內，就看到店裡也裝潢得也非常可愛，是一種會讓大叔頭痛的裝潢風格。四處裝飾著布娃娃和蕾絲窗簾，甚至還擺設了假花，少女風格的程度非同小可。

以前起碼店裡面的擺設還算普通，現在裡頭則跟外觀一樣滿是粉紅色。

「店長～快起來～有客人啦～……小甜甜～」

「誰！剛剛是誰叫了我的本名？我叫『貝拉朵娜』，這才是我的靈魂之名！」

先不管她為什麼要拿毒草當成自己的名字，但看來店長對自己的本名抱持著自卑感，才用假名經營店舖。她明明就是個外表看起來像高級娼婦的魔導士，本名卻相當可愛。

就某種意義來說，她的名字跟現在的店面風格很搭。當然這不考慮她本人的外觀。

「店長，有客人來了喔？是之前那個小偷。」

「居然還在說。妳也差不多該開除這個店員了吧？」

「哎呀，歡迎光臨。好久不見了呢？看你一陣子沒來了，怎麼了嗎？」

「店長，妳那種講話方式就像『夜蝶』耶～？」

「我討厭『夜蝶』這個說法，因為這樣不就是普通的蛾嗎？就像散佈鱗粉那樣散佈香水味的毒婦。我才不會做那種事。」

傑羅斯就算死也不會說他其實心裡想著「不不，妳壓根就是『夜蝶』啊」這種話。

畢竟店長正以可怕的表情瞪著他，看來店長的直覺意外地敏銳。

「又要我收購魔石嗎？」

「嗯，但因為之後認識的人也會拿一些過來，所以我希望不要賣到會掉價的程度。」

「你們到底打倒了多少魔物啊？說實話，我還真不敢聽。」

「不好意思，能不能麻煩妳調整數量？魔石大多是蠕蟲跟蜘蛛的就是了。」

「你去了阿哈恩礦山？這個嘛……蠕蟲十五個、蜘蛛二十個的話呢？」

收購數量意外不多。但傑羅斯手中光是魔石就有這些的十倍以上之多，而且這些東西他用不著，老實說很困擾。在數值表示一覽之中不知為何有個「自動回收」的指令，讓他回收了所有打倒的魔物所掉落的魔石。大概是自己在打遊戲時的數值就這樣直接照搬過來用了吧。於是這變成了一種技能，會不斷回收魔石。

傑羅斯本人則是在被衛兵帶去崗哨泡茶的時候才發現這一點。

「好，成交。」

「哎呀？我還沒報價耶。」

「關於這一點我相信妳。光是妳願意收購我就感恩大德了。」

傑羅斯不在乎錢，他在乎的是酒。他按照魔導具店店長所說的價格售出魔石，換得少許金錢之後，在攤販買了包了餡的炸麵包，踏進路邊的菸草店買了香菸之後打道回府。

「啊～……還需要攜帶式菸灰缸呢。我竟然會忘記最基本的禮儀……太失策了。」

他到現在才發現自己之前都叼著香菸到處跑，還隨手亂丟菸屁股的事實。

大叔忘了基本禮儀。

無法遵守基本禮儀的大人雖然無比差勁，但即便如此他還是不會戒菸。

◇◇◇◇

傑羅斯在鎮上閒晃，走進舊街區，正好來到教會前面。

傑羅斯的家要從教會旁邊那條新鋪設的道路走進去，正好可以看到教會後面的菜園。

——要死了，會死人啊……咳噗！

孩子們正在菜園裡拔曼德拉草。

曼德拉草發出驚人的慘叫。人類這種生物呢，不管碰到多麼誇張的事情都還是有辦法習慣，孩子們和路賽莉絲也已經不會在採收的時候受到精神創傷了。

其實孩子們打一開始似乎就沒事，但因為孩子們也已經厭倦了，不再會因為好玩就去拔草了。

不知為何總覺得身為一個人，好像失去了些什麼寶貴的東西。

「啊，是伯伯！」

「喂~伯伯！」

「沒有伴手禮嗎？」

「給我肉~我要肉~~」

發現傑羅斯之後，孩子們便朝著這邊奔過來。基本上他們的目標是土產。

「有喔，這是伴手禮炸麵包。」

「哇～伯伯，謝謝你。」

「Thank you，伯伯，我們快吃吧。」

「Danke，伯伯。」

「哈啊哈啊……肉，是肉～嘿、嘿嘿嘿……這樣又可以撐一段時間了。」

孩子們拿走紙袋之後，活力十足地往教會奔去。雖然不重要，但傑羅斯很疑惑最後那個孩子是從哪裡學到這種話的？難道附近有什麼不太正常的大人嗎？

「喂，你們這樣很沒禮貌！傑羅斯先生，對不起。還有，歡迎回來。」

雖然這番話很平常，卻讓傑羅斯一時之間說不出話來。

「請問怎麼了嗎？」

「不，總覺得有人對自己說『歡迎回來』感覺挺好的……路賽莉絲小姐，我回來了。如果讓妳擔心，那還真是對不起。」

這種簡單的寒暄讓長時間獨居的大叔很是開心。

「寒暄是再基本不過的事了，而且擔心認識的人也是理所當然的啊？」

「雖說是理所當然的事情，但有些人聽了就是會特別感動，尤其是像我這樣的獨居者。」

就算在原本的世界，回到家也沒有人會跟傑羅斯說「歡迎回來」。

自己打開漆黑房間的電燈，洗完澡、吃完飯之後看電視，每天過著這樣的生活。在沒動力的時候也有可能整天無所事事，但如果有人能陪伴在自己身邊，也不至於感到這麼孤獨吧。雖然興趣是打線上遊戲，但也是因為孤獨感帶來很大的影響，才會讓玩線上遊戲變成日常生活的一部分。

「如果只是這點小事，我隨時都能跟你搭話啊。」

「這樣會讓我誤會的喔，尤其是像路賽莉絲妳這樣的美女跟我說話，我可能會得意忘形呢。」

「你又在胡說了……這是在捉弄我嗎？」

「不不，我可是很認真地這麼說喔。好了，講太多會妨礙到妳做事，我也得回去做些準備，就先失陪囉。」

「辛苦你了。若有什麼需要儘管跟我說喔，畢竟我們是鄰居嘛。」

「有事的話，我會不客氣地請求協助的。」

路賽莉絲目送腳步略顯輕盈的傑羅斯背影離去。

雖然傑羅斯比較年長，但擔心他安危的路賽莉絲靜靜地呼了一口安心的氣。

「太好了，還好真的平安歸來了……」

「修女，妳那就是戀愛了喔。」

「居然還不肯承認嗎？太冥頑不靈啦～」

「妳就乾脆點老實認栽，做了他吧。」

「做了之後要怎麼辦？當肉吃掉嗎？」

不知幾時回到旁邊的孩子們提了許多建議（？）給路賽莉絲。

「你們啊，從哪裡學到這些話的……？之前明明就還很正常啊。」

「附近的大叔。」

「小巷裡的小哥。」

「酒吧老爹。」

「家裡蹲的憂鬱大哥和偶爾會跟小哥買東西的瘦弱大叔。」

舊街區真不是個教育環境良好的地方。

從這天起，路賽莉絲就為了孩子們的教育而煩惱著。

就算能改善自身環境，附近的狀況也太糟糕，而且孩子們適應環境的能力實在太過強大了。孩子們的將來會怎樣，就看她今後怎麼教育他們了。

短篇　路賽莉絲的一天

路賽莉絲的早晨從很早就開始了。為了準備孤兒們的早餐，必須一早前往市場採購新鮮青菜等食材，因此要很早起床。

冬天還好，夏天因為食材不耐久，所以就養成了一早前去採買的習慣。

根莖類蔬菜可以保存比較久，但黃綠色蔬菜很快就會長蟲，不快點食用就會爛光。幸虧教會後面也有菜園，可以當天採收蔬菜。儘管如此，這也是兩週前的事了。現在可以採收的蔬菜很有限。

要說唯一能夠穩定採收的，就屬藥草類植物了。不過「曼德拉草」是昂貴的藥材，就算搞錯也不能拿來做菜。多虧這「曼德拉草」，讓孤兒院的食材問題改善不少，同時鄰居幾乎每天都會抓到小偷，這也成了鄰居的一點小外快。所以不知為何鄰居都對他們深表感謝。

這個先不提，即使是成長迅速的植物，也有環境適應力強弱的分別，環境適應力較差的植物會因無法競爭過其他植物而枯萎。在菜園種菜可是一門大學問。

總之基於這樣的前提之下，路賽莉絲今天也去了市場採買，正好回到教會。

——碰！咻！

一位少女揮舞木刀，劃出破風聲。

少女將一頭綠髮紮在腦後，綁成所謂的馬尾，她還有一對長長的尖耳朵，身上穿著東方款式的服裝。這是一個與其說她可愛，還更適合用威風凜凜來形容的少女。而且她是「精靈」。

屬於一般所謂「高階精靈」這種上位種族的少女，正專心一意地揮舞著木刀。

「小楓，一大早就在鍛鍊？」

「修女啊？在下因為整天都蹲在家裡，若不像這樣持續鍛鍊，身體可是會生鏽的。」

「不好意思，我也很想讓妳到外面好好走走……」

「在下明白，畢竟在下的外貌如此，總會有很多莫名其妙的三教九流想找在下麻煩對吧？所以在下為了自保也得持續鍛鍊。畢竟那些低俗的傢伙還是砍死最好。」

少女的個性非常好戰。而路賽莉絲收養這位楓的原因，則是因為受了當年養育她的恩人，邁入老年的女祭司——梅爾拉薩祭司長請託。背後可能有什麼隱情吧。

雖然路賽莉絲不清楚詳情，但她還是同意收留了楓。

只是沒想到她竟然是「高階精靈」……

很多組織都想要精靈，尤其是高階精靈，更是奴隸商人巴望不已的稀有種族。傳聞表示奴隸收藏家殺紅了眼在找高階精靈，但在東方出生的楓狀況又有點不一樣。她血氣方剛的程度甚至有些異常。

精靈大多是魔導士或獵人，然而楓雖然是個劍士，而且還是少女，卻擁有卓越的技術。要是輕忽大意想要拿捕她，大概只會落得被她打回家的下場吧。畢竟她可曾誇下海口說「會攻擊他人的邪魔歪道，就只是砍下去有手感的帶骨肉塊」。

「小楓，就算是壞人也不能隨便下殺手啊？畢竟生命是很寶貴的。」

「這世界說穿了就是弱肉強食。要變強就只能吞食他人的性命，這是世界的真理。修女也該有所覺悟了吧？畢竟根本無法預料自己幾時會遭遇不測。」

「妳又說這種話了……攻擊我也沒有錢賺啊？我根本就沒有個人財產。」

「不，當然有。總會有覬覦修女肉體的下三濫吧？」

「小、小楓，妳從哪裡學到這個的？」

「從安潔他們那邊，怎麼了？」

安潔是路賽莉絲負責照料的五個小孩其中之一，也是除了楓之外唯一的女孩子。她是個一頭紅髮、活潑外向、天不怕地不怕的小孩。

路賽莉絲發現這樣的小孩竟然學到了奇怪的知識，不禁想哭。

難道自己的教育方式錯了嗎？還是因為周遭環境的關係，導致她的學習之路走歪了呢？她雖然不清楚詳細狀況，但小孩子們學到奇怪知識這點可是毫無疑問。

路賽莉絲無法得知到底事情為什麼會變成這樣，只能因充分體會到自身無力而流淚。

教育真的很難。

◇　◇　◇　◇

跟孩子們一起吃完早餐，路賽莉絲在教會的禮拜堂禱告將近一小時後，來到鎮上進行名為奉侍的修行。

說白了，這是一種在鎮上發現傷患，就會以非常低廉的價格替對方治療的行為。

略懂藥學的她，有時也會替病人調配藥劑，但之前都因無法採購藥草而放棄。

會這樣是因為有個失控的下任領主從中作梗，但現在也不再有這樣的威脅了。

「真的不管怎麼感謝傑羅斯先生都不夠呢。不僅使我們的生活變得輕鬆許多，生活所需的物品也都買得到了。要是不好好感謝這段因緣際會，肯定會遭到報應的♪」

這陣子路賽莉絲心情真的很好，對她有意思的男人們也都被她如聖女般的微笑一發ＫＯ。但她根本沒有注意到這些。

她從小就決定要報答養育自己的孤兒院，十三歲時前往「梅提斯聖法神國」的修道院，在根本無暇顧及他人眼光的情況下完成在神殿內的修行，帶著比任何人都優秀的成績回到這座城鎮。

雖然一出生就被拋棄的她沒有體會過父母的親情，但她深刻體認到在孤兒院養育自己至今的神官們是多麼無私地奉獻自己。

雖然她因為想盡可能地回報他們而成為了實習神官，但其實她本人並沒有那麼盲目地盡信神。她只深信四神教教義中寫到的道德觀以及人性本善與堅強。

只因為扶養她的神官剛好是信四神教，路賽莉絲本人根本不在乎宗教性的神祇概念。她表面上雖然會像個神官那樣闡述教義，但腦袋裡只想著要拯救更多跟自己有同樣遭遇的孤兒，人類的善心對她來說才是唯一的「神」。

這樣的她也到了想談戀愛的年紀，小孩們總是故意鬧著說她看上了年長大叔魔導士，但她本人到現在還沒有承認。個性似乎意外地倔強。

雖然她的生活就算說得好聽點也算不上富裕，但她還是很努力地養育著孤兒們。

當然，她也為在鎮上徘徊、無家可歸的小孩們治療。

「好了，這樣傷就治好了喔？」

「姊姊，謝謝妳。」

「要小心點喔？之後要是受傷，隨時都可以來找我喔？」

「嗯，我知道了。」

今天她也從治療無家可歸的小孩開始，並以藥水補充不足的魔力。

她以與自己有相同遭遇的小孩為優先，之後再開始治療鎮上民眾。儘管沒有父母卻還是努力求生的小孩會讓她想起過去的自己。

小時候的她曾被人粗暴地對待，甚至被丟過石頭。就是因為她體驗過這些事，她才會為了孤兒們行善。傑羅斯告訴她神官使用的神聖魔法和魔導士使用的魔法其實是一樣的之後，她做起事來更沒有顧慮了。儘管自稱實習神官，但她擁有身為魔導士的自覺。

要是這被四神教知道了，肯定會被當成異端分子吧。

「婆婆，好久不見了。最近身體還好嗎？」

「哎呀呀，這不是小路嗎？最近狀況不錯呢……是不是之前小路給我的藥奏效了呢？」

「妳不能太勉強喔？藥也是在不舒服的時候再吃就好。」

「別擔心，我家那個臭老頭蹺辮子之前，我可沒打算兩腳一蹬呀，哈哈哈。」

從小就很照顧路賽莉絲的老婆婆，發出不像她那個歲數的豪邁笑聲。

這婆婆從以前就以膽大聞名，以前路賽莉絲也曾經溜出孤兒院，跟婆婆拿糖果吃。

「是說，那麼凶巴巴的小路竟然長成了這麼個亭亭玉立的女孩，是不是有好對象啦？現在的妳應該很搶手吧？」

「才、才沒有！」

「喔，但是啊，妳應該有中意的男人吧？比妳大嗎？」

老婆婆很敏銳，人生歷練真的不容小覷。

路賽莉絲勉強搪塞過不停追問的老婆婆，逃也似的離開現場。

知道自己過去的人真的很難應付。這些人多半是想介紹兒孫給自己的老人，在來到老婆婆這邊之前，她甚至差點就要被安排三場相親。

這樣的路賽莉絲來到新街區大道上的旅店前面，被強烈消遣過的她，臉上還帶著一些熱氣。

『……確實，我是有些在意傑羅斯先生，但也還不到戀愛的程度……』

路賽莉絲真的很不死心。

「啊，路賽莉絲小姐？妳來得正好！」

「呀啊！」

突然被叫住，嚇得驚叫出聲的她一轉頭，就看到一位栗色頭髮的女性。那是身為她摯友兼兒時玩伴嘉內的傭兵伙伴，雷娜。

路賽莉絲曾經幫雷娜療傷過好幾次，也算是認識對方。

「雷娜小姐，怎、怎麼了嗎……」

「……我才想問路賽莉絲小姐妳怎麼了呢？臉好紅耶，感冒了嗎？」

「我只是突然被妳叫住嚇了一跳而已。雷娜小姐妳在這邊做什麼？」

「對了對了，其實是嘉內好像感冒了……就是中了笨蛋不會感染的夏季感冒。」

「雷娜小姐，妳這樣說就太過分了。與季節無關，會生病的時候就是會生病。」

「開玩笑的啦。只不過，不知道為什麼今天每個醫生都休診，所以我出來尋找有沒有懂藥學的人，就看到路賽莉絲小姐妳了。我記得妳還滿熟悉藥學的吧？」

朋友的這個搭檔雖然有點問題，但是個好人。畢竟她現在也正為了嘉內而奔走於大街小巷，所以路賽莉絲認為她的本性應該是個善良的人。

「是多少懂一點。嘉內的狀況如何？」

「咳嗽、發燒、喉嚨痛、想吐、疲倦，身體也有點水腫。」

「我想應該是感冒……不過，身體水腫？我倒是沒聽過這種症狀呢……」

「可能是昨天灌了她酒之後，丟著全身光溜溜的她一個人在旅店房間裡不太妙吧？」

「……妳們昨天到底做了什麼？為什麼嘉內會全身光溜溜？」

「嗯～～…………算是一點惡作劇？睡著的嘉內好可愛唷～」

「妳剛剛那停頓的時間是怎麼回事？唉……旅店應該是妳們平常住宿的那裡吧？我現在手邊的藥材不夠，先去買了之後再過去找妳們。」

「拜託妳了，因為伊莉絲一直在照顧嘉內……」

瞬間，路賽莉絲懷疑起雷娜是否真的是好人。因為她親眼看到雷娜跟自己道別之後，踩著輕快的腳步，不知為何踏進了附近的旅店。

路賽莉絲認為她是以前從嘉內那兒聽說的老毛病又犯了，但路賽莉絲不清楚這老毛病是什麼。不，或許是根本不該知道那是什麼。

「總之，現在的重點是收集藥草。藥草店不知道還有沒有開？」

販售藥草的店鋪通常很快就會賣完商品，常有提早打烊的情況。

說起來藥草類的需求很高，主要是魔導士或調合師會大量採購。

有時候藥草甚至無法充分供應給醫生，導致醫生無法調配藥物。現況就是需求過高，供應的腳步跟不上。

路賽莉絲急忙奔向藥草店。

因為摯友現在正在受苦，她一心想著要快點幫對方看病，而急了起來。

就不用說途中還跌倒了。

◇◇◇◇

「『席克草』、『冰涼種子』，因為有想吐的症狀，所以也需要『斯托馬胡桃』。身體的水腫症狀是起因於發燒吧？這個季節的感冒很少會有這種症狀呢。」

雖然在藥草店採購了調合藥材，此時她卻發現有缺東西。

「請問，有沒有『里包罕海德的肝油』？」

「沒有，就在剛剛賣完了。」

「真困擾……這樣就不能調配了。」

「老闆，有沒有『阿爾米拉草的露珠』和『妖精之珠』……哎呀？這不是路賽莉絲嗎小姐？沒想到竟然會在這裡遇見妳呢。」

「傑羅斯先生？你怎麼會來藥草店……」

那裡站著一個穿著灰色法袍的中年魔導士。他是孤兒院的恩人，小孩們也都很喜歡他（或者是被他給籠絡了）。他手上拿著幾個袋子，看起來正在採購。

「我正好想說要來調點魔法藥呢。我是想調配『魔力藥水』，但因為材料不夠，所以才過來看看。路賽莉絲小姐妳呢？」

「我的兒時玩伴因為感冒病倒了，原本想配些藥給她，但材料賣光了，正不知該如何是好……」

「喔，是缺少什麼材料呢？說不定我這邊有多的。」

「『里包罕海德的肝油』，這是調配感冒藥必須的材料，傑羅斯先生你有嗎？」

「多到都不知道該怎麼處理才好呢。因為以前濫捕太多，根本沒地方消耗啊～哈哈哈哈。」

「濫捕……能不能請你讓一瓶給我？我一定會好好答謝你的。」

「可以啊。不過，感冒藥？這個季節需要感冒藥？我有點好奇妳那朋友有些什麼症狀……」

「症狀跟感冒差不多，但身體好像有點水腫。我還沒有直接看診過，所以也很難說……」

「嗯……一樣的症狀啊……我記得有一種魔物會傳染給人類的病，正好在這個季節最流行呢。若是受到魔物攻擊就有可能感染發病，靠感冒藥可是治不好的喔？」

「咦？」

那是路賽莉絲沒聽過的病症。尤其傳染病是許多醫生都否認的病症，堅決認定「眼睛看不見的生物根本不存在」。魔導士很明確地表示有這種受人唾棄的病症，但很神奇的是他看起來不像在說謊。

「那、那是怎樣的病症呢？」

「發燒、咳嗽、想吐、疲倦、喉嚨痛、身體水腫……若放著不管，一段時間之後身體會開始出疹子，這樣就是末期症狀了。接下來身體會漸漸發紫，體內組織壞死，最終死亡。感染之後三天就會致命吧。哎，我有治療這種傳染病的藥，要不要給妳？反正我用不著，為了保險起見，妳還是帶著吧。」

「……說得也是，為了預防萬一，能不能請你也把那種藥給我？我會盡可能地答謝你！」

「答謝就不必了。這樣正好幫我消耗庫存，而且這種藥平常派不上用場啊。這種藥是錠狀，總之我先給妳一瓶。這也可以當感冒藥使用，但從價錢方面來看……哈哈哈，這樣可虧大了呢。」

「那、那是這麼昂貴的藥品嗎？」

「如果只是一般感冒，就不需要用上這種藥了。別在意、別在意♪」

傑羅斯嘴巴上雖然這樣說，但還是很隨意地不知從何處掏出了藥品。看著他左手上拿著塞滿紅色藥丸的藥瓶，實在是很神奇的景象。

「趕快去妳朋友身邊吧？早點治療也會早點恢復的。」

「好、好的！謝謝你！」

路賽莉絲急忙朝旅店奔去。

雖然背後傳來「你都有這麼多材料了，根本不需要來我這買吧。」「不要這麼殘忍啦～！我後天要去大深綠地帶耶？準備好恢復用藥品是基本常識吧？」之類的聲音，但現在她因為擔心嘉內，根本無暇顧及這邊。

路賽莉絲就這樣前往嘉內留宿的旅店「極樂亭」。

沿路上一直撞到人……

◇◇◇◇

傭兵專用旅店「極樂亭」。

路賽莉絲跟櫃臺詢問之後，急忙前去嘉內的房間。

她先在房前調勻呼吸，接著輕輕敲門。

「來了……啊，路賽莉絲小姐！太好了～～～嘉內的狀況愈來愈……！」

「伊莉絲小姐，妳先冷靜點。話說嘉內在……」

路賽莉絲踏進房間，來到嘉內躺著的床前，登時說不出話來。

她的手臂和額頭已經開始起疹子，而且皮膚也漸漸泛出紫色。

『這是……傳染病？傑羅斯先生說的是真的……』

「嗚……小路……嗎？」

「不要太勉強，我現在弄藥給妳服用……」

「抱歉……讓妳擔心了。」

沒想到從傑羅斯那裡獲得的藥物立刻就派上了用場。

路賽莉絲從藥瓶中取出幾顆藥丸，在杯子裡裝好水之後，讓嘉內慢慢配著水吞下藥丸。

幸虧藥丸本身顆粒不大，易於服用。嘉內吃了藥之後，馬上又睡了下去。

仔細觀察，可以發現她原本顯得難受的表情緩和了幾分。

『好厲害……至今從未看過藥效比得上這個的魔法藥。傑羅斯先生到底是何方神聖……』

看樣子這是一種魔法藥，且效果強得驚人。但過去甚至沒聽過有這麼強效的藥品。路賽莉絲本人雖然在神殿學習藥學，但這藥效真的太誇張了。

「嗚嗚……嘉內小姐有沒有事～？嗚嗚，狀況這麼糟糕，雷娜小姐還到處亂跑～」

「伊莉絲小姐，嘉內是不是曾被魔物所傷？這似乎是一種傳染病喔？」

「傳染病？呃……大概兩天前吧？那之後我們去酒吧開慶功宴，然後雷娜小姐就把嘉內小姐的衣服給脫光……為、為了維護嘉內小姐的名譽，之後的我不能說！」

『雷娜小姐到底在做什麼啊？有什麼非得脫掉嘉內衣服的理由嗎？』

先不論雷娜的奇怪舉止，嘉內毫無疑問是因為受到魔物攻擊才感染了疾病。

所以路賽莉絲現在反而在意起光是聽到症狀就做出精準判斷，而且還免費提供特效藥的傑羅斯了。

「藥真有效。嘉內正以超快的速度恢復平穩……不對，甚至可以說正在康復中。這藥是路賽莉絲調配的嗎？」

「很遺憾，這藥是別人給我的。我剛好遇到認識的魔導士，而他只是聽了聽症狀之後就免費給了我這瓶藥。他真的很厲害呢。」

「只聽症狀就知道是什麼疾病喔，這個魔導士真的很厲害呢～簡直就像『殲滅者』那樣。」

「這聽起來很危險的外號是什麼？」

「『殲滅者』是全員都是『大賢者』的隊伍。他們挑戰各種不可能的任務，而且全部都獲得了勝利，是一群最強的魔導士，也是我崇拜的對象。」

「像『大賢者』這麼德高望重的對象，為什麼會被起了這麼難聽的外號……」

「因為他們徹底排除了所有礙事的人。那是一群自由、孤傲且我行我素的最強魔導士呢～……我好想見見他們所有人喔～～」

路賽莉絲這下理解伊莉絲崇拜的魔導士是一群非常沒有常識的人，但這麼棘手的人物不可能全都是「大賢者」。應該是哪裡搞錯了。

「總之嘉內必須靜養一段時間。畢竟這是一種未知的疾病，還是該小心為上。」

「呃……我們明天開始有工作耶，真沒辦法～只能看看能不能跟雷娜小姐一起完成委託了。唉～……我真的控管得住雷娜小姐嗎……嗯，不可能……」

「控、控管？而且妳為什麼要嘆這麼重一口氣？」

雖然在意伊莉絲的嘀咕，但既然不知道嘉內的症狀會變成怎樣，就不可以讓她太勉強。

路賽莉絲判斷病人就是需要靜養。再這之後路賽莉絲接下照顧嘉內的工作，決定這段時間要在旅店和教會之間兩地跑。

隔天，伊莉絲與雷娜為了護衛商人的馬車，而離開了桑特魯城。

◇◇◇◇

三天後。

「好閒喔……身體好疲勞……路，我可不可以運動一下……」

「不可以。嘉內，妳才剛病癒耶？就算體能正在漸漸恢復，也必須等到確實痊癒才行，不然很有可能會再發作。所以不行。」

「……以前是妳比較橫衝直撞耶～這樣子身體會變鈍啦……話說回來，那個凶巴巴的女生，現在竟然當上實習神官了喔～時間真的會讓人成長呢……」

「嘉內以前還不是怕生怕得要死，動不動就哭嗎？妳常被欺負，我也因此救過妳好幾次呢。真令人懷念……呵呵呵♪」

「唉，我幹嘛自掌嘴巴……不過，我們真的都改變了不少呢……」

「也有人沒什麼變喔？」

「啊啊～……是說梅爾拉薩祭司長啊。那個人為什麼這麼放蕩不羈？」

養大兩人的孤兒院祭司長，是個與神官一職相反，沉迷於酒精跟賭博之中，行為極其奔放的人。

兩人雖然很感謝她的養育之恩，但也記得其他神官被祭司亂搞出的事情連累，甚至躲起來偷哭的情況。而且就算到現在了，狀況仍未改變。

但不知為何，她的俠義心腸強烈到不僅鎮上人們都很擁戴，甚至連強悍的男人在她面前也都對她言聽計從。

老實說，她也是個不知道背後在做些什麼勾當的人物。

「嘉內只有外表受到祭司的影響呢。雖然內心是隻小白兔。」

「對小路來說則是反面教材吧。不過……妳不是不信神嗎？」

「我的信仰大概跟一般人差不多喔？我們之所以可以平安長大成人，都是多虧了祭司們的愛心與這個國家許多人的善意。神也沒有為我們做什麼。但基本上我還是會為神祈禱。」

「我收回前言。路……妳在本質上也受到祭司影響了喔？別這麼斬釘截鐵說出那個人可能會說的話啦，妳好歹是個神官耶？這樣會被異端審判喔。」

「我只是『暫定』的神官而已喔？因為我是實習生啊♪」

「妳這個性還真糟啊……真的……」

就算外表不一樣了，內心還是跟小時候一樣。

路賽莉絲就是個凶巴巴的女生，嘉內則是怕生又膽小。兩人就像姊妹一樣一同成長，同時也是互相扶持生活下來的家人。

在路賽莉絲去神殿修行的時候，嘉內也開始練劍，然後兩人又回到了這座城鎮。

這時候根本無法預料到這樣的兩人，居然會喜歡上同一個對象。

當然也不會知道，嘉內竟在偶然之中被那個人救了一命。

嘉內本人以為自己只是因為感冒而倒下，要過了一段時間後才會知道事實的真相。

幾天之後，伊莉絲和雷娜與傑羅斯相遇，但這是跟目前的兩人無關的故事。

賢者大叔的異世界生活日記

Kadokawa Light Novels

今天開始靠蘿莉吃軟飯！ 1~3 待續

Kadokawa Fantastic Novels

作者：暁雪　插畫：へんりいだ

小白臉這回居然跟蘿莉私奔!?
還讓三蘿莉女王大人踩在腳下!?

賞我軟飯吃的超級有錢美少女小學生竟對我說：「請跟我私奔吧！」不只如此，蘿莉竟還要求：「——老師，請您教我SM！」讓小學女生往成人階段邁進，就算是我也會遭到逮捕!?衝進危險水域！前所未聞，甜蜜過頭又至高無上的靠蘿莉吃軟飯生活！

台灣角川

各 NT$200/HK$60

Kadokawa Light Novels

打工吧！魔王大人 前進高中篇N

Kadokawa Fantastic Novels

作者：和ヶ原聡司　插畫：三嶋くろね

《打工吧！魔王大人》衍生故事校園篇！
異世界的魔王與勇者變身為高中生!?

魔王與勇者的平民風格幻想故事變成校園喜劇！登場的是高中男生魔王、同班同學千穗，以及麥丹勞店員蘆屋。而惠美竟把電話客服人員的制服換成高中制服，潛入校園對他們發動襲擊？加上鈴乃和艾美拉達也有登場的全新創作故事熱鬧展開！

台灣角川

NT$220/HK$68

國家圖書館出版品預行編目資料

賢者大叔的異世界生活日記 / 寿安清作 ; Arieru, Demi譯. -- 初版. -- 臺北市 : 臺灣角川, 2018.03-

冊 ; 公分

譯自 : アラフォー賢者の異世界生活日記

ISBN 978-957-564-078-1(第1冊 : 平裝). --

ISBN 978-957-564-417-8(第2冊 : 平裝)

861.57 107000209

Kadokawa
Fantastic
Novels

賢者大叔的異世界生活日記 2

（原著名：アラフォー賢者の異世界生活日記 2）

2018年9月10日　初版第1刷發行

作　者：寿安清
插　畫：ジョンディー
譯　者：Demi

發行人：岩崎剛人
總經理：楊淑媄
資深總監：許嘉鴻
總編輯：蔡佩芬
編　輯：黎夢萍
美術設計：黃永漢
印　務：李明修（主任）、黎宇凡、潘尚琪

發行所：台灣角川股份有限公司
地　址：105台北市光復北路11巷44號5樓
電　話：（02）2747-2433
傳　真：（02）2747-2558
網　址：http://www.kadokawa.com.tw
劃撥帳戶：台灣角川股份有限公司
劃撥帳號：19487412
法律顧問：有澤法律事務所
製　版：巨茂科技印刷有限公司
ISBN：978-957-564-417-8
香港代理：香港角川有限公司
地　址：香港新界葵涌興芳路223號
新都會廣場第2座17樓 1701-02A室
電　話：（852）3653-2888
